中国古典文学
读本丛书典藏

范成大诗选

周汝昌 选注

人民文学出版社

图书在版编目(CIP)数据

范成大诗选／周汝昌选注. -- 2版. -- 北京：人民文学出版社，2025. -- （中国古典文学读本丛书典藏）.
ISBN 978-7-02-019377-6

Ⅰ. I222.744
中国国家版本馆 CIP 数据核字第 2025GD0205 号

责任编辑	高宏洲
装帧设计	陶　雷
责任印制	苏文强

出版发行　人民文学出版社
社　　址　北京市朝内大街 166 号
邮政编码　100705

印　　刷　大厂回族自治县彩虹印刷有限公司
经　　销　全国新华书店等

字　　数　238 千字
开　　本　880 毫米×1230 毫米　1/32
印　　张　9.625　插页 3
印　　数　1—4000
版　　次　1959 年 4 月北京第 1 版
　　　　　1984 年 11 月北京第 2 版
印　　次　2025 年 7 月第 1 次印刷

书　　号　978-7-02-019377-6
定　　价　52.00 元

如有印装质量问题，请与本社图书销售中心调换。电话：010-59905336

目 录

前言 1

元夜忆群从 1
秋日二绝(选一) 2
窗前木芙蓉 3
长安闸 4
落鸿 6
浙江小矶春日 7
二月三日登楼有怀金陵宣城诸友 8
寒食郊行书事二首 9
初夏二首 11
南徐道中 13
金陵道中 14
晓行 15
赏心亭再题 15
宿义林院 17
白鹭亭 18
胭脂井三首(选二) 19
读史三首(选二) 21
宴坐庵四首 22
夜行上沙见梅,记东坡作诗招魂之句 25

姑恶并序　27

大暑舟行含山道中,雨骤至,霆奔龙挂可骇　28

六月七日夜起坐殿庑取凉　30

立春日郊行　32

碧瓦　33

暮春上塘道中　34

馀杭道中　36

乐神曲　37

缲丝行　38

田家留客行　38

催租行　39

宿东寺二首　40

晚步　41

枫桥　41

横塘　42

金氏庵　42

龙母庙　43

白莲堂　44

夜归　44

田舍　45

三湘怨　45

十一月十二日枕上晓作　46

南楼望雪　47

病中绝句八首(选一)　47

春后微雪一宿而晴　48

雪霁独登南楼　49

自天平岭过高景庵　49

晓自银林至东灞登舟,寄宣城亲戚　50

复自姑苏过宛陵,至邓步出陆　51

南塘冬夜倡和　52

净行寺旁皆圩田,每为潦涨所决,民岁岁兴筑,患粮绝,功辄不成　53

清明日狸渡道中　54

周德万携孥赴龙舒法曹,道过水阳相见,留别女弟　55

高淳道中　55

天平先陇道中,时将赴新安橡　56

元夕泊舟雪川　57

晚步西园　58

送端言　58

后催租行　58

晓出古岩呈宗伟、子文　60

签厅夜归用前韵呈子文　61

明日复雨凉,再用韵二首(选一)　62

次韵温伯谋归　62

次韵温伯雨凉感怀　63

次韵温伯苦蚊　65

晓出古城山　66

雪后守之家梅未开,呈宗伟　67

次韵温伯城上　68

四月十六日挂笏亭偶题　68

盘龙驿　69

竹下　70

3

寒亭　71

清逸江　73

新岭　74

富阳　75

於潜　75

刈麦　76

插秧　76

晒茧　77

科桑　77

古风上知府秘书二首(选一)　78

拄笏亭晚望　80

番阳湖　80

回黄坦　81

晞真阁留别方道士宾实　82

次诸葛伯山赡军赠别韵　83

次韵唐幼度客中。幼度相别数年,复会于钱塘湖上　85

客中呈幼度　86

次韵边公辨　87

洪景卢内翰使还入境,以诗迓之　88

古风二首上汤丞相(选一)　89

冷泉亭放水　91

长至日与同舍游北山　91

次韵李子永雪中长句　92

与胡经仲、陈朋元游照山堂,梅数百株盛开　93

送周子充左史奉祠归庐陵　94

送陆务观编修监镇江郡归会稽待阙　95

雪晴呈子永　97

与正夫、朋元游陈侍御园　98

正月十四日雨中与正夫、朋元小集夜归　98

与王夷仲检讨祀社　99

七月二日上沙夜泛　101

李次山自画两图：其一泛舟湖山之下，小女奴坐船头吹笛；
　　其一跨驴渡小桥，入深谷。各题一绝　101

顷自吏部郎去国，时独同舍赵友益追路送诗，数月，友益得
　　仪真，过吴江，次元韵招之　102

长沙王墓在阊门外　103

玉堂寓直，晓起书事，记直舍老兵语　104

寓直玉堂拜赐御酒　105

刈麦行　106

壬辰七月十六日侵晨真率会，石湖路中书事　107

采莲三首　108

汴河　108

雷万春墓　109

双庙　110

宜春苑　111

相国寺　111

州桥　112

市街　113

相州　114

翠楼　114

赵故城　115

蔺相如墓　116

临洺镇　117

邢台驿　117

栾城　118

真定舞　119

安肃军　120

出塞路　121

范阳驿　122

定兴　122

清远店　123

卢沟　124

龙津桥　125

会同馆　125

豫章南浦亭泊舟二首　126

初见山花　127

合江亭 并序　127

马鞍驿饭罢纵步　130

黄冪岭　130

晚春二首　131

次韵许季韶通判水乡席上　133

晓出北郊　134

画工李友直为余作"冰天""桂海"二图，"冰天"画使北虏渡黄河时，"桂海"画游佛子岩道中也。戏题　135

甲午除夜，犹在桂林，念致一弟使虏，今夕当宿燕山会同馆，兄弟南北万里，感怅成诗　136

施元光在昆山，病中远寄长句，次韵答之　137

铧觜　138

陈仲思、陈席珍、李静翁、周直夫、郑梦授追路过大通,相送
　　至罗江分袂,留诗为别　139
珠塘　141
湘阴桥口市别游子明　142
连日风作,洞庭不可渡,出赤沙湖　143
夜泊湾舟,大风雨,未至衡州一百二十里　144
三月十五日华容湖尾看月出　145
澧浦　146
潺陵　147
荆渚堤上　148
发荆州　149
钻天三里　150
蛇倒退　151
大丫隘　153
胡孙愁　153
白狗峡　154
初入巫峡　156
刺濆淖 并序　157
劳畲耕 并序　159
夔州竹枝歌九首(选六)　163
没冰铺晚晴月出,晓复大雨,上漏下湿,不堪其忧　166
残夜至峰顶上　167
蚤晴发广安军,晚宿萍池村庄　168
冬至日铜壶阁落成　169
初三日出东郊碑楼院　171
三月二日北门马上　172

7

三月二十三日海云摸石 172

四月十日出郊 173

新凉夜坐 174

明日分弓亭按阅,再用"西楼"韵 174

海云回,按骁骑于城北原,时有吐番出没大渡河上 175

丁酉正月二日东郊故事 176

初发太城留别田父 177

离堆行 178

最高峰望雪山 179

范氏庄园 180

次韵陆务观慈姥岩酌别二首 181

苏稽镇客舍 182

大扶捔 182

发合江数里,寄杨商卿诸公 183

夜泊归州 183

荆渚中流,回望巫山,无复一点,戏成短歌 184

鲁家洑入沌 185

鄂州南楼 186

将至吴中,亲旧多来相迓,感怀有作 187

初归石湖 188

秋前风雨顿凉 189

晓起闻雨 189

晚步吴故城下 190

再渡胥口 191

自横塘桥过黄山 192

次韵汪仲嘉尚书喜雨(二首选一) 192

8

春前十日作　193

次韵杨同年秘监见寄二首　193

重九赏心亭登高　196

中秋清晖阁静坐,因思前二年石湖、四明赏月　197

玉麟堂会诸司观牡丹酴醾三绝(选一)　198

甲辰人日病中吟六言六首以自嘲(选一)　199

晓枕三首　199

喜晴二首(选一)　201

藻侄比课五言诗,已有意趣,老怀甚喜,因吟病中十二首示之,可率昆季赓和;胜终日饱闲也(选一)　201

雪中苦寒戏嘲二绝(选一)　202

元夕四首(选三)　203

石湖芍药盛开,向北使归,过维扬时,买根栽此,因记旧事(选一)　204

枕上有感　205

夜坐有感　206

雪中闻墙外鬻鱼菜者求售之声甚苦,有感三绝　206

咏河市歌者　208

元夕后连阴　209

春来风雨无一日好晴,因赋瓶花二绝　209

春晚即事留游子明、王仲显　210

四时田园杂兴六十首并引(选四十八)　211

自晨至午,起居饮食,皆以墙外人物之声为节,戏书四绝　230

重阳后,半月天气温丽,忽变奇寒,晦日大雪,乡人御冬之计多未办　231

9

题夫差庙　233

三月十六日石湖书事三首(选二)　234

或劝病中不宜数亲文墨,医亦归咎,题四绝以自戒,末篇又
　　以解嘲(选一)　236

围田叹四绝　237

夜雨　238

除夜地炉书事　239

颜桥道中　239

晚思　240

馀杭初出陆　240

次韵袁起岩常熟道中三绝句(选一)　241

春朝早起　241

咏怀自嘲　242

立春枕上　242

腊月村田乐府十首并序(选七)　243

　　冬舂行　244

　　灯市行　245

　　祭灶词　246

　　烧火盆行　247

　　照田蚕行　248

　　分岁词　249

　　卖痴呆词　250

读白傅洛中老病后诗戏书　250

喜收知旧书,复畏答,书二绝(选一)　252

春日览镜有感　253

墙外卖药者九年无一日不过,吟唱之声甚适。雪中呼问

之,家有十口,一日不出即饥寒矣　254
连夕大风,凌寒梅已零落殆尽三绝　254

写在卷尾　257

前　言

假若有人问我:"你平生最爱的文学体裁是什么?"我要回答说:"我最爱的是我们的传统民族诗歌。"

为什么我的答语用了这样一个不太常见的名目呢？因为我觉得，像"古典诗词"、像"旧体诗"等类名目，都并不确切妥当，易滋误解。此义甚长，非数语可了。但我愿初次拿起这一册诗选的读者，意识到有这么一个问题，不妨多予思索思索，并体察我的用意所在。"传统民族诗歌"这个提法是否就好，自然还可以商量，我想指出的只是：诗歌是语言文字的艺术中的一种最高级的创造，而我们的传统民族诗歌是我们中华民族从她的独特的语言文字的鲜明的特点出发，经历了几千年的不断创造积累，而形成的一种自己的(不是生搬硬套"外洋的")诗歌形式(包括音节、格律、词语组织法、美学思想、精神境界……)。把这样一种高级的民族文化艺术形式，只以"古""旧"等字样去"标签"它，恐怕会导引青年读者专门用一种最简单化的(即完全不是马克思主义的，不科学的)思想方法去理解、认识事物，而这种思想方法已经造成了很多混乱了。

我最早接触我们的传统民族诗歌，是小时候看见了一本《千家诗》——这说来又很"寒伧"。《千家诗》是何物呢？它是旧日流行的一小册格律诗选本，内中是唐宋以至个别明代人的五七言律诗和绝句。这种书，被不少人目为三家村村塾冬烘先生用以"课顽童"的简陋教材，与《百家姓》《千字文》同列，只堪发高明一笑。但我对它很有"感情"，因为我虽然没有上过村塾(我上的已是新式小学，所以不教学童读诗了)，这本《千家诗》却是我的唯一的启蒙老师。因此我想，对这种书,光是看不起它是不行的,还应当想一想:我国历代为什么涌现出这么多的诗人?"书香"的世家大户,毕竟居少数,人民的"三家村"的"顽童"们,受了诗的熏陶、感染,以至提笔写诗,靠的是什么?难道是靠"高级选注本"吗?《千家诗》自明代(溯本寻源是南宋)起,所起的作用,实际上是了不起的,是不该只受人讥嘲为简陋寒伧的。——在这么一册小选本中,我从很小就读熟了这样一首绝句——

  昼出耘田夜绩麻,村庄儿女各当家。童孙未解供耕织,也傍桑阴学种瓜。(出、各、织、学,皆入声字,属仄。当、供,平声。种,去声。)

这首小诗是谁作的?就是范成大。

  范成大,字致能(致,一作至),平江(苏州)人①。他晚年卜居于苏州石湖别墅之地,自号石湖居士,人称范石湖。他生于北宋钦宗靖康元年(1126)六月初四日。就是这一年,金兵正式南侵,先是久围太原,守城的王禀等人坚守二百五十多天,宋政府坐视不救,粮尽无援,以至吃皮甲,吃草木,最后竟至人吃人,遂被金人攻破。王禀领饿兵死战,投水殉国。太原一陷,金兵就分两路长驱南下,终于兵临东京(今开封)城。四十五年以后,范成大曾就这件事假借唐代张巡、许远死守睢阳,保卫国家,以至食尽壮烈牺牲的故事为比拟,而诘问道:

  平地孤城寇若林,两公犹解障妖祲。大梁襟带洪河险,谁使神州陆地沉?

——《双庙》

正是,在神州陆沉的年月里诗人降生而且成长起来。同时的诗人杨万

---

① 关于范成大籍贯,《宋史》本传据周必大所撰神道碑定为吴县人。然明人张大复有异说,请参看《元夜忆群从》诗注按语。

里(诚斋)曾有过"乱起吾降(生)日,吾将强仕年(四十岁)。中原仍梦里,南纪且愁边"的感慨,范成大正是一样。

谁使神州陆沉的呢?不是别人,正是宋朝的统治集团。赵佶(徽宗)荒淫无道的结果,其家人父子在次年(1127)四月竟被掳北去,金人随带搜劫走的是金子约三十六万两,银子七百十四万两,后妃、太子、宗室等数千人,以及大量的珍宝、图书、卤簿、仪器和其他宝贵文物。还有百工技艺、妇女、倡优等无数人民,也被掳往金国。黄河以北,被金兵破坏得数百里不见人烟。人民遭祸之惨,史所罕觏。

这时,赵佶的另一个儿子赵构,在南京(今河南商丘)即位,改元建炎,这就是宋高宗;从此开始了南宋"小朝廷"的局面。

赵构不顾多少的忠言谏议,不管多少的有利条件,一直往南逃跑,引得本来没有那么大野心也并无足够力量的金人一直在后面追上来。最后,一度逃亡入海。建炎三、四年间,金兵渡江,将最富庶的临安(杭州)、平江焚掠一空。诗人的故乡平江府因为是咽喉要冲,先已遭受够了"随驾"诸军的骚扰,民不聊生;到此,烧毁得只剩下一所寺院,大火五日不熄,百多里外都看得见浓烟;据记载,人民死亡达五十多万。诗人这时年才四岁,全家丧乱流离的情形不问可知。

之后,赵构就想收拾临安,稳坐杭州,歌舞西湖。这个局面最后定于建炎八年(1138);诗人时年十三岁。赵构的一贯投降卖国的政策,就是坚决镇压人民爱国武装力量,杀害足以重整河山、使敌人丧胆的大将和战士,宠用卖国汉奸为宰相,放逐、迫害一切爱国的官、民,加紧压榨农民的膏血,以便于一方面供给巨额财物于敌人("岁贡"),一方面继续奢华享乐的生活:在上述几个方面,他的作法都是令人发指的,而且终其位略无改变。

范成大的家世情况,不甚详悉,只知当时人说他是范蠡之后、范仲淹的族孙,但不通谱,想是十分疏远的同宗;但是他的母亲是蔡襄之女

3

孙,可知并非一般士族。祖父名师尹。父亲范雩,宣和六年进士,官至秘书郎。范成大幼慧,年十二遍读经史,十四已能文词。不幸十四、十五岁时,先后接连遭到母、父之丧。十六岁时,全国人痛心疾首的"绍兴和议"卖国条约订成,刘锜、吴璘等英雄的卫国战功虽然未至成为白费,而岳飞收复河山、直捣黄龙的雄图却是"十年之力,废于一旦",整个被汉奸阻挠破坏,本人也被害冤死。从此,淮水、大散关为界,中原尽行放弃,赵构向"大金皇帝"谨守"臣节",岁"贡"银二十五万两,绢二十五万匹。从此,南北的人民,都长期陷入极其惨重的灾难之中。当时国事、家事,是那样不幸,少年时期的黯淡无比的岁月,给正在成长的诗人的人生观和性格上的影响,无疑是巨大的。从父母死后,他十年不出,料理了两个妹妹出嫁的事;取唐人"只在此山中"的诗句,自号"此山居士",无意科举。据他的诗自叙,当时并无"一廛"的居处、"三椽"的房屋,借住于寺院中苦读。

可是他究竟是秘书郎的后人,"山中"计划只能算是"理想",当后来他父亲的同年名叫王葆的一位前辈先生拿"先君""遗志"这类"大道理"来逼他学习举业的时候,他还是接受了"好意",跟着王葆学起来。绍兴二十四年(1154),他二十九岁时,中了进士。从此开始了他此后三十年的仕宦生涯。

大约从绍兴二十五年起,他被派为徽州的司户参军,直到三十一年冬天,共历六七年之久(一般是三年任满),经过了三位州官的代换,说明他在初期"宦途"上很"沉滞"。最后一位州官上司是"名流"洪适,比较能看重他。由于洪适的帮助,才得离徽入杭,去作京官。

绍兴三十一年(1161)的秋天,金国完颜亮又大举入寇。十一月,虞允文大败金兵于采石(安徽当涂),危势得解。完颜亮不久为部下所杀,金军退去。三十二年春天,范成大由徽州到杭,监太平惠民和剂局。此时南宋朝廷主和派势力暂时稍煞,二月派遣起居舍人洪迈使金,探试收复河南"陵寝",以定和战。夏天,赵构传位给他养子赵眘(慎),这就是孝宗。赵眘一上来,有意恢复,一些措施,略反赵构的作法,进用主战爱国人士,一时颇有些新气象,人心十分振奋。

次年(1163),改元隆兴;四月,决定了二十年以来所未曾有过的北伐计划。老将张浚,指挥李显忠、邵宏渊进攻。李显忠一出兵就连下三城,气势极壮;各地忠义民兵和金国汉军纷纷归附,前景极好。可是文臣中仍然是主和派执政,多方阻挠,加上邵宏渊以私情一意破坏李显忠的军事,不幸致成一次大溃败。赵眘马上动摇,进用秦桧党羽汤思退作宰相,尽撤江淮的边防,想割地求和。次年,张浚解职,不久即死。这年冬天,金兵再犯淮南,烈士魏胜战死,楚州陷落,民心痛愤已极,赵眘不得已将汤思退流窜永州,未到就吓死在路上。到此,秦桧的势力才算告一段落。——当然,大官僚主和投降派,并不从此就失势,他们是始终要出卖国家人民,以求苟安偷活、自荣自利的。

1165年,改元乾道,这时所谓"隆兴和议"已成:宋朝除自己放弃了海、泗等四州以外,又割商州;改称"叔(金)侄(宋)"之国;"岁贡"改称"岁币",银、绢各减五万两、匹——而宋皇帝须向金使跪拜接受"诏书"的"礼仪"却忘了"更正"。从此,两国对峙的局面算是"稳定"下来,南宋耻辱小朝廷"太平"下去,主和派十分"庆幸"。

范成大到这时已然四十岁。他来杭州四年之间,由圣政所检讨官历枢密院编修、秘书省正字、校书郎,升到著作佐郎。乾道二年,除吏部员外郎(这才是由史馆、图书职务转入政事部门),言官指责这是超躐等级的迁升,范成大就请领"祠禄",回到苏州。他的进退,可能和洪适——徽州旧上司、宰相兼枢密——的进退有关联。到四年(1168)秋天,因早已经起用,这时才到知处州(浙江丽水)任。在处州,设法兴修水利,灌溉很广;又在当地人自创的基础上设立"义役"法,使胥吏无法措手贪索,想减轻役法害民的程度;处州因"丁钱"重得以致人民连男婴都不敢养育,他后来又为设法请减。

五年,召到杭州,宰相陈俊卿以为范成大有材干,荐除礼部员外郎,兼崇政殿说书、国史院编修,仍旧都是所谓"清职"。十二月,升起居舍人,兼实录院检讨。曾就处理狱犯的酷虐和两浙"丁钱"太重等事进言,获得一些采纳。

六年(1170),发生了一件对南宋国势并无多大关系,而就范成大个人来说却颇不简单的事情。

赵眘总算比赵构还顾点廉耻:屡想收复河南"陵寝"之地,并坚持要更改那个人人以为奇耻大辱、独独赵构甘心乐意的跪拜受书礼。他和左、右相陈俊卿、虞允文商议,陈惧怕"起衅"(惹起战端)而不表同意,后竟因此罢相。虞荐二人可作使臣:李焘、范成大。李也算是号称有气节的名流,听得这个差使,吓得说:"这岂不是要葬送我!"不敢应承。范成大慨然请行。这年闰五月,就命他为起居郎,假资政殿大学士,为"祈请国信使"。临行,赵眘问他外议汹汹、人皆畏怯的事,他说:"无故遣泛使(贺正旦、生辰的常使以外的特派专使),近于求衅,不戮则执(不是被杀即是被拘留)。臣已立后(后嗣),仍区处家事(并安排了家事),为不还计(为不能回来作预备)。心甚安之。"赵眘为之感动,说:"我不败盟(撕毁和约)发兵,何至害卿。啮雪餐毡(像苏武使匈奴被羁囚十九年,备尝艰苦),理或有之。不欲明言,恐负卿耳。"范成大毅然在六七月间启程北去。

正式国书内,只载有索取河南"陵寝"的事,而要改受书礼仪一节,大臣不同意(不敢)载入,却叫范成大自己设法去交涉。金法严厉,不许使臣递私人书奏。范成大在金国皇帝面前诸事都"行礼如仪"以后,突然拿出私书来,要求接受。金皇帝又惊又怒,厉声斥责负责外交事务的宣徽副使,说宋使从来没有人敢这样放肆过,加以恫吓,后来竟至要起身离位,情形极为紧张。范成大屹然不动,坚持必须递上私书才肯退

6

去。金国皇帝竟无法,最后答应接受。事后,范成大才知道金国太子当时就要杀他,经人劝阻,算是未施毒手。金国臣僚又亲向范成大表示钦佩;因为他们看惯了的是宋使的卑躬屈节、辱国丧权,还少见这样的事情啊!

范成大回来,赵昚看到金国回书里面提到此事时有"出于率易,要(要胁)以必从"的话,知道范成大是真心舍身为国。后来金使南来,还详细地向宋臣描叙当时的种种情状。因此,这件事为朝、野、南、北所一致称道。我们今天看来,这件事本身并没有什么光彩可言,它只说明了宋朝一向在金国面前的卑屈可耻,范成大此行在外交使命上也并未(实际也绝无可能)获得结果,但在爱国的坚强精神上仍然发生了好的影响和作用,所以值得称赞。在敌人面前奴颜婢膝、摇尾乞怜的宋使们,永远是最可耻,也最为敌人瞧不起的。

因使金的功劳,范成大得迁官中书舍人;此外还要照例晋两级。可是因为范成大在金国获悉夏国向金人泄露了夏、宋之间的密约,回来后曾警告朝廷不可轻信夏国,执政大臣不乐,独不给他照例晋级。七年(1171),赵昚要任用奸佞外戚张说作签书枢密院事(军务要职),物议哗然,可是都畏惧张说的势焰,不敢讲话。范成大"当制"(中书舍人要替皇帝起草授官的告命),扣留"词头",径向赵昚缴驳(缴回命令,不同意授给此人此官,拒绝起草)。赵昚变色,范成大不为所动,从容喻谏。张说作签枢的事居然因此而罢。这件事连同他上年使金不屈的事,是当时最常为人提起的两桩有气节的表现。——范成大很明白这已经是得罪了赵昚和佞幸,于是就又自动请领"祠禄"归里(后来,赵昚终于又把张说任命为枢臣,而且因此免了御史李衡等四人的官。人作《四贤诗》纪愤)。从此,范成大在仕宦道路上结束了前一阶段:即史馆"清秘"、文学词臣的阶段。

从这个时期起,赵昚在初期的那点朝气已尽,暮气、邪气日益深重,不顾谏阻，一意任用佞幸曾觌、龙大渊、张说、王抃等人为重要官职，勾结盘据，卖官鬻爵，正人如虞允文、梁克家等都相继被排挤而去。不久，志在恢复的虞允文死于四川。最后一次派遣泛使汤邦彦，辱命而还，从此收复河南之议也就完结，再不提起。这时，老一辈的人才已经凋落无馀，后起爱国有为之士如辛弃疾等人则不过浮沉外郡，在谗毁打击下讨生活。全国地方官吏，都是朝中宰执台谏等要人的亲旧宾客，贪赃狼藉，专门向人民敲骨吸髓。正税、杂税、强征、巧派，把农民的"法定"租赋翻高到几倍，有的甚至到十几倍。农民无立锥之地，还要负担重税，被逼得逃田弃屋，或流亡城市，或落草山林，聚义反抗。大官僚地主则地连数县，租米有每年收到百万石的，却不负担租赋、职役，奢侈淫逸达到极点。赵昚个人，号称"恭俭""圣德"，一味"孝敬"赵构，"过宫"看问一次，单是"贡献"零用钱有时多到几万，其他可以想见。汤思退死后，宰相大臣，更换频繁，虽然贤愚不等，但差别不大，好的也不过是具位、画诺的文书庸吏而已。这时全国的情形诚然有如当时朱熹所说："……陛下（赵昚）之德业日隳，纪纲日坏，邪佞充塞，货赂公行，兵愁民怨，盗贼间作，灾异数见，饥馑荐臻，群小相挺，人人皆得满其所欲……"南宋小朝廷的罪恶，人民所遭受的痛苦，也可以略见梗概了。

在这种情形下，范成大不能于朝中立足，从乾道八年（1172）冬天起复以后，到淳熙九年（1182）五月，十年之间，除了中间一度短期在朝，都被派到边远外任，流转于静江（桂林）、成都、明州（宁波）、建康（南京），作地方大吏。他在各地，都能在职权范围内或多或少地施行一些善政，直接间接地使重压之下的人民略得喘息。在桂林时，因监司官尽取盐税，使得下层州县加倍苛敛，他就抑监司以解州县，苛敛得以稍减。对边区不加歧视，人民很爱重他。在四川帅任中，能够治兵选将，施利惠农，边防得以巩固，减酒税四十八万缗，停"科籴"五十二万斛。在明州，前任皇子赵恺（魏惠宪王）遗留的害民虐政，尽行罢去。

在建康,移军米二十万石赈救饥民,减租米十几万斛,受赈的据说达到四万五千几百户,没有一户流离失所的;又代下户(贫民)输纳"秋苗钱"和"丁钱"一年。所有这些,我们还很难说直接受实惠的一定就是贫苦人民,但是在贪赃狼藉、残酷剥削的官风中,这究竟是值得赞扬的。有如他在明州写的一首小诗所说:"老身穷苦不须忧,未有毫分慰此州。但得田间无叹息,何须地上见钱流!"表明了他反对苛敛、主张减轻农民负担的愿望,他的作法就是从这一愿望出发的。

他由桂林、四川两任回朝以后,在淳熙五年(1178)四月,以中大夫作了参知政事,这是他由文学词臣走到了"宰执"大臣的仕宦高峰。可是这时赵昚的政见已经同他不合了,不多久的工夫就对他厌倦了,于是御史得以借私憾细故来攻击他,立即得罪落职,再领祠禄。他作参政一共才两个月的时间。

从六年起知明州,到九年(1182),在建康任得疾,五次上书,请解职退休,得回乡里,这时他年已五十七岁。他的仕宦生涯从此基本上告一结束。后来虽曾两次起知福州、太平州(安徽当涂),或则坚决辞谢,或则才一到任就告休回来,实际并未任事。而此时赵昚已经传位给他的三子赵惇(光宗),这是个荒淫昏懦、丧心病狂、"以无能之人,负大逆之名,始望其为人君,后竟不能为人子"的昏君,南宋的国事,更无一丝毫希望。范成大这时虽然也曾"应诏上书",极论苏民、求将、固边、屯田、理财等要政利病,但摆在昏君面前,照例不过是废纸罢了。他在名义上虽然是"身事三朝",事实上他的真正仕宦经历却是和赵昚统治期间相终始的。

绍熙四年(1193)九月初五日,范成大卒于家,年六十八岁。后来谥曰"文穆"。他死后,南宋小朝廷政局不久就转入韩侂胄专权的另一糟糕局面。

有关范成大的基本资料,我们所见到的,只是一篇周必大所撰的

9

《范公神道碑》;《宋史》本传也就是那些事迹而更加简略,没有提供其他参考材料或线索。而《神道碑》和"行状"这类文字,即使没有夸饰,也是只举好事,都将死者说成一个无可指摘的"完人"。此外宋人记载中有关范成大的正反面材料也都很少;他本人的文集也不可得见:这都增加了我们了解上的片面性。可以提到的,如他出头反对张说作签枢(当时只有他和张栻二人),张说却向人扬言:"张栻和我素不相合,攻击我是自然的;范致能为什么也如此呢? 我这亭子的木材还是他送我的呢!"如果不是张说造谣反扑①,那就无怪有人说范成大"会作官"。不过,他不像周必大,当皇帝要给曾觌加官作"少保"时,大家都料定周必大不肯同意草制,可是他不但应命草制,而且还写出了"敬故在尊贤之上"的词句,大为舆论所讥。这里的区别是很大的。再看先后攻击范成大的言官如林安宅、谢廓然等人,都是和权幸们勾结肆恶的著名奸佞,可以说明范成大不是他们的同流,而是敌对。陆游在《梦范参政》诗中曾用力写出:

  梦中不知何岁月,长亭惨淡天飞雪。酒肉如山鼓吹喧,车马结束有行色。我起持公不得语,但道"不料今遽别"! 平生故人端有几? 长号顿足泪迸血! 生存相别尚如此,何况一旦泉壤隔! 欲怀鸡黍病为重,千里关河阻临穴。速死从公尚何憾? 眼中宁复见此杰! 青灯耿耿山雨寒,援笔诗成心欲裂!

---

① 张说等辈惯于造谤诬人,以达到排挤陷害的目的,可参看《四库全书总目提要》卷一百五十九《雪山集》提要:"《宋史》本传颇以气节推(王)质,而周密《齐东野语》载:张说为承旨时朝士多趋之,惟质与沈瀛相戒勿诣(张)说;已而质潜往说所,甫入客位,瀛已先在,物议喧传,久之皆不安而去。与史殊相乖剌。考史称虞允文以质鲠亮不回,荐为右正言,时中贵人用事,多畏惮质,阴沮之云云。则质非附势求进者,殆张说等惧其弹劾,反造此谤,史所谓'阴沮之'者,正指其事,密不察而误载也。"按:王质,字景文,兴国人,著《雪山集》。

可以看出,像爱国诗人陆游这样的痛悼和怀念,绝不止是出于一点个人之间的友朋交谊,"眼中宁复见此杰"①,这种沉痛的语言里,还有不少内容在。这对范成大的为人评价方面,也未始不是一种有力的参证。

综观范成大一生,约略可分为五个时期:由十四五岁初为诗文、连遭亲丧起,十年不出,为第一个时期。从习举业、中进士、初作徽州司户,这十年左右,为第二个时期。入杭作京官以下,约十年,为第三个时期。外任镇帅,亦约十年,为第四个时期。从建康告闲退休,亦约十年,为最后一个时期。时间上很匀整。而他的诗歌作品,也正由于生活上的变化,可以按照以上五个时期来划分,大致上是合适的。

比起同时齐名的另外两位诗人杨万里和陆游来,范成大自编的诗集中存诗的开始算是最早的(杨陆二家的诗,早年的都删去不存,陆游存诗尤晚)。最初期,他在艺术风格上还未臻十分成熟,内容也欠充实,我们所能看到的是:孤独寂寞的情怀;悲感消沉的心境,所谓"青鬓朱颜万事慵";虚无、厌世情绪,所谓"吾将老泥蟠";道家思想,这么早就在他诗歌中露出根芽。这在一个二十岁左右的少年身上,都是不相称、不健康的。对农村风物的摹写,也已然有了开端,可是,他此时笔下用力写的尚是自然景物,除了"深村时节好,应为去年丰"以外,他还不能对其他重要问题作出反映。总之,这一时期的诗还是比较浮浅的作

---

① 陆游《渭南文集》卷十八《筹边楼记》曾说范成大:"方公在中朝,以洽闻强记擅名一时,天子有所顾问,近臣皆推公对,莫敢先者。其使虏而归也,尽能道其国礼仪、刑法、职官、宫室、城邑、制度,自幽蓟以出居庸、松亭关,并定襄、五原,以抵灵武、朔方,古今战守离合、得失是非,一皆究其本末,口讲手画,委曲周悉,如言其阃内事,虽房耆老大人,知之不如是详也。"楼钥《攻愧集》卷三十八《资政殿大学士通议大夫范成大转一官致仕》告文中也说:"胸中之有甲兵,世称小范之才高(按:指北宋时范仲淹守边抵御西夏的事)。"都可见范成大不止是个文人诗家,有多方面的才干。

品。但是他写出的"莫把江山夸北客,冷云寒水更荒凉",不仅反映出当时江南的残破的真实情景,也显示了这个少年对南宋政府的批评,以及他忧国爱国的思想,是很值得提一提的。苏州当时为金国来使所必经,一年两度来往,供应骚扰,也成为人民的灾害,绍兴十四年,特建姑苏馆,"专以奉国信贵客","体势宏丽",又作台,"制度瑰特",供金使登临观眺,可谓无耻之尤。少年诗人的冷笔,给赵构朝廷深深地下了一刺。这是非常可贵的。

　　大约二十五六岁以后,他的诗转入另一阶段。虽然还正在发展期,却不容忽视。和前一阶段比起来,内容显著地丰富了,在艺术风格上也更成熟、更多变化了。对国家的关心有了更多的表现,或因祖国景物、地理形胜而发,或通过咏史的形式来表达,或用更深婉的"比兴"手法而咏叹。例如,写建康,说"拂云千雉绕,截水万崖奔",如果我们参看陆游在《老学庵笔记》中所说的"建康城,李景所作,其高三丈,因江山为险固,其受敌惟东北两面,而壕堑重复,皆可坚守;至绍兴间已二百馀年,所损不及十之一",那么就更能体会到那十个字两句中所包含的意义的丰富;说"赤日吴波动,苍烟楚树昏",上句写反顾江南,下句写前望江北(楚,这里不是一般常指的湖南、北,或宋人所指的江西地,而是指淮南一带乃至更北的陷金地区,宋以淮安为楚州),说明地扼南北宋金之冲要;而"赤日""苍烟","波动""树昏",从字面的背后,也透露了更深刻的内涵;由此,再结到"向无形胜地,何以控乾坤"的主旨,隐隐提出应当建都于此地的正确主张,就非常有力。像《胭脂井》小诗,尖锐地讽刺了赵构这个荒淫皇帝。"比兴"的手法,另有一种小诗,例如:

　　　　乌鸦撩乱舞黄云,楼上飞花已唾人。说与江梅须早计,冯夷(水神)无赖欲争春!

　　　　　　　　　　　　　　　　　　——《欲雪》

赫赫炎官张伞,啾啾赤帝骑龙。安得雷轰九地,会令雨起千峰!

——《剧暑》

这里面都隐含着向政府提出的警告和期望,是诗人生活在黯淡苦闷的岁月里所发出的呼声,提醒南宋朝廷早作打算,盼望早一时打破那个沉闷、窒息的"和议"局面。

　　由于"少孤为客早",范成大这时大概为了生活和其他缘故,已经开始各地奔走流转;为了科考,他也不得不驰驱于建康、临安等地。行旅虽然使他厌倦,但却开扩了他的眼界,丰富了他的生活,有更多的机会去接触人民:这对他是极其重要的。因此,他这时期写行旅,写风土、名胜,都已有很好的作品。特别是写农村的,日益发展提高起来:《大暑舟行含山道中,雨骤至……》一诗,写大雨中农民作苦不息,而说出"嗟余岂能贤,与彼亦何辨? 扁舟风露熟,半世江湖遍。不知忧稼穑,但解加餐饭。遥怜老农苦,敢厌游子倦?"农民的辛苦,同情和自惭的心理,写来已不同于最初期的只于农村风物"赏心"而已了。不久,四首效王建的《乐神曲》《缫丝行》《田家留客行》《催租行》就又向前跨进一大步,由单写农民体力劳苦而深入到"去年解衣折租价,今年有衣着祭社""输租得钞官更催,踉蹡里正敲门来"了。写南塘村的"田舍火炉头",写圩田决坏的"空腹荷锄",到开始为官后的《后催租行》,就更有了"黄纸放尽白纸催""去年衣尽到家口"、二女"亦复驱将换升斗"的描写,南宋农民的惨状,已然获得了真切的反映。因公外出旅行,也将所看到的地方贫瘠凄苦的景物写入小诗。范成大一向有"田园诗人"的称号,普通多指他在晚年写作了六十首《四时田园杂兴》而言,但是应该注意到他从早期就特别关怀农民的事实,而"田园诗人"的称号,在范成大说来,更不是王维式的"即此羡闲适",这是重要的一点。

　　在此之外,一首《姑恶》诗值得特别注意。写姑恶鸟的诗,宋人中不止范成大一个,例如或者说:"姑不恶,妾命薄!"或者说:"放弃不敢怨,所悲辜(辜负)大恩。"在谴责那种虐待儿媳致死的恶婆母时都还有所顾忌,忘不掉"止乎礼义"的"大节目"。可是范成大却写道:

"姑恶妇所云,恐是妇偏辞;姑言妇恶定有之,妇言姑恶未可知。"——姑不恶,妇不死!与人作妇亦大难,已死人言尚如此!

这是一扫"温柔敦厚""怨而不怒"的奴隶"诗教",直截了当地为被迫害的妇女喊冤、向吃人的封建礼教作反抗的呼声。所惜者此后他在这一方面却没有发展下去。

在这时期范成大写他个人的诗,仍然有"孤穷""霜露"的悲痛情绪。厌恶仕宦利禄的思想,在诗中显示得特别强烈,——这本不是什么坏事,只是这种思想常常和消沉、虚无的情绪交杂在一起,所谓"少年豪壮今如此,只与残僧气味同",颓气得十分严重。他的自幼多病,也增加了他的痛苦和苦闷,至有"化儿幻我知何用,只与人间试药方"的叹息。另一方面,有时也流露一些个人的"抱负",但又说"我若材堪当世用,他年应只似诸公",说明那个时代环境给他加在身心上的种种痛苦和矛盾。

第三个时期,即主要是在杭州作京官时的作品。一般地说,由于生活的贫乏,这些诗显得暗淡无力,远不如上一时期的作品能吸引读者的心目。内容大部分是和士大夫同僚的唱和,或游湖或赏梅或听声乐。"应制"体也开始出现,虽然只有一首,却都说明了生活决定创作的真理。我们说他这一阶段的诗内容贫乏,是恰如其分的。

有一点值得研究,即在京因职务关系而关怀农民的作品几乎绝无仅有了,不足为异,但特别令人不解的是:此期中间曾夹有一任处州"亲民"的经历(如上面所述,他在任上很作过一些于民有利的事,证明他是很关怀人民的),可是在诗集中却找不到一点写处州的痕迹。事

14

实上,所有属于处州时的诗,一共只有六首绝句,而且都是为题"莺花亭"而作,内容是借纪念北宋词人秦观,而发抒自己的"游子断魂招不得,秋来春草更萋萋","垆下三年世路穷,蚁封盘马竟难工"的情怀,慨叹空遭"圣时",不遇"知己"。其间感伤情绪,极为浓重,甚至在全集中也算得是最感伤的作品。也许,他这一时期的其他作品曾遭佚散?或因故删削不存?使我们感到其中有某一重大缘故而不欲明言晓众。此刻已经不易解答了。

不过,他在《冬祠太乙》的诗里,不忘记"愿挽灵旗北指,为君直捣阴山"的志愿(太乙神,主兵事,其旗据说常指向敌人)。在祭社神的诗里,也不忘记写农民年凶岁荒,又加瘟疫侵袭的灾难,要社神"为国忧元元",使人民有饭吃、少生病。他在写诗送给汤思退、胡铨、周必大、陆游、洪迈等人,以及挽吊陈康伯、杨存中、郑作肃等人的诗篇里,都对时事、政局作出了一定的反映,而且,他的政见是站在端人、正义、爱国这一边的,颇有史笔,这是不可以忽视的。如果我们对当时的政治情况了解得越多些,或许还会从这类诗里发现更丰富的内涵。

尽管如此,假如这一时期作品中没有了他在乾道六年使金时所作的那一整卷诗句的话,那么我们所指出的他此期作品的暗淡贫乏,还会显得严重。有了这一卷使金绝句,顿然改观,内容饱满,精彩倍出。我觉得,这一卷诗是范成大诗集里最好的组诗之一,值得我们特别称道。

自从卖国集团订了"和议"以来,每年往来于道中的"和平"使臣,络绎不绝,耗费着惊人数量的人民脂膏财物,以屈辱和无耻去讨金人的"欢心",正如当时名词人张孝祥所写:"干羽方怀远(!),静烽燧,且休兵;冠盖使,纷驰骛,若为情(令人何以为情)!"历年这些大量的"冠盖使"中,只有极少数的有心之士曾把北行的见闻记录下来,成为宝贵的历史社会文献;至于诗歌中,在这方面的反映则尤为稀少可贵,偶有一点,极其零碎,不成篇幅,内容也或狭隘或空泛,给人的印象并不深刻。

15

而范成大这卷诗,几乎是以日记的方式来逐次地写作,到一处、遇一事,就有一处一事的观察和反映,随时随地描写陷金地区的种种真实情景,而贯串在这些反映和描写之间的则是一条极鲜明有力的爱国思想的线索,使七十二篇绝句,构成了一个有机的整体。这个"冠盖使",除了在金国面前表现得十分坚强以外,还专力地写成了这卷爱国诗,或者可聊解那许多"同使"之羞罢?

这一组诗,按内容分类,大致有几等:第一,针对沦陷地区的景色、地理而写的爱国诗,瞻望收复河山的心怀和壮语。第二,借古人而发抒感慨、批评政府的错误,如上引借张巡、许远而议论"谁使神州陆地沉"者即是。第三,写沦陷区人民的盼望祖国恢复,如"茹痛含辛说乱华"的老车夫;叹息"曾见太平"的种梨老人;天街上"年年等驾回"的父老;迎迓扶拜、争看"汉官"的白头翁媪,——都使读者如闻其声、如见其人,这些被赵构等人出卖、遗弃而且遗忘了的苦难忠贞的遗民父老们,在诗人的作品里获得了关切和同情,也获得了永远不朽的生命。第四,描写金国的风土、习俗,种种落后、残破、野蛮的景象。第五,诗人自己报国的决心。第六,借古迹而抒感,如"戚姬(汉高祖刘邦的宠姬)葬处君知否?不及虞兮(楚霸王项羽的爱妾)有墓田!""纵有周遭遗堞在(曹操所筑的讲武城),不如鱼复阵图尊(诸葛亮的八阵图)!"等是,实际仍然是借古讽今的爱国思想。其中,例如写安肃军的沈苑泊:"台家抵死争溏泺,满眼秋芜衬夕阳!"写黄河的李固渡:"列驽燔梁那可渡?向来天数亦人谋!"这类诗,就北宋的腐朽昏庸的若干具体事实,沉痛地指责了卖国、误国者的罪恶,读来令人义愤填膺,无愧史笔,远远胜过了当代人的一些颇邀盛誉的同类作品。也还应该指出:范成大这种诗,完全运用十分淳朴通俗的、几乎像"竹枝词"式的绝句小诗,精彩地收摄了每一个有意义的镜头特写,"传统"诗家们充分运用这种诗体的例子并不很多,原因是他们看不起这种诗体,认为是"俚俗","格调不高"。

第四个时期,即在外面作四任边区大吏的阶段,作品最富,竟然占了全集三十三卷中的整整十卷之多。这么多的诗,虽然整个说来并不是范成大最重要、最出色的手笔,但是却构成了集中的另一特点,即山川行旅诗,——至于他在安居下来、住在帅府以后的诗,从数量和内容上讲,就大都没有什么可说的,十之九是个人的心境,倦游、叹老、嗟病、悲凉、寂寞。而在行旅诗中,由于他西至四川、东至明州、南至桂林、北至建康,实际是走遍了南宋疆域的四极之地,反映面就十分广阔。祖国的山川形势,人民的风土生活,都得到了描写,而且他在这些方面,如早期就已有所表现的,是具有才能的,写得都很真切、细致、清新、丰富,令人得到一个总的感觉:充实。

衡阳道中的一首小诗写道:"黑毅钻篱破,花猪突户开。空山竹瓦屋,犹有燕飞来。"这不但写出了当地的农村景物,而且如果我们想到过去的文人画家,都不肯写猪这个动物,以为它"不入品"(诗里并不是没有出现过"猪"这个字,但大都是作为"肉类"而写及的),写了,就会"破坏"了"大雅",那么,于此不能不佩服范成大的肯于突破"雅道"。《合江亭》诗,想象江水合流如同诸侯的"尊王攘夷","安知千载后,但泣新亭囚!"有力地讽刺了南宋的衮衮诸公(当然,像陆游晚年所写的"新亭对泣亦无人"的情形,那就每况愈下了);"我题石鼓诗,愿言续《春秋》!"诗人表明了自己要以"史笔"来写诗的素志。《黄黑岭》写深山中的几乎是檜巢而栖的农民穷苦生活。《潺陵》《荆渚堤上》写湖南农村遭到破坏以后的惨状。《劳畲耕》着重写了吴农的受尽剥削,由于官府的苛虐强夺,胥吏的贪奸凶狠,地主的私债煎迫,以至于逃田弃屋,室无炊烟,"晶晶云子饭,生世不下咽(咽喉)。食者定游手,种者长流涎!"十分深刻地揭露了剥削的残忍,阶级的不平。《夔州竹枝歌》描写了背儿采茶的妇女,"买盐沽酒"的水果贩,另一面则官僚吃好米,穷人吃豆粟,"东屯平田粳米软,不到贫人饭甑中!"以及"绣罗衣服生光辉"的大贾商人的"当筵"荒乐。这无异是南宋封建社会各阶级、阶层生活的缩影。《峡石铺》写稻田"新秧一棱绿茸茸,茅花先秋雪摇风。后皇(大地)嘉种不易熟,野草何为攘岁功?"在诗句中寄托了更深刻更广泛的含义。《初发太城留别田父》,说明诗人离开成都时,唯一作诗惜别的就是农民父老,因听说昨夜雨透、丰收有望而欢喜"伸眉"。《离堆行》向每年要"吃"四五万只羊的神提出抗议:"更愿爱羊如爱人!"《鲁家滧入沌》,写出"夜后逢人尽刀剑,古来踏地皆耕桑。可怜行路难如此,一簇寒芦尚税场!"诗人实际上已然告诉了我们:人民所以如此苦难,谁又是天生下来甘愿去作"盗贼"的?一簇寒芦,尚设税场,不就是官逼民反问题之所在吗?

还有一类诗,如《入分宜》,写"入国观政",说明由水道的有无桥梁就可以看出地方官的贤否。《铧觜》,就前人后人兴修水利为民造福的事而感叹"无谓秦无人,虎鼠用否耳"。《麻线堆》写蜀道之难,劝地方官修治道路,而说"勿云此事小,惟有行人知!""官吏既弗迹,谁肯深长思?……工费嗟小哉,政须贤有司"。所有这些,连串起来看,范成大作品中关怀民生疾苦,并不是偶然的、个别的现象,而是一贯的、经常的意志所在。南宋的大官僚,旅行在祖国河山土地上的,每年不知有多少,有几个曾给我们留下了这样多的正面有关生民利害的作品呢?

第五个时期亦即最末一个时期,是范成大退闲家居,从五十七岁到六十八岁的作品。这时他暮气似乎显得重些了,爱国之心虽然并未完全忘怀,然而只不过有时笔锋一触:"太乙灵旗方北指""匈奴未灭家何为""时倚楼阑直北看""他年击楫誓中流",而且大都是在说别人;他自己,则所谓"我今以病为欣戚""输与诸公汗简青"了,热情转化而为讦激、牢骚,甚至时时不免有玩世不恭之意。他固然仍要讽刺像"书至五千空挂腹,钱非十万不神通""虱里趋时真是贼,虎中宣力任为伥""笑中恐有义甫,泣里难防叔鱼"那样魑魅魍魉的社会人情、宦场世态,但他所缺欠的是严词正义,正面向恶势力、坏事物作勇敢不懈的斗争的精神,结果,只能是"看穿了",只能是"有为皆妄懒方真",只能又是"随水随风几窖尘",这便不足取了。

此外,或如元人方回所指出的"其(石湖)病也,非贫者之病,盖犹有贵人之风焉",写"有日犹嫌开牖,无风不敢上帘""香暖香寒功课,窗明窗暗光阴"式的老病衰残。或如姜夔在挽诗中所说的"江山平日眼,花鸟暮年心",写花草虫鱼,甚至写太湖石,——这是以前所绝未有过的。

但是,假使范成大末年诗整个是如此,那真可谓之"强弩之末"了。所好者这时期却又产生了颇为重要的几组作品。大约从淳熙十二年(乙巳,1185)起,他同情人民疾苦的诗显著增加,例如题"雀竹图"时,不忘记写出"草间岂无馀粒?刮地风号雪飞!"夜坐时,在"满城风雨骤寒天"里听见"号呼卖卜"的声音,不禁感叹:

> 号呼卖卜谁家子?想欠明朝籴米钱!

这不仅写出了呼号者的可怜,同时也就展示了卖卜不过是穷人借以求几文籴米钱的手段而已,——难道那里面还会有什么"灵通感应"不成?继此,就有了一连串的同情于穷民、小贩、卖歌者的篇什,说出"忍寒犹可忍饥难""不是甘心是苦心",替他们提出疑问:"悠悠大块亦何心?"体会日晚忍饥的卖歌者的歌声"个中当有不平鸣",而且表示出:"汝不能诗替汝吟!"这种愿为喉舌的精神,何等令人感动! 在另一首里,他因"春雪数作"而写道:

> ……世无辟寒香,谁能不龟手?怜人索米归,衾裯无恙不?贫人寒切骨,无地兼无锥;安知双彩胜,但写入春宜(指上文在雪天作"笙歌暖寒会"的富贵人们)! 贩夫博口食,奈此不售何?无术

慰啼号,汝今一身多!

这样的精神是崇高的,因而也是感人的。也应该指出:南宋由于工商业的发展,商品经济发达,大城市非常繁荣,成为官僚、地主、富商盘踞剥削的据点;市民阶层虽然日益扩大,成分也日益复杂,下层市民就成为被压迫被剥削的对象;在有着"金扑满"绰号的苏州城里,剥削者的生活是"崇栋宇,丰庖厨,嫁娶丧葬,奢厚逾度"的,和贫苦市民的悲惨生活正成为极尖锐的对比,而封建士夫的诗人中间,有几个肯留意下层贫苦市民而反映他们的生活呢?因此就显出范成大在这方面的难能而可贵。

　　另一组诗就是农家诗和风土节序诗,从《梅雨五绝》《芒种后积雨骤冷三绝》起,不久就数到了《四时田园杂兴六十首》。这六十首绝句,一向认为是范成大所以获得"田园诗人"称号、享盛名、定身价的代表作。田家诗,我国从很早就有了,可是像这样集中地、系统地、整批地给田家写组诗的,却没有过。这是一。除了"躬耕"的陶渊明稍有不同以外,田家诗的作者多是站在"负杖阅岩耕"(宋之问)和"即此羡闲适"(王维)的角度,看到并画下一些带有"鸡犬""牛羊""桑麻""豆麦"的美丽图画,因此,很难也不可能在他们的这种诗里触觉到多少真实的生活内容、嗅到多少真正的生活气息;而范成大在他这些诗里则深刻而全面地反映了当时农家的景物、岁时、风俗、劳动、困难、忧虑、灾难、煎迫、奋斗、各式样的生活、各式样的琐事,我们觉得这样的作者才像是在一定程度上亲自体验过那种生活和遭遇的人,所以明朝人有过"虽老于犁锄者或不能及"的话,他的艺术似乎要把我们领入那种生活之中来共同参加体验,而不只是让我们看些仅仅带有"鸡犬""桑麻"的图画——那些仅仅只有一个面的图画。这是二。这里还必须补充说明一下:我国的田家诗,大致可以分为两个"系统"。其一是陶渊明式的"聊为陇亩民""复得返自然"之类和刚才所说的"看画图"式的那种农家诗,即表示士大夫脱身仕宦、"归去来兮"的心理的和官僚过腻了富贵生活要想换个"农家风味"的作品。其二是自从唐人才盛行起来的新乐府式的"田家词""悯农""农家叹"之类,专门反映农民的辛苦、艰难和被剥削压迫的惨痛的。而一向所谓的"田园诗",则通指前一类,即歌颂以至美化农家生活的作品。至于后一类,并不称为"田园诗",范成大的前后《催租行》《缫丝行》,正是这一类的作品。——严格说来,前乎此,范成大还没有写过正式的前一类田园诗,多是属于或者可以附属于后一类的诗篇。到这里,他才忽然大规模地写起田园诗来,从春到冬,一年间的劳动和生活,按照时序总摄于这一组诗内,令人回想起《诗经》里面的可贵的、久久没有人继承发展的《豳风·七月》诗来。重要的是,他的这些田园诗除了不同于以往的"看画图"式的诗以外,又把上述后一类农家叹的内容和思想写进这组田园诗来,把二者巧妙自然地融汇而为一,这则是从来很少有人做过的。事实证明,他这样做做对了,他在实际上是在一定程度上改造了传统田园诗(专门粉饰、美化、歪曲)的本质,因而相对地提高了田园诗的价值。所以如果只把他标签为"田园诗人",而不指出这个区别,就可能低估了范成大的这种作品。

　　不言而喻,一位士大夫诗人来作田园诗,即反映农民的一切,这本身便是个很复杂的问题。不过,要想在南宋时代找一个本人是真正的农民而能写出高水平的诗篇来的田园诗人,是没有这种历史可能性的。我们评价范成大的田园诗,只能从上述的大前提出发,否则,就会自己把评价标准弄得乱了章法,其结果,不是把范诗看作是完全符合农民实际的作品;就是对它苛责苛求,用我们今天的理论认识去"绳"范氏的立场观点、思想感情,而忘记了原来的只要是抱着同情于劳动人民的态度的就是应当肯定的这一基本准则了。只要这个"基准"是应当遵循的,那就不难看到:他确实没有写过像其他同时诗人所写的打发儿子出外去收租米和客户(佃户)每月要拿鸡鱼给自己送"月礼"的作品;相反地他却能写出"小妇连宵上绢机,大耆催税急于飞""无力买田聊种水,近来湖面亦收租""笺诉天公休掠剩,半偿私债半输官""不惜两钟输一斛,尚赢糠核饱儿郎""黄纸蠲租白纸催,皂衣旁午下乡来"和一系列的农民贫苦生活情况。可能在不少地方仍然是他美化了农民生活。但又要看到,南宋朝廷为了应付巨大的支出和他们的享乐奢费,为了加紧压榨农民,确曾作了类如安集流散、借贷农具、开发水利、扩垦耕地、经界丈亩、增殖品种等措施,更加主要由于农民辛勤劳动,创造财富,南宋农业生产力确曾大为恢复并增长,农村经济达到相当高度的发展,比之陷金区的破坏生产、摧残丁壮、经济逆转、农村凋敝残破不堪的情况并不相同,因而苏州地区平均每亩达到三石米的产量。农民生活可能在金人停止侵略"安定"下来已经数十年之久的时候获得相对的一些所谓"改善"。当然即使如此,这也依然不能为任何美化农民生活作辩解,这二者根本不容混为一谈。苏州地区的农民,百分之九十以上仍然是贫苦佃户。还有一点,他这些诗里的"安分守己""乐天知命"的思想表现得很浓重,例如"男解牵牛女能织,不须徼福渡河星""从教屋外阴风吼,卧听篱头响玉箫""晚来拭净南窗纸,便觉斜阳一倍红"等,虽然他主旨多是针对"朱门"而表示藐视的,但"知足长乐"的气味是够强了。这样,他就在揭发剥削压迫的同时,又使人感到农民是完全"满意"于那种生活(这里面还包括着他的美化)而并无要求和争取改变现实的志愿与力量;这是一种歪曲,一种迷混调和,是对人民有害的。在范成大的田园诗问题上,我们就要清楚两点:一方面,我们不仅重视他肯把较多的篇幅给予农村农民这一事实(如果从整个诗歌历史来看,他差不多是最能把反映农村生活作为首要的创作主题的作者),而且我们之所以肯定他更是因为他在诗里所表现的那种一贯地同情贫苦劳动人民的态度。另一方面,至于这种田园诗中夹杂着士大夫的生活情况、思想感情、趣味情调,我们留意加以识别,也就是了。

最后,可以提到他的一些"比兴"体的小诗。他深感于那个时代的黯淡苦闷的不可耐,时常要"问讯东风几日来?""谁能腰鼓催花信,快打凉州百面雷!"他瞻望

> 春后一寒如此,梅花有信来无?

他准备

> 遮藏茉莉槛,缠裹芭蕉身。我亦入室处(上声,动字),忍寒待阳春。

他感叹

> 三分春色三分雨,匹似东风本不来!

我们切莫小觑了这种诗的意义,同时一个诗人名叫曾极的就因为写出了

> 九十日春晴色少,一千年世乱时多。

使统治者至兴大狱。原因是:如果像陆游那样大声疾呼,时刻要求并准备杀敌复土、拯国救民,这是全国人民的呼声,连封建统治者在口头上也不得不承认这是应该,因此他还无法明目张胆地出面反对。可是这种微词多讽、偏锋落笔的针砭,却最使他们觉得刺痛和不舒服,是他们所更难以容忍的。于是露出凶残面目,实行镇压迫害了。从这里才可以体会这种诗的意义。例如范成大又在《题夫差庙》时写道:

> 纵敌稽山祸已胎,垂涎上国更荒哉。不知养虎自遗患,只道求鱼无后灾。梦见梧桐生后圃,眼看麋鹿上高台。千龄只有忠臣恨,化作涛江雪浪堆!

这首诗,元人曾选入《瀛奎律髓》,清代乾隆时候的批评家纪昀有过评

语,说是:

> 亦老生之常谈。词调尤野!

是的,也许有点不够"温柔敦厚"。可是,批评家还没有从别的方面去看些问题。也有一个小故事可以帮助我们说明问题。从绍兴十一年(1141)起,高宗赵构、宰相秦桧的卖国"和议"订立以后,便更加严厉地镇压一切爱国、反对和议的人士,和战两方,亦即卖国、卫国的势力,是整个南宋政治上的主要斗争,也是最残酷、最激烈的斗争,有一位名叫张伯麟的,在太学墙上写道:

> 夫差!尔忘越王之杀尔父乎?

这无异是代表全国爱国人民向卖国集团的大头目赵构质问的呼声,恰好也就是上面那首诗的最简要、最贴切的注脚。这位张伯麟写了这句话,得到了什么待遇呢:刺配处分。

那首诗,被批评家贬为老生之常谈。可是这"常谈",究竟是"谈"的什么样的沉痛内容啊!那是在什么样的年月里、什么样的情势下而写出的"老生之常谈"啊!

范成大的诗歌艺术,头一个印象就是风格清新,富于变化。看来他是从多方面向前人学习,吸取长处。由于内容的充实丰富,艺术的手法与风格势必就要有足以与之相适应的多样多彩:这一点他是做得出色的。前人评他的诗风,曾有"温润""典雅标致""端庄婉雅""俊伟""奔逸""清新妩丽""宏丽""精致""秀淡""婉峭"等等不同的认识,也可以作为这方面的一点说明。他也写了些比较粗率、滑快、浅露、诡怪的作品,意味不厚,读之索然,是他的缺点;喜欢使用僻典,有时排比成语概念,也构成他艺术上的另一缺陷。

过去时代的"传统"批评家们所指责于范成大的,大约不外乎说他

"弱",说他"平浅",说他"边幅太窘",说他"体不高神不远"。我们今天看来,自然有其所见,但也并不能完全同意这些看法。"边幅"的窘否,不应只向"波澜壮阔"上去着眼,要看和篇幅相对的内容是充实是肤泛,是反映了多少事物、什么事物。清人吴乔所谓"明人以集中无体不备、汗牛充栋者为大家;愚则不然:观于其志,不惟子美为大家,韩偓'落花诗'即大家也"。这是有道理的(此处并不是讨论他对韩偓评价的问题,只是借这来说明"大家"并非以"边幅"为定的这层道理)。至于"平浅",没有"高格""远神",更要看这个诗人所写的是什么题材,什么态度,什么情调。"灞桥风雪中驴子背上"的诗人,他作出的诗句一定是会有"高情远韵"的、"格"也不会不"高"了吧?可是能说"踏雪寻梅"式的诗一定"高"于范成大吗?民生疾苦,国家危急,要向这里面寻找并且要求"高远"的"神韵",这非全无心肝而何?其实,范成大自有他自己的一种高情远韵,只是评者未曾认真体察罢了。我以为,倒是"平浅",却道着一个问题。

范成大的诗,学陶、学六朝、学鲍谢、学中晚唐、学韩愈、学元白、学张王、学李贺、学杜牧、学盛唐、学李白、学杜甫、学北宋、学欧梅、学苏黄、学王安石,甚至学相去最近的陈与义和同时的陆游、杨万里。他几乎向所有历代著名诗人学习。可是他接受白居易、张籍、王建等诗人的影响实在比表面上的苏黄影响要大得多。当时的诗人敖陶孙就曾指出:

  自从"长庆"编成日,直到先生(石湖)晚岁诗。

可是不知由于什么原因,后来却很少有人注意到这一点。人人都知道:白居易是主张"诗合有为而作"、致力于以平易通俗的语言来反映民生疾苦的现实的诗人,而过去不满于白居易的人,他们评论白诗,恰恰也正是"平浅"。志存讽谕,而作"新乐府"这种类型的诗的,出以平浅易晓,是理所当然,势所必尔;比方明遗民的诗,大抵激烈郁勃而文辞谲变深隐,他们的诗就不会走"平浅"一路。道理是分明的。范成大的一大部分诗,完全可以归之于讽谕乐府这一大分类中去,其取径平浅,何足为异? 又何况,拿白居易来作比,也不是说他们就完全一样了,范诗比之白作,那体制风裁,实在丰富变化得多,也并非是一味平浅,千篇一律。所以要认识这个问题,也不可以离开了具体分析。

范成大,和同时的陆游、杨万里、尤袤齐名,号称南宋四大家。尤袤现存诗很少,无多可谈;所以实际剩下了杨、范、陆三家。这三家,早期都曾从"江西派"入手。值得注意的是,这三大家所以成其为大家,正是因为他们能够"从江西入而不从江西出"。他们不但风格手法上创出了自己的特色,而且可以看出,在他们以前的诗人的反映面还很小,抒写个人哀乐和描摹景物的作品居多,他们还没有把歌咏人民的生活和疾苦当作自己最主要的职责,而范成大则可以说是在这方面向前跨进了很大的一步。由此可见,愈古愈高、"后不如前"的复古主义的评诗观点,是不可能看到这些事实的;不从这些事实来分析比较,被"汉魏""苏黄"等大名震慑迷信住了,就很难承认南宋的诗人还会有多大价值和意义。

范成大在艺术上所受于诸家诸派的影响究竟是如何呢?《四库全书总目提要》曾说明两点:一,是"初年吟咏,实沿溯中唐以下";二,是"自官新安掾以后,骨力乃以渐而遒,盖追溯苏黄遗法,而约以婉峭,自为一家"。这是有其见地的。

在初年沿溯中唐以下这一点上,范成大学晚唐,学李贺,学王建;而特别令人注目的是,《石湖诗集》一开卷的第二首《西江有单鹄行》和第九首《河豚叹》,就都是长庆体。从整个诗集看,他效法李贺,只有《夜宴曲》和《神弦》两三首,以后再也没有朝这种风格发展的任何痕迹,说明学李贺只是他一时偶尔兴到之作。而元和、长庆诗风,即元(稹)白

（居易）、张（籍）王（建）的道路，却是他一生创作中的主要精神所在，这一点是十分鲜明的，同时也是重要的。

其中尤以王建给他的影响值得特别地提出来谈一下。王建和张籍齐名，都擅长作反映民生疾苦、攻击剥削统治的新乐府诗，而且和白居易是同时的诗人，因此可以说，在创作方法和目的上，他们是属于同一阵营的。但在艺术风格上，却又各有其特点。清人刘熙载曾指出他们的不同，说："白香山（居易）乐府与张文昌（籍）、王仲初（建）同为自出新意；其不同者：在此平旷而彼峭窄耳。"王安石品题张籍的诗，也有"看似寻常最奇崛，成如容易却艰辛"的话。这就是对他们的艺术手法的一种深刻的体会，意思是说：白居易的写法平正，舒徐，坦易，流畅，而张王的写法逋峭，紧凑，跳动，险急。特别是王建，这种特点更加明显。范成大的新乐府诗和一些性质相近的诗，则完全具备了王建乐府的特点，（《提要》也正就提出了那个"峭"字），写得十分富有波折和姿致。典型的例子可以举《催租行》：一首诗统共八句，两句一换韵，一句一转，一韵一变，五十六个字，刻画了农民交完官租，取得收据执照，里正又踉跄闯来，敲门骚扰，及至把执照拿出来给他看，他才装得佯嗔佯喜，刁相十足，说出"我不过是来闹碗酒喝罢了"的勒索本意，农民无奈，只得把仅有的一点积蓄，三百铜钱——当时三四斗米的价值——全部献出，还得笑脸周旋，好言应付："这个不够喝酒的，您为'公事'跑破了鞋，对付弄双草鞋穿吧。"看他写得如此简洁了当，而又如此曲折变化，穷形尽相，把欺压者和被欺压者双方的语言、心理、情态都摹画无遗，使人深深感到看到那一时代的人民所遭受的难以言说的痛苦，而所有这些，只是包括在五十六个字中间，几乎是以惜墨如金的经济而又跳宕的艺术技巧表达出来。这种手法的优点是既不平板、枯燥，也不滑快、一泻无馀，不教条概念地发议论，只用颊上三毫之笔，使读者由艺术的感染启发而领会到思想内容。至于运用口语，老妪都解，更是无烦赘说。

这种诗,是范成大最好、最成功的诗。而"平浅"论者,正失却了一只眼,因为它是一点儿也不"平"的,恰好相反。

由此可见,范成大在艺术方面也是基本上取径于中唐名家,而又加以变化发展的。

至于他以后"骨力乃以渐而遒",《提要》归功于"苏黄遗法",却须分别而论。首先,苏黄虽被人统称为"元祐体",但两家创作方法和艺术风格之不相同,可以说是如泾渭之分流,绝不容混为一谈。其次,黄庭坚的堆垛襞积、槎枒生硬的作风,和范成大的清圆便婉、明净流美的诗格也可以说是南辕北辙,不相干涉。我们并不是说苏黄都没有给予他任何影响,影响是有的,特别是以苏轼的影响更大;但是如果以为他的风格是由于"苏黄遗法"才建立而成的,那恐怕是一种不大符合事实的错觉。

苏黄两家在南北宋之际对诗坛影响的深而且广,自然是不可忽视的事实。南宋刘克庄曾说过:"元祐后,诗人迭起,一种则波澜富而句律疏,一种则煅炼精而性情远:要之不出苏黄二体而已。"此数语精极,这不但说明了两家的影响之巨,而且也指出了二者道路和风格之间的区别之大。但我们看范成大的诗风是和那两类特点相近不呢?很显然,他的诗既不够个"波澜富",也不到得就是"句律疏";既不够个"煅炼精",也不到得就是"性情远":苏轼的天马行空、泉源涌地的风格,以及善巧方便、层出不穷的譬喻,黄庭坚的"点铁为金""夺胎换骨"、一句诗至"历古人六七作"的手法,以及严冷少味的面目,这都不是在范诗中所能找得到的。这就可以清楚,《提要》的看法,在"苏黄遗法"这一点上未免皮相,会导引人误解。

我们看,范成大不是没有学过苏黄的,只是他并没有学到他们的长处,所学到的毋宁说是一些习气。上文说过,他也写过一些粗率、滑快、浅露、诡怪的作品,意味无多,读之索然;好用释典禅语,排比成语概念,也构成他艺术上的另一缺陷。这些,正就是苏黄两家给他的坏影响,他自己还有时加以严重化罢了。可以肯定地说,他的骨力"以渐而遒",绝不是由于这些。

严格说来,除了几组六言诗,有点像黄庭坚以外,范成大所受于黄的艺术熏陶实在没有多少;仍以苏轼的格调影响为大。而苏轼所受于白居易的影响,则是构成苏体的很重要的一个因素。所以,以元和长庆诗为基本风格的范成大,和苏诗的渊源自然会比江西派为亲近得多。杨万里给范集作序,曾说过一段话:

  甚矣文之难也!……非文之难,兼之者难也。至于公:训诂具西汉之尔雅,赋篇有杜牧之之刻深,骚词得楚人之幽婉,序山水则柳子厚,传任侠则太史迁;至于诗,大篇决流,短章敛芒,缛而不酿,缩而不僒,清新妩丽,奄有鲍谢,奔逸俊伟,穷追太白,求其只字之陈陈,一倡之呜呜,而不可得也。

范诗的"清新妩丽"的一面,是容易看得到的,因此大家都一致承认(尽管所用的言词不同);而他"奔逸俊伟"的一面,比较难于马上体会得到,因此不但很少人指出这一点,甚至像清代朱彝尊反而对范诗有了"弱"的提法。但是,陆游在给范成大《西征小集》(即《石湖诗集》中第十五、十六两卷)作序时,也恰恰提出"尤俊伟"一点来。这就说明,仅仅把范诗认作柔婉的看法是不全面的,他的诗格,能因主题思想的多样而变化,或清婉,或俊伟,并不是永远"一道汤"的滋味,而韵调十分流美,读起来确有一种奔逸英爽之感。我们知道,宋人常把陆游和杨万里比拟于李白,这是比较易于理解的;说范成大"穷追太白",只有杨万里如此认识;尽管那也许不够贴切,但提太白,也使人容易联想到苏轼。同时也就说明了范成大在艺术上曾向多方面学习借鉴,而并不是墨守一隅、自划自限。

29

至于《提要》提出的那个"遒"字,也就把朱氏的片面性很大的"弱"字评语给否定了。看来四库馆臣也不是毫无见识。例如描写行旅的五言古体,其内容之充实,笔势之遒迈,用字之凝练,对仗之工整,使人强烈感到这位诗人的才力之过人,而这种诗,大抵根源是力学韩愈而有以致之。须知,这在古往今来,敢学又能学韩诗五古的,为数实在寥寥。看不到这一点,也难说懂得了范诗的奇处。

但最重要的一点还是:这样来讲范成大的艺术风格,并不是要说明风格决定一切,相反,正可以看出,是范成大的创作道路和创作方法决定了他的艺术风格。关于他的学"晚唐体",不妨用刘克庄的话来印证一下,也许会更加明白,刘说:

> 古诗出于情性,发必善;今诗出于记闻,博而已,自杜子美未免此病。于是张籍、王建辈稍束起书袋,划去繁缛,趋于切近;世喜其简便,竞起效颦,遂为晚唐体。

——《后村大全集·韩隐君诗序》

范成大的"记闻"可不算不"博",方回就曾说他是"奇博";他的一部分诗的词采也不算不"繁缛",洪适和杨万里对他都有过"缛"的品评。可是他的好诗、他的主要精神、路数,却仍旧是"切近"的"张籍、王建辈"的精神、路数。例如北宋张耒,在"苏门四学士"中,作品最富于人民性,他的风格也最"切近",而他也正是学白居易、张籍等人的。这都是最好的说明。

范成大的诗,据他自叙,当时已经"新诗往往成故事,至今句法留沧洲"了。到南宋末期,他的田园诗有了显著的影响。明朝吴宽效法他的《田园杂兴》作《西山杂兴》七首,则全部无一例外是揭露农民疾苦,说明了范成大这一点之具有代表性,值得注目。清初,影响尤大,至有"家剑南而户石湖"的说法(见蔡景真《笠夫杂录》引《宋诗源流》奚士柱所论。蔡生于康熙十六年,卒于乾隆三十二年)。查慎行在入都途中经过芦沟桥时,就曾因石湖使金《卢沟》诗而写出"草草鱼梁枕水边(石湖原句'草草鱼梁枕水低'),石湖诗里想当年。谁教辇石通南北,铁轴银蹄一例穿!"巧妙地借以指斥了"后金"(清朝统治者)之又侵据中原、蹂躏南北,寄托了他自己的爱国思想,都可作为例子。

我们今天阅读范成大的诗歌,至少可以知道:反映了时代社会生活,民族矛盾和斗争,阶级矛盾和斗争,站在正义一面,替被侵略被剥削者鸣不平,是诗人作品首要的主题,也是作品的主要价值所在。从他不同时期的作品情况来看,凡是和人民生活愈加接近的时期,作品的内容就愈加丰富有力,艺术生命就愈有光彩;否则反是,立即显得贫乏和黯淡。生活和创作方面的实践,使他突破了当时的"江西诗派"的束缚,并且自己创立了清新俊逸的风格。

时代不同了,范成大所写的一切,是千年以往的事了。不知我们现代的石湖诗人,可曾在人民中间孕育成长?这倒是值得注意发现的。

范成大共存诗一千九百多篇,我选了三百二十多首,占了六分之一,实在不算少了,但依然有一些不算坏的诗不得不遗在选外,本文所引的就偶尔包括着几篇未选的诗句在内。选录的大概分配情况如下:有关农民的,七十六首;有关国事、政治的,六十五首;关系一般生民疾苦、利病的,十八首;反封建的,一首。以上共一百六十首。山川行旅、风土节序、一般生活、景物,一共八十三首。作者三十年间厌倦游宦、自写生活、感想的,三十四首。有关个人身世历史、骨肉交游、悲欢离合的,二十四首。晚年杂诗,十四首。其他专题六首。当然,严格划分有时是困难的,因为各种内容时时交综错杂着。我的希望是:选得突出重点,适当地照顾多面,反映诗人整个以及各阶段的各种面貌。这样可以尽量包入重要佳作,另方面也可以避免把诗人狭隘单一化。

范诗过去有清人沈钦韩的注,使我获益不小。但因他是随手写在诗集书眉上、后人过录刊印的,零文碎义,不仅不是逐句的注,也并不是逐篇的注,更没有什么体例可言;而且他注了的不一定都是我要选的篇章,我要选的又不一定都是他注过的。因此为本书作新注时颇苦凭藉太少,实际仍同草创。注者学识有限,新注中的纰病谬误一定可观,敬希读者们方家们在选、注各方面多加指正,俾得改进。在注中我往往酌量引一点有关的诗句或其他材料,目的在于帮助解释词句,或给某些历史事物风俗习惯等作较具体些的说明,总之是帮助理解,启发意趣,和旧式笺注的纯粹是专为罗列"出处""来历"的用意不大相同,在此向读者作一个交代,可免误解。但无论是为了注明来历还是为了作为参考启发意趣的,都因个人学识所限,不会十分美备,只看一个大致的意度罢了。

《石湖诗集》有明活字本,清顾氏本(先印、后印略有不同)、黄氏本。皆康熙时刊,刊刻甚精。还有《宋诗钞》选诗较富、异文较多。黄氏本略早于顾氏本,同一年刊印,讹缺虽多,但好些地方可以救正顾氏,很有参考价值,过去一概抹煞是不对的。现在以顾氏本为主,择最重要的异文略校一二,附于注中说明,不作校记。读者如果要看全集,目前仍以《四部丛刊》影印顾氏本或上海古籍出版社的《范石湖集》最为方便。

周汝昌
1957年1月初稿
1958年8月改定
1983年2月小修

元夜忆群从[1]

愁里仍蒿径[2],闲中更荜门[3]。青灯聊自照,浊酒为谁温[4]!隙月知无梦[5],窗梅寄断魂[6]。遥怜好兄弟,飘泊两江村。

〔1〕元夜:夏历正月十五日元宵节,也称上元节。从:去声如"纵",同宗、同堂,比直系嫡亲相远一层的族人。群从,或以称子侄辈,此指兄弟辈。

〔2〕仍:"再加上""更有"的意思,和"仍旧"一义不同;和下句的"更"对文互义,并无分别。如唐人李商隐(玉谿)《杜工部蜀中离席》诗:"美酒成都堪送老,当垆仍是卓文君。"仍是,犹言"更有",可参看。蒿径:汉代张仲蔚的故事,仲蔚隐居平陵,蓬蒿生满了宅子,高可没人,只开出一条小路可走。

〔3〕荜门:同"筚门",编荆竹为门。出《左传》。犹如说"柴门""蓬门",贫贱者所居。(参考下一故事:孔子弟子原宪,以贫闻名,家住陋屋,以蓬为门,以瓮为窗,上漏下湿,而原宪弦歌其中,怡然自乐。有一次子贡去看他,见他那样子,问他怎么病了,他答道:"没有钱叫贫,学而不能行叫病,现在我是贫罢了,怎么是病!"说得子贡很羞惭。出《庄子》)此处诗律当用仄声,故云荜门,诗人原意或仍与蓬门等皆有联想关系。诗句字面只写贫家,但同时已给读者以好学敦行、品志高洁的暗示。

〔4〕青灯:此指学子的读书灯;古时用油灯照明,一灯如豆,其光青荧。此处以青灯自照反衬贵盛世俗之人正在灯节热闹之中,正见自家不

逐繁华、自甘寂寞。浊酒：醪酒、薄酒。为谁温：指兄弟行都不在眼前,无人共饮、佳节空度。是感叹语,不是问语。苏轼(东坡)《答吕梁仲屯田》诗："新诗美酒聊相温",又苏轼《正月二十日往岐亭,郡人潘、古、郭三人送余于女王城东禅庄院》诗："数亩荒园留我住,半瓶浊酒待君温。去年今日关山路,细雨梅花正断魂。"乃寄怀爱弟子由(辙)之作,本篇显然有所脱化而来。

〔5〕隙月：人在门窗隙缝中看到月亮,想象是月亮透过小缝来窥视人,唯有它懂得来慰藉怀人不寐者。比较毛滂《临江仙·都城元夕》词："酒浓春入梦,窗破月寻人。"

〔6〕窗梅：指被月光映在窗纸上的梅影。寄：寄托。断魂：诗家习用语,说到十分愁闷、惆怅、失意、相思等类深隐感情时,常用此词,不易译为恰确的白话。有时也说作"断肠"。以上两联,总写一个清贫士子感怀节序、离群索居的寂寞生活和心情。

按：旧说谓范成大(石湖)世为吴县人(周必大所撰《神道碑》),而《笠泽词徵》引《松陵献存》以为不详石湖何县人,地志或又入之吴江县。唯明人张大复所著《梅花草堂笔谈》云："范文穆公成大,昆山人也,读书邑之荐严寺,十年不出；今寺左有范公亭,老桂扶疏,传是文穆手植。晚又号石湖居士,有集一百三十卷,郡志称公吴县人,始此。……"建炎三、四年间(1129—1130)金人南侵,平江府(苏州)移洞庭,府城夷为平地,屠戮极惨；石湖幼经离乱,当有流离未安之阶段。集中数有往昆山痕迹,诗末"飘泊两江村"之语,足资印证。诗调温婉,情致渊隽,已见一斑。

秋日二绝[1]（选一）

碧芦青柳不宜霜,染作沧洲一带黄[2]。莫把江山夸北客〔3〕,冷云寒水更荒凉。

〔1〕绝:"绝句"的省称,诗体中格律齐整、四句成篇的叫作绝句。也说作"截句""断句"。第二、第四两句必押韵,第一句可押可不押,第三句不押。

〔2〕沧洲:指近水一带地方,此指诗人所见,也可理解为泛指江南水乡之地。芦、柳,都是水边所生,一经秋霜,先变黄色。

〔3〕江山:字面指山川景物,实际指国土,犹如"河山""山河"。古时单说"江",是长江的专称(如同单说"河",就是黄河的专称),"江山"一词,为江南建国者所始用。北客:北方人。南宋时是"偏安"之局,和敌国金人已经以淮为界,所以"北客"意旨实在金人。夸北客,夸示于北方之人。按:南宋为接待金使,置苏州馆以寓之。诗人说:江南素以山水佳丽著名,但我此时看来,冷云寒水,衰柳残芦,实不必再向北人夸耀,此种景象比之北方反更显荒凉凄惨。言外含意深远。可比较同时人林升《题临安邸》绝句:"山外青山楼外楼,西湖歌舞几时休?暖风熏得游人醉,直把杭州作汴州!"林诗热讽,此诗冷刺。

窗前木芙蓉〔1〕

辛苦孤花破小寒〔2〕,花心应似客心酸〔3〕。更凭青女留连得〔4〕,未作愁红怨绿看〔5〕。

〔1〕木芙蓉:简称芙蓉,因与荷花易混,加木字,也叫木莲,异名又称拒霜;木本,秋天开各色大花,甚为艳丽。本篇全从"拒霜"一名生发,诗

3

人所感甚深,当另有本事,借花木为题耳。

〔2〕小寒:与"小寒"节气无关,犹如说微寒、初冷。木芙蓉开花于八九月,所以说小寒。破:略如冲寒、冒冷(而开花)之意;黄庭坚(山谷)《送曹子方福建路运判兼简运使张仲祺》诗:"山驿官梅破小寒",句法所本。

〔3〕客:一般指作客者、离家在外的人,犹言"游子""离人"。此处主旨是说花的心情想来必定和人的心情一样,可只作"人"字理解,诗人自指之词。此字应仄声,所以用"客",因声律而变换"代字""代词",是诗词中一大特点。李商隐《饮席戏赠同舍》诗:"不是花迷客自迷",李白《望木瓜山》诗:"客心自酸楚",可参看。

〔4〕凭:是寄语、致意、请求、嘱咐一类的意思,和"任凭""凭藉"等义不同。青女:霜神。留连:是盘桓勾留、不即刻离去的意思。

〔5〕愁红怨绿:本指春晚残败的花叶而言。此处是说:致意于霜神,请你尽管随意留连不去好了,号为拒霜的芙蓉花是不会害怕霜雪欺凌、像春花那样容易变为"怨绿愁红"的可怜相的。此种小诗,骨气品格自见。看:读平声,略如"堪"。

以上三诗,属于诗人最早期作品。年份未易确定。

长安闸[1]

斗门贮净练[2],悬板淙惊雷[3]。黄沙古岸转,白屋飞檐开[4]。是间袤丈许[5],舳舻蔽川来[6]。千车拥孤隧,万马盘一坏[7]。篙尾乱若雨,樯竿束如堆[8]。摧摧势排轧,汹汹声喧豗[9]。偪仄复偪仄,谁肯少徘徊[10]！传呼津吏至,弊盖凌高埃[11]。嗫嚅议讥征[12],叫怒不可裁[13]。吾观舟中子,一一皆可哀:大为声利驱,小者饥寒催。古今共来往,所得随飞灰。我乃畸于人[14],胡为乎来哉[15]？

〔1〕长安(镇)闸:在杭州东北,石门湾之南,为南宋运道所经。

〔2〕斗门:堤堰上所开的水门,可以启闭以便蓄水泄水的。贮:存贮,犹如口语说"盛着"。净练:比喻江水,好像一条明净洁白的熟绢。自南齐诗人谢朓有"澄江净如练"之名句,为唐代大诗人李白所倾倒,遂成据典。李白《金陵城西楼月下吟》云:"解道澄江净如练,令人长忆谢玄晖!"

〔3〕悬板:指闸板,古时的闸,大致是两岸两片石闸,当中一块闸板,可以提放启闭。淙(cóng):本是形容水声的字;作动词用时,是怒水急倾的意思,例如倾盆大雨,口语说"大淙雨"。惊雷:闸两边水面高度不同,水由高面经窄束处向低面急泻,发出轰雷般惊人的声响。

〔4〕白屋:不加雕饰的房屋,此处即陋屋义;飞檐:翘起的檐角,如飞鸟翅膀。此指闸旁关卡征税处。

〔5〕袤(mào):宽度,广度,细分别时,东西叫广,南北叫袤。丈许:犹如说"丈把""丈来的""一丈左右"。

〔6〕舳舻(zhóu lú):船尾接船头,鱼贯连接不断的意思。船尾叫舳,船头叫舻。蔽川:形容船只之多,河面不复见水。

〔7〕隧:地下道。坏(póu):土丘。两句特用陆地交通之事比喻水中交通之事,说无数船只都想争先过闸,像千车万马拥挤盘聚在一个小路口一样。

〔8〕"篙尾"二句:正面写船之多、之挤。樯竿聚处如攒堆,万篙乱下如急雨。写来紧张、生动,画所难到。

〔9〕摧摧:齐往上拥的样子。排轧:排挤倾轧。汹(xiōng 入声)汹:万众喧杂的声音。喧豗(huī):震耳欲聋的声响。

〔10〕偪仄(bí zé):窄狭的意思,"仄"亦作"侧",杜甫(少陵)《偪仄行》诗:"偪侧何偪侧。"少:稍为。徘徊:犹如说停留、犹豫。

〔11〕传呼:接声吆喝,喝道,古时官员出行的一种"威仪"。津吏:管闸卡的小官。弊盖:破旧的伞盖(一种仪仗)。凌:凌驾。这是说,忽然听见吆喝说税司来了,远远先看见一顶破盖,高出尘土之上,便知道这是"官儿"了。

〔12〕嗫嚅(niè rú):要说又说不出、不敢出口的样子。议:商量。讥:盘察诘问。征:征税。这句说船上人吓得结结巴巴地向津吏们斗胆还价。

〔13〕裁:减损,抑制。这句说吏隶们叫怒得不可开交,惹不起。

〔14〕畸(jī):异。畸于人,出《庄子·大宗师》"畸人者,畸于人而侔于天"。注疏者解为"乖异人伦,不耦于俗""阙于礼教",即被当时社会视为"怪物"的人。《宋诗钞》作"畸旅人",误。

〔15〕为:去声如"未";胡为,何为,也就是为何、为什么。全句用李白《蜀道难》诗。

按:此当是石湖少时赴杭时所作。年份不可确考。此种五古,与一般"纪行诗"但写山川景物者异趣,盖反映社会情状,寓以感慨,由少陵得法,而又有所发展,亦不愧为诗之史也。

落 鸿

落鸿声里怨关山,泪湿秋衣不肯干[1]。只道一番新雨过,谁知双袖倚楼寒〔2〕？

〔1〕鸿：大雁，候鸟，按季候而南北往还，古人每因雁鸿惹起离思。关山：关口和山岭，表示遥远、艰难的程途和阻隔。湿：入声属仄。

〔2〕"只道"二句：为诗人在道中思念所爱，想象她在家中怀望行人，代她设言：人只说不过刚下过一场雨罢了，哪里知道在家倚楼而望的人却因秋雨越添寒意呢。寒，当然是"冷"，但不只是冷，所包较字面义要广要深。可参较杜甫《佳人》诗："天寒翠袖薄，日暮倚修竹。"《月夜》诗："香雾云鬟湿，清辉玉臂寒。"袖臂生寒，诗人屡以见意，而其人清高之意度亦言外可见。又，本集前一首《道中》诗"客愁无锦字，乡信有灯花"之句，可与本篇合看，其意愈显。

按：苏州西北（苏州、无锡之间），有地名曰"鸿声里"，未知首句与此有联想关系否。

浙江小舣春日

客里无人共一杯〔1〕，故园桃李为谁开〔2〕？春潮不管天涯恨〔3〕，更卷西兴暮雨来〔4〕。

〔1〕一杯：指酒而言。
〔2〕"故园"句：上句说客中独处，这句是遥念故乡。
〔3〕天涯：天边，极言远处。实则不拘远近，凡离乡背井者，都说身在天涯，例如此处诗人家在吴门，距浙江非远。

〔4〕西兴:宋时是镇,置砦(戍守点),在浙江杭州市萧山区西北十馀里,临浙江;春秋时越国范蠡筑城固守之地,当时名"固陵",越王勾践将入吴为臣囚,国人钱送于此,感慨流涕,使诸臣各论事,忍辱以复仇之志乃决。向为军事要地,公私商旅必经之道。唐韦应物《滁州西涧》诗:"春潮带雨晚来急",苏轼《望海楼晚景五绝》:"江上秋风晚来急,为传钟鼓到西兴。"

小绝句笔调健举,无限家国之感,隐约笔端。

二月三日登楼有怀金陵宣城诸友

百尺西楼十二栏,日迟花影对人闲。春风已入片时梦,寒食从今数日间〔1〕。折柳故情多望断〔2〕,落梅新曲与愁关〔3〕。诗成欲访江南便,千里烟波万叠山。

〔1〕"春风"二句:上句用唐岑参《春梦》诗"枕上片时春梦中,行尽江南数千里"句意。下句用颜真卿帖中"寒食止数日间"语;参看宋晁冲之《戏留次衷三十三弟》诗:"寒食今无数日间。"寒食,从冬至节这天(或云次日)数起,数一百零五天,到清明节前三日(或云二日),为寒食节。古人很重此节,家家禁火,故名寒食。一说为纪念介之推,或以为此风俗甚古,与介之推无关。今世则以其当季春之中,景物正好,为扫墓、游赏的日子。

〔2〕折柳:古人分离,折柳枝为赠别的表记。又因有《折杨柳》的曲调(本与离别无关),后人往往取其名另制新词,也作为赋别的歌曲。多:《宋诗钞》作"都",义同。

〔3〕落梅新曲:汉有《梅花落》曲,本笛中曲,唐有《大梅花》《小梅花》。李白《襄阳歌》:"千金骏马换小妾,笑坐雕鞍歌落梅。"又苏味道《正月十五夜》诗:"游妓皆秾李,行歌尽落梅。"当时已指一种流行小曲之类。宋时茶坊以鼓乐吹奏《梅花引》卖茶。新曲,意有所指。苏轼《生日王郎以诗见庆,次其韵,并寄茶二十一斤》诗:"折杨新曲万人趋。"与愁关:说与愁相关,即闻新曲而起愁怀。按:洪迈《容斋五笔》所记,此当实指《江城梅花引》词调,简称《江梅引》,他说:"绍兴丁巳(七年,公元1137年,前二年徽宗死在金国),所在始歌《江梅引》,不知何人所作。己未、庚申年(岳飞抗金的时候)北庭亦传之。至于壬戌(绍兴十二年,前一年杀岳飞,和议成),先忠宣公(洪皓,使金被留)在燕赴张侍御家宴,侍妾歌之,感其'念此情,家万里'之句,怆然曰:'此词殆为我作!'既归不寐,遂用韵赋四阕……"可知这首"新曲"流行的时日和情况,以及它所唤起的特殊情绪。石湖"落梅新曲与愁关",非泛泛闲话可知。

按:首句西楼,指苏州子城(在大城内东偏)西面楼,亦名观风楼,唐白居易守吴时有《西楼命宴》诗,即此。末句"叠"字,入声。此诗韵调流美,代表石湖早期七律风格。

寒食郊行书事二首

野店垂杨步[1],荒祠苦竹丛[2]。鹭窥芦箔水[3],乌啄纸钱风[4]。媪引浓妆女[5],儿扶烂醉翁。深村时节好,应为去年丰。

〔1〕步：津渡之处，后亦作埠。

〔2〕苦竹：竹之一种，节比一般竹子要长，枝粗叶大，笋苦。竹，入声属仄。

〔3〕箔：帘类的编物，此指捕鱼所用的"籪"类，下在水里的类似小竹帘、围成曲折阵势的东西。《宋诗钞》作"泊"。

〔4〕"乌啄"句：寒食，是上坟的节日，宋时又有野祭的风俗，郊野中到处是焚化未尽的纸钱，被微风吹动，老鸦下来啄食祭馀，苏轼诗："老鸦衔肉纸飞灰"（见《海南人不作寒食，而以上巳上冢。予携一瓢酒寻诸生，皆出矣，独老符秀才在，因与饮至醉。符盖儋人之安贫守静者也》），即写此景；鸦亦衔纸钱，唐人张籍《北邙行》："寒食家家送纸钱，乌鸢作窠衔上树。"按：以上两句，鹭窥芦箔水，意实在水中之鱼虾；乌啄纸钱风，意实在风下之酒食；然而诗人目中所见，则又只是窥水啄风。一方面是动，一方面是静，相互见意，表里俱到。必如此读去，方得诗意。

〔5〕媪（ǎo）：老妇人。

按：宋时风俗，女子皆于此日加笄"上头"（即少女成年之礼）。上冢者则"泪装素衣"，提携游女；新娶妇必同行，俗谓之"上花坟"。参看辛弃疾《鹧鸪天·鹅湖归病起作》词："谁家寒食归宁女，笑语柔桑陌上来。"宋人写及此景者不少。又按：首篇"步"字与"丛"字为对，非"行步"义。《述异记》："水际谓之步，上虞县有石驮步，吴中有瓜步，吴江中有鱼步、龟步，……"《青箱杂记》："岭南谓村市为墟，水津为步。"（参看本书《发荆州》诗注〔4〕）。证以南宋人如陆游等诗中每言"村步"，似江南水乡凡有舟渡处之小聚落皆可称之为"步"。次首"赏心添脚力，呼渡过溪东"，正与"野店垂杨步"句呼应，所写即垂杨渡口之村店甚明。《剑南诗稿》卷七十八《晚闻庭树鸦鸣有感》诗自注："乡语谓湖山间小聚（按：即村落义）为'山步'。"其诗有云："残骸幸强健，沽酒遍山步。醉归每自笑,不负此芒屦。"可见此"步"字已渐趋于引申泛义,又不必定与津渡有关;诗中以其仄声,可径代"村"字为用。

陇麦欣欣绿[1],山桃寂寂红[2]。帆边渔箹浪[3],木末酒旗风[4]。信步随芳草,迷途问小童。赏心添脚力[5],呼渡过溪东。

〔1〕陇:与"垄"通,垄亩,田间。欣欣:植物充满了生命的样子。

〔2〕山桃:有二义:一,即指专名"山桃"的树,只开花,不结果。二,"山"字和上句"陇"为对仗,指开在山石间的桃花。寂寂:无声的样子,写山中花木自芳的静境。

〔3〕箹(jué入声):这里仍是指上首中"箔"类的东西,如籐、簆之类。唐陆龟蒙《奉和袭美吴中书事寄汉南裴尚书》诗:"三泖凉波鱼箹动。"

〔4〕木末:树梢头。酒旗风:风有动词意味,作形容词用,意谓酒旗因风而招飐。同样,上句"浪"字亦应如此理会,上所引"三泖凉波鱼箹动"句之"动"字,正可说明消息。微风过处,仰望木杪,则酒旗轻飘;俯观水中,则鱼箹微荡:二者乃同时事,写来极手挥目送之妙。唐杜牧(樊川)《江南春》绝句:"水村山郭酒旗风。"一联两句,分用两晚唐诗句。大抵考究的诗人,一联用事,必使两句锱铢相称,每验不爽。

〔5〕"赏心"句:是说看到这般景物,心中愉快,觉脚下也更有力气,因高兴而忘了疲倦。

初夏二首

清晨出郭更登台[1],不见馀春只么回[2]。桑叶露枝蚕向老,菜花成荚蝶犹来〔3〕。

〔1〕郭:入声。城外的城叫郭,泛言则无别。
〔2〕馀春:指才入夏季,春色犹有馀迹。谢朓《别王丞僧孺》诗:"首夏实清和,馀春满郊甸。"只么:就这么样。这句说,看不到一点春色的剩馀了,就只好这么样而回来罢。黄庭坚(山谷)《寄杜家父二首》:"鸟唤花惊只么回。"
〔3〕向:快要,就要。桑叶采尽,露出枝子来,蚕都要老了——快吐丝作茧了。荚、蝶:皆入声。

晴丝千尺挽韶光〔1〕,百舌无声燕子忙〔2〕。永日屋头槐影暗〔3〕,微风扇里麦花香〔4〕。

〔1〕晴丝:亦名游丝,虫类所吐的丝,飘浮空际。千尺:夸张写法。韩愈《次同冠峡》:"落英千尺堕,游丝百丈飘。"黄庭坚《考试局与孙元忠博士竹间对窗,夜闻元忠诵书,声调悲壮,戏作〈竹枝歌〉三章和之》:"已放游丝高百尺。"皆其例。诗人想象春末夏初的游丝是在恋惜春光,想把春挽住。韶光:美好的时光,指春。古诗:"游丝百尺诚娇妒,欲绊青春归上天。"可对看。
〔2〕百舌:鸟名,春二三月中最喜鸣,至五月即不再闻声。舌,入声。
〔3〕永日:长昼,夏季白天变得更长了,犹如说"长天老日的"。槐树生叶最迟,荫初成,已入夏,所以槐阴成为初夏的特色。黄庭坚《慈孝寺饯子敦席上,奉同孔经父八韵》:"日永知槐夏。"
〔4〕扇:扇动,指风的动荡。嵇康《杂诗》:"微风清扇。"此扇字对上句屋字,貌似名词,而虚实互异。

南徐道中以下赴金陵漕试作[1]

生憎行路与心违[2],又逐孤帆擘浪飞[3]。吴岫涌云穿望眼[4],楚江浮月冷征衣[5]。长歌悲似垂垂泪[6],短梦纷如草草归[7]。若有一廛供闭户,肯将篾舫换柴扉[8]?

〔1〕南徐:东晋南渡,在京口(今镇江)侨置徐州,故名南徐。

〔2〕生:助词,如现在还说"生怕";憎(zēng):厌恶。行路:泛言离乡远行,水行陆行皆可用之;本篇所写,正水行之事。

〔3〕擘(bò 入声):分开;擘浪飞,说小船冲开波浪而驶行。"又逐"字与上句"生憎"字紧紧呼应。

〔4〕岫(xiù):此指峰峦。这句说,舟行江中,回顾吴地群山,但有云烟,望穿双眼——用尽目力想看而看不到。

〔5〕楚江:古时以东海以东,吴、广陵等地为东楚地,故舟行至南徐一带称大江为楚江。

〔6〕悲似:犹如说"悲过",就是"比什么更悲"的意思,不可作"和什么一样悲"解。诗句说,长歌本以解愁,今不但不能解,反而比哭更觉悲痛。《战国策》:"长歌之哀,过于恸哭。"

〔7〕"短梦"句:这句说,梦中回到家,迷离纷乱,且一晌即又醒来,如暂归即别;亦可能有以草草短梦聊当还家之意。参看唐人许浑《南海府罢,南康阻浅,行侣稍稍登陆而迈,主人燕饯至频,暮宿东溪》诗:"归梦初惊似到家。"

〔8〕一廛(chán):古时一个人受宅占地若干,叫作一廛;《周礼》:

"夫一廛,田百亩。"《孟子·滕文公上》:"愿受一廛而为氓(民)。"指作百姓安居生活的条件。肯:岂肯的意思,不是正面话。篾(miè,入声):竹皮、竹片;篾舫,竹篾编篷的小船。黄庭坚《赠赵言》诗:"我有江南黄篾舫。"柴扉(fēi):柴门,贫家陋屋。诗句说,但凡有一点办法可以维持自己闭门读书,岂肯丢下安静朴素的平淡生活,甘心来东奔西走、求名问禄。比较同时诗人杨万里(诚斋)《腊夜普明寺睡觉二首》之一:"旅梦忘为客,檐声忽唤愁。亲庭未差远,佛屋不胜秋。只么功名是!如今解悟不(fōu)?十年行路饱,谁不遣吾休?"

按:本篇题下所注"赴金陵漕试"云云。金陵,宋之建康,今南京。漕试,指各路(宋行政区划)转运司(监司官)承集本路现任官员牒送随侍子弟及五服内亲,如州府解试法,荐名于朝。

金陵道中

山晚黄羊随日下,天寒白犊弄风归[1]。愁埃百转西州路[2],笑忆沙湖一棹飞[3]!

[1] 黄羊:古名羱,腹部带黄色,出西域,系野羊。此处当是借《后汉书》中"黄羊祀灶"之字面而写夕阳映照中之羊群,与西域种无涉。弄风:谓缓行游步于微风之中。此二句可比较《诗经·王风·君子于役》"日之夕矣,牛羊下来"语意。

[2] 西州:古城名,在今南京以西。晋羊昙痛其舅谢安之亡,行不由西州路,即此。此泛指建康道中。

[3] 一棹(zhào):指小舟。棹,桨。石湖生长水乡,习于船舫,夷犹

乘兴,是其所乐。仍是厌倦利名、怀恋江湖之素志。

晓行官塘驿

篝灯驿吏唤人行[1],寥落星河向五更[2]。马上谁惊千里梦[3],石头冈下小车声[4]。

〔1〕篝(gōu)灯:笼灯,古时灯焰风吹即灭,须用罩子笼住,且可增加亮度。但篝灯在此实即提着灯、打着灯的意思,重点已不复在篝字本义。驿吏:驿舍中的隶役人等,古时的驿舍,是供官府交通上歇换人马的地方。

〔2〕寥落:稀少、疏落的意思。星河:天河,此处则泛指晓天之众星而言,不必拘看河字。谢朓《京路夜发》诗所谓"晓星正寥落"。向:接近,将至,这是说,天还不到五更。古时行路,因交通工具极慢,须夜中即起,天未明即上路,以多赶行程。

〔3〕"马上"句:这句说,身在马上,已然上了路,而精神并未完全清醒,还似在半睡梦状态中(唐人刘驾《早行》诗:"马上续残梦。"),却被声音惊醒过来。

〔4〕石头冈:指石子冈,因音律而换字,冈在今南京以南十五里。小车:亦系行旅者,此时也已行动起来了。

赏心亭再题[1]

天险东南重[2],兵雄百二尊[3]。拂云千雉绕[4],截水万崖奔[5]。赤日吴波动,苍烟楚树昏[6]。向无形胜地,何以控乾坤[7]?

〔1〕赏心亭:在建康西下水门城上,宋时丁谓所建。本集中前一首为《重九独登赏心亭》,故云"再题"。虽题赏心亭,实则咏建康一地。

〔2〕天险:天然的险要地,如关口、大江、高山、蜀道等,皆是。东南:江南半壁。

〔3〕百二:表面似说百分之二,但意思较曲折:在险要形胜的地方拥兵二万,足抵旁人有兵百万,实在意思是指一种比例数。另一解,谓指倍数,他人百万,则百二言当二百万。《史记·高祖本纪》:"秦形胜之国,带河山之险……持戟百万,秦得百二焉。"

〔4〕拂云:犹如说,快要挨着了云彩。雉:古时筑城,以方丈为一堵,三堵为一雉,即高一丈而长三丈。本句"拂云"写其高,而"千雉"则写城垣之长,两义不可混。杜牧《感怀诗一首》"缭垣叠千雉",为石湖所本。

〔5〕奔:说山势如奔驰。

〔6〕"赤日"二句:写金陵地理形势,南北关锁。

〔7〕向:假使。乾坤:天地、世界,实在指"天下"、国土。这句说假使没有这样的险要胜地,怎么能把天下控制(守)得住呢?

按:此等诗如只看其字面意思,似无大意味。实则其中所含者多。建康为南宋之北门锁钥,所系最重。六朝以来,江南偏局之国皆建都于此。宋高宗赵构初南渡时,即有劝其以此为行都者,是后有识之士亦无不以此进谏,赵构绝不采纳。故易引起诗人感愤,屡形吟咏。可比较诗集中另一首《望金陵行阙》:

圣代规模跨六朝,行宫台殿压金鳌。三山落日青鸾近,双阙清风紫凤高。石虎蹲江蟠王(音"旺")气,玉麟涌地镇神皋。太平不用千寻锁,静听西城打夜涛!

首句言"跨六朝",恰如前诗起句"东南重",六朝较之"中原"大国,已是可怜,尽管超越六朝,实在有甚光彩?可谓善讽。末尾二句,两诗亦有异曲同工之妙:"千寻锁"本六朝吴国将亡时用以横拦长江防范敌国晋军,结果无济于败亡,故唐代诗人刘禹锡曾有"千寻铁锁沉江底,一片降幡出石头"(《西塞山怀古》)之句,又云:"山围故国周遭在,潮打空城寂寞回。"(《石头城》)石湖用此,皆所以深慨帝王荒淫无道,卒致亡国。所谓极可痛愤事而写以热闹之笔,最宜细玩。可比较陆游(放翁)《登赏心亭》诗:"孤臣老抱忧时意,欲请迁都泪已流。"两家之表现手法迥异,意则一也。

宿义林院

暝气昏如雨[1],禅房冷似冰。竹间东岭月,松杪上方灯[2]。惊鹘盘金刹[3],流萤拂玉绳[4]。明朝穷脚力,连夜斩崖藤[5]。

〔1〕暝(míng)气:夜气。

〔2〕上方:本指"天界"高处,普通多用以指寺院,有时也兼含建筑在高处的意思。此一联可比较唐人李嘉祐《赠钱起秋夜宿灵台寺见寄》诗:"月在上方诸品静。"

〔3〕鹘(hú):鸷鸟,鹰类。盘:盘旋,写鹰类在空中打圈子的神态。刹(chà):塔上竿柱叫刹,有时也就指塔。后来直称寺庙作刹,是引申义。这句写鹘在夜间被惊起,在塔顶上盘飞。

〔4〕流萤:萤是尾部发光的小虫,飞起来像水流无定,所以叫流萤。拂:快要挨着,轻轻接触了。玉绳:星名,在北斗附近。这句说萤光和星光交相闪动,又以衬托地势之高。

〔5〕穷:犹如说"竭尽"。斩崖藤:指斩草开道,决意游到山的最高层。

白鹭亭〔1〕

倦游客舍不胜闲〔2〕,日日清江见倚阑〔3〕。少待西风吹雨过,更从二水看淮山〔4〕。

〔1〕白鹭亭:在赏心亭侧,下瞰江中白鹭洲,参看注〔4〕。

〔2〕倦游:久客游宦在外,感到厌倦。《史记·司马相如列传》:"长卿(司马相如)故倦游。"胜:平声如"升","堪""禁"一类的意思。不胜闲,本义是十分闲逸,了无世情。参阅下文按语。

〔3〕"日日"句:本是人见清江,却说清江见人,言外见独自凭阑,只有江知。日日倚阑,是闲中无事、天天倚阑望远的神情。

〔4〕二水:李白《登金陵凤皇台》诗:"二水中分白鹭洲",白鹭洲在南京西南江中,江水被洲中分为二,故云二水;在此则指二水亭,与本题巧妙关合。淮山:指江北岸的山。全诗从倦游、不耐坐食而说到看淮山,引至主题。比较杨诚斋《题盱眙军东南第一山》二首之一:"……万里中原青未了,半篙淮水碧无情。登临不觉风烟暮,肠断渔灯隔岸明。"皆悲音忧国之作。

按:读此诗须知石湖意中暗用王安石《江亭晚眺》诗"清江无限好,

白鸟不胜闲"之句。闲,本谓白鸟之逸致。但石湖取其字面而双关语意,则为诗家脱换之常法。(王氏江亭诗之前一题为《游赏心亭寄虔州女弟》,可知江亭正指赏心、二水等金陵江干亭榭。)

胭脂井三首(选二)[1]

昭光殿下起楼台[2],拚得山河付酒杯[3]。春色已从金井去,月华空上石头来[4]。

〔1〕胭脂井:在金陵玄武湖侧台城内景阳楼下,陈后主(陈叔宝)荒淫无度,为隋所攻,隋兵已破城,始与宠姬张丽华、孔贵嫔投入井中躲避,隋兵搜出,被俘,陈遂亡,因此一名"辱井"。
〔2〕昭光殿:应作"光昭殿",陈后主至德二年(584),在光昭殿前建"临春""结绮""望仙"三阁,高数十丈,广数十间,窗门栏槛之类,皆沉檀香木,饰以金玉珠翠,珠帘宝帐,穷极奢丽,微风一吹,香闻数里。叔宝与宠姬分住三阁,有复道交相往来,宫女千馀人,酒色荒淫,诗歌声乐,夜以达旦。
〔3〕"拚得"句:说甘把国家以酒色享乐而换掉了。
〔4〕春色:指"好"时光,兼切"临春"的"春"字(因为陈后主自住临春阁)。刘禹锡《石头城》绝句云:"淮水东边旧时月,夜深还过女墙来。"末句用此。石:入声属仄。

腰支旅拒更神游[1],桃叶山前水自流[2]。三十六书都莫恨[3],烦将歌舞过扬州[4]。

〔1〕腰支：即腰肢。旅拒：也作"旅距"，矫强、不顺从的意思，如手冻僵，不听指使，即是旅拒。神游：指隋炀帝梦与后主游一事，据《隋遗录》（一名《大业拾遗记》）略云：炀帝在江都（扬州），昏湎滋深，尝游吴公宅鸡台，恍惚与陈后主相遇，尚呼炀帝为"殿下"，后主舞女数十，中一人绝美者，即张丽华，炀帝请其舞《玉树后庭花》，丽华辞以井中出后，腰肢旅拒，无复当年姿态云。

〔2〕桃叶山：即后来的瓜步镇之地，在今南京市六合区东南，临长江。隋军伐陈，杨广（当时是晋王，后来就是炀帝）率大军进屯六合镇桃叶山，这就是即将破金陵的前夕。水自流：意谓炀帝当年战功亦归徒费。《隋遗录》略云：后主于炀帝亦复荒乐无道，颇有反唇相讥之语："大抵人生各图快乐，曩时何见罪之深耶？三十六封书，至今使人怏怏不悦！"帝忽悟，叱之，随叱声恍惚不见。

〔3〕三十六书：沈钦韩云："《大业拾遗录》：炀帝梦见陈后主，语云：'三十六封书，使人恨恨！'前人莫解何谓。盖隋兵渡江警书为张贵妃所沉阁者。"

〔4〕歌舞：包括了酒色荒乐的各种花样而言。隋统一以后，炀帝的荒淫无道，比起陈后主，有过无不及，筑西苑，穷极华丽，宫女数千从游。大业元年（605），"行幸"江都，彩舟相接二百余里。到江都后，留连忘返。种种奢侈戏乐，难以尽述。赋重役繁，民不堪命。在位不久即被弑，国亡。与陈后主同谥"炀"。李商隐《隋宫》诗："地下若逢陈后主，岂宜重问《后庭花》！"正可合看。

按：古人咏史大都借史事针对当时政治而抒发感想意见。盖帝王淫威所在，不敢直斥。

读史三首(选二)

百岁亏成费械机[1],乌鸢蝼蚁竟同归[2]。一檠灯火挑明灭[3],两眼昏花管是非[4]。

〔1〕百岁:指人之一生。亏成:犹言成败、盈虚、输赢。费械机:费尽机心巧智以争夺倾轧的意思。

〔2〕"乌鸢"句:《庄子》的故事:庄子将死,弟子要厚葬他,庄子说,我以天地为棺椁,万物为赍送,何用厚葬我?弟子说,怕乌鸢把老师吃了。庄子说:"在上为乌鸢食,在下为蝼蚁食;夺彼与此,何其偏也?"在上,指置尸体于地上;在下,指埋于地下。同归,结果一样。参考杜甫《阁夜》诗:"卧龙跃马终黄土",语不同而意略似。

〔3〕檠(qíng):灯架。挑:挑灯,油灯灯芯燃久则光暗,须时时挑之。此言挑灯照读,常至夜深。

〔4〕"两眼"句:读久灯暗、眼昏。管,犹言辨识、判断。"是非"二字是全诗主旨所在。

堂堂列传冠元功[1],纸上浮云万事空。我若材堪当世用,他年应只似诸公[2]!

〔1〕堂堂:盛大的形容,"了不起"。列传:旧史书中为各种人物立传,称为"列传"。冠:去声如"贯",动词,为首的意思。元功:丰功伟绩,指"佐帝兴业"者而言。

〔2〕诸公:即指史籍列传中诸人。

宴坐庵四首[1]

油灯已暗忽微明[2],石鼎将干尚有声[3]。衲被蒙头笼两袖[4],藜床无地着功名[5]。

〔1〕宴坐庵:石湖所自取庵名。宴坐,静坐,修道养生家的必要功课。《维摩经》:"心不住内,亦不住外,是为宴坐。"
〔2〕"油灯"句:油灯往往有这样情形。又油干灯要灭时,最后一霎,必定忽然光又一亮,是另一种情形。忽,入声。
〔3〕石鼎:煮水之器,韩愈集有《石鼎联句》;《朝野佥载》:"鼎水方煎,有茶,可自泼之。"普通用铜作,贫者石作,东坡有《石铫》诗,即此类(铫无足,鼎有足)。
〔4〕衲:破碎布块凑缀补缝在一起。笼袖:将袖掩手,或凑在一处取暖。
〔5〕藜床:此指破旧的床;后汉管宁的藜床,破得都坐穿了(床在汉时犹为坐具名)。着:安放。这句说,藜床上安息,心安意得,没有"功名"的安置处——即绝无这种念头。

五更风竹闹轩窗[1],听作江船浪隐床[2]。枕上翻身寻断梦[3],故人待漏满靴霜[4]。

〔1〕竹:入声属仄。轩:在此与窗连文互义。

〔2〕隐:水流鼓怒声,《上林赋》:"湛湛隐隐",今单用,作动字。风吹竹子,睡梦中听去,误以为是身在船中、卧板底下的江水打船声响。参考苏轼《次韵答邦直、子由四首》之一"病闻吹枕海涛喧",《监试呈诸试官》"秋涛春午枕"。

〔3〕"枕上"句:这句说被风竹声闹醒之后,翻个身,又去接续刚才未完的梦,即重入睡乡。

〔4〕待漏:漏是古时的计时器,陆续滴水,显示时刻。做官的人必须天未亮就群集朝门前,听候漏刻入朝。靴:官服,以别于便服的鞋子。这首诗拿自己的安稳甜睡和做官的朋友绝早在夜寒中等候早朝的生活作对比,继前一首向仕宦生涯作嘲讽。可参考苏轼《薄薄酒二首》:"五更待漏靴满霜,不如三伏日高睡足北窗凉。"按:此意韩诗、白诗中均见。

粥鱼吼罢鼓逢逢[1],卧听饥鼯上晓矼[2]。一点斜光明纸帐,悟知檐雀已穿窗[3]。

〔1〕粥鱼:可指寺中将食晨粥时击钟:古时以为蒲牢(兽名)畏鲸鱼,鲸击之则大吼,故作蒲牢形于钟,而刻击钟槌为鲸形,取其可发巨响。一解,如苏轼《题净因院》诗:"催粥华鲸吼夜阑",即指寺庙里的一种木鱼,用木头刻成大鱼形,加上彩饰,横悬廊檐下,饭时敲之以召集僧众;如苏轼《奉敕祭西太一和韩川韵四首》又云:"粥鱼已响枯桐",是桐木所作鱼甚明。刘斧《摭遗》云:"有一白衣问天竺长老曰:僧舍中悉悬木鱼何也?答云:用以警众。"又问:"必刻鱼者,有何因地?"云云。可证。黄庭坚亦屡有"风烈僧鱼响"(《和外舅夙与三首》)、"钟鱼各知时"(《乙卯宿清泉寺》)等句,注亦以为"斋鱼""木鱼呼粥"。吼:兽类大声鸣叫。逢(páng)逢:鼓声。韩愈《病中赠张十八》诗:"不蹋晓鼓朝,安眠听逢逢。"此写天将明时寺院中钟鼓齐鸣。

23

〔2〕听:去声音tīng。鼯(wú):一种类似松鼠的动物;这里因须用平声字借谢朓《游敬亭山》"饥鼯此夜啼"字面,指普通的老鼠,写其喜偷灯油。釭(gāng):灯。苏轼《侄安节远来夜坐三首》:"笑看饥鼠上灯檠。"

〔3〕纸帐:用藤皮茧纸做的帐子,折成绉纹,或绘花鸟,寒素俭朴人所用。古时窗子都用纸糊,麻雀落在窗棂上,往往把窗纸弄破,透进亮光来。

跏趺合眼是无何〔1〕,静里惟闻鸟雀多。俗客叩门称问字〔2〕,又烦居士起穿靴〔3〕。

〔1〕跏趺(jiā fū):佛家的一种静坐式,简单说来,就是盘腿打坐。合眼:垂下眼睑(非紧闭目),用以收敛神气。无何:"无何有之乡""无何乡"的省语,指一种澄心息虑的精神上的静境,脑子完全休息的状态。

〔2〕俗客:实指功名利禄头脑的人。称:口头上的表示,借口而已。问字:汉朝扬雄的故事,他多识古文奇字,家贫,好事的人带了酒食去向他问字,就是"请教"的意思。

〔3〕烦:"带累"的意思。居士:本义和"处(chǔ)士"同,后来用法,大抵在家奉佛(即不正式出家)和不一定是奉佛而不乐仕宦的人,自称被称,喜用居士二字。此为诗人自称。穿靴:见客人要穿礼服。靴,可改读xuō以押韵。比较宋人陈与义(简斋)《早起》诗:"幸不识奇字,门绝车马尘。"

按:此四诗当即读书荐严寺时情事。参看前引《梅花草堂笔谈》所记。如不明此种历史背景,必以石湖所写之情怀事象为怪异,或且轻加"批判"矣。

夜行上沙见梅,记东坡作诗招魂之句[1]

玉妃谪人世,乃在流水村[2]。天风吹婵娟[3],飘堕寂寞滨[4]。芳心怨命薄,玉色凄路尘[5]。佳人来无期,日暮多碧云[6]。溪声为咽绝[7],月亦低微鬘[8]。相逢倦游子[9],一笑不复珍[10]。脉脉问不语[11],亭亭意弥真[12]。要我冰雪句,招此欲断魂[13]。苏仙上宾天[14],妙意终难陈[15]。璇柄忽倾堕[16],晓岚愁翠昏[17]。

〔1〕上沙:地名,在苏州城西,石湖祖茔所在,又曾于此卜居。东坡:北宋大诗人苏轼的别号。馀见下注。

〔2〕玉妃:比喻梅树。谪(zhè 入声):因罪受到责罚。此言梅是天上的仙人玉妃因获罪责,被谴谪下降到人世(按:依《艇斋诗话》,东坡原诗"谪堕"二字出《杨贵妃外传》,玉妃即指贵妃,今石湖诗并无此意,不必取证)。东坡"花落复次前韵一首"(按:指《十一月二十六日松风亭下梅花盛开》)诗起句说:"玉妃谪堕烟雨村,先生作诗与招魂",本篇的想象比喻,由此而来。

〔3〕婵娟(chán juān):犹如说美人。

〔4〕寂寞滨:指荒野临水的上沙村。

〔5〕玉色:美洁的容色。凄:作动词用,说因尘埃蒙蔽,美人面上有了凄楚不欢的颜色。

〔6〕佳人:美好的人,古代男女都可称佳人。碧云:天色晚了失去霞彩的云。江淹《拟汤惠休》诗:"日暮碧云合,佳人殊未来",说盼望中的

理想的人,只是不见到来,而天色不等待,忽然已经暗下来,碧云四合了。此处佳人是想象站在水边的梅花自有她所想望的伴侣。

〔7〕咽(yè 入声):呜咽,哽咽,声塞。绝:断。溪水为梅的孤寂无侣而悲咽。

〔8〕颦(pín):意有不快而双眉愁锁。

〔9〕倦游子:诗人自指。倦游已见前。

〔10〕"一笑"句:相逢意合,对视一笑,不再珍惜、吝啬这一笑。反面见出,见不如意的人,难得一笑。

〔11〕脉脉:含情相视的神态。

〔12〕亭亭:长身玉立,挺爽明媚、端整大方,很精神的样子。弥:更加,越发。

〔13〕要:平声如"腰",要求、邀请。冰雪句:清净毫无尘俗的诗句。断魂:已见前。招魂,古俗,《楚辞》有《招魂》篇,杜甫《彭衙行》也有"剪纸招我魂"的句子,人极愁苦,如失魂魄,招魂使归,即是给人一种精神上的治疗、抚恤、安慰。黄庭坚咏水仙诗:"是谁招此断肠魂"(见《王充道送水仙花五十枝,欣然会心,为之作咏》)。

〔14〕苏仙:本来指苏耽,此借指苏轼。宾天:修道的人得道飞升,叫作宾天。

〔15〕陈:陈说,表达。本句意思是,自己没有东坡的诗才,难以表达出这时的感情来。

〔16〕璇(xuán):美玉。璇柄,指北斗七星的斗柄,夜深了,斗柄转得垂向下方。

〔17〕岚(lán):山峦云气蒸润的样子,也作名词用。愁翠:指山的碧色,在人看来,亦含愁意,犹如上文之溪咽月颦;但这里还有一层暗示,即是天色将亮,不得不离别了。昏:因岚气,夜色未净,所以尚看不真切——也就更增加人的愁绪。

姑恶并序

姑恶,水禽,以其声得名。世传姑虐其妇[1],妇死所化。东坡诗云:"姑恶,姑恶!——姑不恶,妾命薄!"[2]此句可以泣鬼。余行苕、霅[3],始闻其声:昼夜哀厉不绝。客有恶之,以为此必子妇之不孝者。予为作后姑恶诗[4]。

"姑恶妇所云,恐是妇偏辞:姑言妇恶定有之,妇言姑恶未可知。"——姑不恶,妇不死!与人作妇亦大难,已死人言尚如此!

〔1〕姑:丈夫的母亲,北方话的"婆婆"。妇:子妇,儿媳。
〔2〕苏轼《五禽言》诗第五首:"姑恶,姑恶!——姑不恶,妾命薄!君不见东海孝妇死作三年干,不如广汉庞姑去却还。"
〔3〕苕:苕(tiáo)溪;霅:霅(zhà入声)溪,浙江的两条水名,会流于吴兴县,入太湖。以景物清绝著称。
〔4〕后姑恶诗:因东坡先有《姑恶》诗,所以称续作为"后姑恶诗"。有时也用"续"字,如杜甫有《丽人行》,东坡又作《续丽人行》。

按:至清人郑燮(板桥)亦作姑恶诗,而不知引及石湖此篇命意。

大暑舟行含山道中,雨骤至,霆奔龙挂可骇[1]

隤云暖前驱[2],连鼓讧后殿[3]。骎骎失高丘,扰扰暗古县[4]。白龙起幽蛰,黑雾佐神变[5]。盆倾耳双聩,斗暗目四眩[6]。帆重腹逾饱,橹润鸣更健[7]。圆漪晕雨点,溅滴走四面[8]。伶俜愁孤鸳,飐闪乱饥燕[9]。麦老枕水卧,秧稚与风战[10]。牛蹊岌城沉[11],蚁隧汹瓴建[12]。水车竞施行,岁事敢休宴[13]?咿哑啸簧鸣,轫辘连锁转[14]。骈头立妇子,列舍望宗伴[15]。东枯骇西溃,寸涸惊尺淀[16]。嗟余岂能贤,与彼亦何辨[17]?扁舟风露熟,半世江湖遍[18]。不知忧稼穑,但解加餐饭[19]。遥怜老农苦,敢厌游子倦?

〔1〕含山:地名,在安徽巢湖市、和县之间。龙挂:天将雨,有时先望到远处已有先下雨的地方,黑云下垂,形态变幻,古人因为神话里常说龙可行雨,便以为看到的是龙的爪、尾,说是"龙挂"。龙挂一语通常指只有一块地方下雨而言。

〔2〕隤:同"颓",隤云,阴雨时垂落很低的云。暖(ài):暗。前驱:走在行伍的前面。这是说黑云先暗下来。

〔3〕连鼓:指雷。古人画雷公像,左手执连鼓,右手椎鼓作响,见《论衡》。讧(hòng):有溃乱、争闹等意思。后殿:和前驱对待,是走在行伍最后面的意思。这句说,雷声跟后而至。

〔4〕骎(qīn)骎:疾快的样子。失高丘:说丘陵被低云遮盖而不见。暗:疑本当作"暗",盖从音律讲,此字当平声,写暴雨前之万籁无声也,

如此方不与下句"暗"字复。古县:指含山县。

〔5〕蛰(zhé):鳞介、虫类等冬日伏藏不出,叫作蛰。神变:古人以龙为灵物,"变化"莫测。有了黑雾乌云,越显得莫测,所以说"佐",佐是助的意思。

〔6〕盆倾:形容雨大,像盆水倾注而下。聩(kuì):聋。斗暗:如闭置斗中,四面皆暗黑,故下言"四眩"。苏轼《百步洪》诗:"四山眩转风掠耳。"一说斗即陡然,斗字与"陡"字义通,而字面则仍与上句"盆"字对仗,是名"借对"或"假对"。比较辛弃疾(稼轩)《永遇乐·检校停云新种杉松戏作》词:"又何事、催诗雨急,片云斗暗?"眩(xuàn):眼睛晕得发花。

〔7〕"帆重"二句:写雨中船只:帆被雨渍,故更重;帆饱,犹言帆张得满。橹被淋湿,摇起来声音越响。

〔8〕漪(yí):水面微纹。晕:日月四周有时出现光圈,叫作晕;此以形容水纹之圆。两句写雨落入水。

〔9〕伶俜(líng pīng):孤单的样子,这说本来成双的鸳鸯被雨打得拆开伴侣,故云"愁"。飐(zhǎn)闪:被风吹得凌乱摇动。将雨时燕子总是高飞入云。参考杜甫《喜雨》诗:"巢燕高飞尽。"

〔10〕稚:幼小。

〔11〕蹊:路径,此指牛踏陷的蹄迹。岌:入声,危险的样子。

〔12〕隧:已见前。汹:水流汹涌,包括急流的水势和声音而言。瓴(líng):高屋上的瓦类,用以泻水的(旧说以为盛水瓶),比喻水从高度斜坡上急流而下,叫作"建瓴之势"。

〔13〕岁事:农事;禾谷成熟叫岁;一年的收获,叫作"岁功"。敢:岂敢,哪敢。诗中此类甚多,如"肯""更"等字,皆假设反诘,非问语。宴:休息安乐。

〔14〕轳辘(hū lù):滚转的样子,与上句"咿哑"声音皆形容水车。

〔15〕骈(pián):二者相比并叫骈;骈头,略同比肩。上句说母亲和孩子排在一起踏水车。宗伴:犹如说家人,族人。下句说排家挨户的家里人都在看管田垅里的水流情况。

〔16〕"东枯"二句:说地势不一,东边忽然水干了,才惊觉西边有溃漏的破口;只为使一小块地上得水,却又忘记一大片田已然淹没。

〔17〕"嗟余"二句:说可叹我哪有什么"优越",和农民又有什么不同,却过着两种生活?嗟,叹息。

〔18〕扁(piān)舟:小船。江湖:此指水乡流浪,相对于安居而言。

〔19〕"不知"二句:犹如说不会生产,但能消费。稼,种禾;穑,收获。总称农事叫稼穑。

按:石湖此行入安徽江北境,集中但言宣城有亲戚,此未明何干。全篇以对仗骈俪之句法为古体,而令人不生堆垛之感,笔力极健举,而描摹生动,如闻如见。末幅志感,尤为动人。此种力学退之,而又有创造。轻视南宋诗者盍评量实际,而可以时代论诗文艺事乎。

六月七日夜起坐殿庑取凉[1]

畏暑中夜起,出门月露清。晶荧卧银汉,错落低玉绳[2]。网户闭妙香[3],石楼栖古灯。风从何处来?殿阁微凉生。桂旗俨不动[4],藻井森上征[5]。榱楣共突兀,鬼物相枝撑[6]。彭觥铁拄杖[7],磔磔栖燕惊[8]。俗人岂解事,鼻息春雷鸣[9]。大星送晓来,四窗炯微明[10]。颢气澡肌骨,栩栩两腋轻[11]。乘风欲归去,骖鸾跕青冥[12]。却恐方平知,浪得狡狯名〔13〕。

〔1〕庑(wǔ):正殿下面四周的房屋,例如厢房。

〔2〕晶荧:光明。卧:指天河横亘空中,如同横卧。银汉:天河。玉绳:已见前。

〔3〕网户:指有镂刻图案棂槅的门、窗。妙香:佛家的比喻。杜甫《大云寺赞公房》诗:"心清闻妙香。"意思是说,人到真正的静境,便仿佛闻到一种微妙的香气(不是真有焚着的香类);但石湖此处则似指焚香,与下句"古灯"皆实物。

〔4〕桂旗:《九歌》:"辛夷车兮结桂旗",曹植《洛神赋》:"左倚采旄,右荫桂旗",大抵指以桂作旗,是一种想象,不必真是旗;此处当即指桂树。俨:庄敬的样子。按:上二句暗用唐人柳公权《夏日联句》:"熏风自南来,殿阁生微凉",柳诗本明谓有南风送凉,而石湖此处设云:风从何处来?则正不必拘看,由桂旗不动句,可见此时尚非必真有风动,特夜深气清、静中生凉而已。此与心清妙香同一机契。

〔5〕藻井:屋顶中央的"承尘",相当于俗语天花板,古代建筑多有之,用方木交互围成井栏的形式,加以彩画,所以也叫绮井,中有莲花下垂,花瓣反而上翻。森上征:即写其森然(有阴冷的意味)悬在高处而势态上翻。王延寿《鲁灵光殿赋》:"飞陛揭孽,缘云上征。"森,初印本作"生"。

〔6〕榱楣(cuī méi):指房檐,榱就是椽(chuán),椽子排在一起,外端伸出,联起来就成为楣(也叫柤、樗,和"门楣"的楣异义),俗语叫"出檐"。突兀:高出而有动态。杜甫《大云寺赞公房》诗:"夜深殿突兀。"鬼物:如同说鬼魅。枝撑:是说支拄成架势,如两人相打或斗力时手支脚抵、架在一起的样子。静夜里,看久了,建筑物的黑轮廓都好像是巨形怪物、静物显出动态。

31

〔7〕彭觥(gōng):模拟杖敲在地上的声音。铁挂杖:借指僧人所用的金属杖,普通称"锡"(彭觥,出韩愈诗;铁挂杖,出苏轼诗题)。

〔8〕磔磔(zhè入声):鸟鸣声。

〔9〕"俗人"二句:说世俗人不晓得夜里来享受这种境界,却酣睡打齁如雷。

〔10〕大星:可参考韩愈《东方半明》诗:"东方半明大星没,独有太白配残月。"然石湖此处大星即指太白长庚星。炯(jiǒng):明。

〔11〕颢(hǎo)气:指清鲜的空气。澡肌骨:说如被清气澡沐。栩栩:快活的感觉。两腋轻:说如同两腋生风,意似身轻欲飞的意思。参看卢仝《走笔谢谏议寄新茶》诗:"唯觉两腋习习清风生。"

〔12〕骖(cān):车两边驾马,在此就是乘驾的意思。鸾:凤类,多青色的凤叫鸾。谼(hǒng):飞到的意思。青冥:指天,道家语。全句说乘鸾升天,即"仙去"之意。

〔13〕方平:王远,字方平,神话中古代仙人,传说是麻姑之兄。浪:有"滥""虚"等字的意思。狡狯:机智诡诈的意思,有时并不是贬责的话,例如过去文人有时故意显示聪明才力,或当说到神仙偶尔显示神通游戏人间,故意惊动世人,都说成是"弄狡狯",这里即是此意(陆游诗自注:"晋人谓戏为狡狯,今闽语尚尔。"亦可参看)。《神仙传》记王方平过蔡经家,麻姑亦至;麻姑求少许米,撒地即化为珠。方平笑曰:"姑固年少;吾老矣,不复作此狡狯变化也。"石湖用此事。

立春日郊行

竹拥溪桥麦盖坡,土牛行处亦笙歌[1]。曲尘欲暗垂垂柳[2],酷面初明浅浅波[3]。日满县前春市合[4],潮平浦口暮帆多[5]。春来不饮兼无句,奈此金幡彩胜何[6]!

〔1〕土牛:指春牛,古时泥塑为牛,立春前一日,鼓乐迎到府县前,次日挂上绸彩雪柳,行彩仗鞭牛的仪式,含有警示农时的意义,叫作鞭春或打春(现在口语里还有把立春一径叫作打春的)。

〔2〕曲尘:指浅黄微带绿的颜色,即"缃色"(对此词的本源意义何取,解释不一,今不赘述),这里用以形容柳条初发芽时的浅绿色。

〔3〕醅(péi):此指"浮醅":古时制酒,酒面浮有浅碧色的浓汁浮沫(叫作"浮蛆"或"浮蚁",是酒的精醇所在),因此用来形容春水的绿色。

〔4〕合:如同说"聚"。宋人以市集开市为市合,《东京梦华录》:"以东街北曰潘楼酒店,其下每日自五更市合。"合,入声属仄。

〔5〕浦:大水另有小口通连的叫浦。浦口,指水的出入口(与"浦口"地名无关)。

〔6〕句:诗里专用以指诗句,有时也说作"句子""诗句子"。金幡彩胜:总称幡胜,古时风俗,立春日剪彩作各种式样的幡胜,戴在头上(或悬在花枝上),有燕、鸡、蝶、钱种种图案。也叫春幡、春胜。

碧 瓦[1]

碧瓦楼头绣幕遮,赤栏桥外绿溪斜。无风杨柳漫天絮[2],不雨棠梨满地花。

〔1〕碧瓦:将一首诗的起首二字作为诗题,其情形往往是偶然见景生情,随口吟成,本不是先有了题目才作,若勉强寻一个题目,反不能自

然、恰确,因此就取句首二字(有时也取句中)标题。和先定了题目、专咏一件事物的情形不一样,例如本篇并不是专咏"碧瓦"这件东西的。另一情形,有时诗人不便或不愿意明白说出题旨的,也往往只用句首(或句中)二字作题,和"无题诗"相同。

〔2〕漫:平声如"瞒",漫天,如同说满天。参考韩愈《晚春》诗:"杨花榆荚无才思(去声,音'四'),唯解漫天作雪飞。"按:诗家多写柳絮之"因风起",石湖此曰"无风",尤得晴絮之神,盖其物极轻,人自不觉有风之时,亦漫空浮荡。

暮春上塘道中

店舍无烟野水寒[1],竞船人醉鼓阑珊[2]。石门柳绿清明市[3],洞口桃红上巳山[4]。飞絮着人春共老[5],片云将梦晚俱还[6]。明朝遮日长安道[7],惭愧江湖钓手闲[8]。

〔1〕无烟:指古时寒食节"禁火"(不点火作饭,所以叫寒食)的风俗,也叫"禁烟"。唐人元稹(微之)《连昌宫词》:"初过寒食一百六,店舍无烟宫树绿。"

〔2〕竞船:宋时江南在清明节有龙舟竞船的风俗,见《梦粱录》。宋人多有咏及。阑珊:快要完了的意思,这说鼓声已稀疏渐减或停歇了。

〔3〕石门:驿镇名,在浙江桐乡市崇德镇北。柳绿:指当时寒食节家家折柳插门的风俗,叫作"明眼"。妇女也折柳插鬓。

〔4〕洞口:常山县有洞口陂,当即所指。兼又似暗用"桃花源"故事,晋陶潜(渊明)作《桃花源记》,说有渔人沿着一条两岸满开桃花的溪

水走进一个山洞口,达到一处与外间隔绝的美好地方。是陶渊明对理想社会的想象。一解,此处非暗用桃花源事,乃用刘晨、阮肇采药入天台山遇仙女的故事。天台,乃浙中故实,故诗人见桃红而联想及之,与上下文义始相密合。说亦有理(刘、阮入天台,初经十三日不得返,采山上桃食之。故用桃红字样)。上巳:魏以前指三月上旬里的巳日,后来以三月三日为上巳节,与巳日已然无关。

〔5〕着人:犹如说(柳絮)"沾"人。共老:柳絮飞时,已然春晚,所以"老"字兼包柳、人、春光而言(在人不一定是"衰老"的"老"如六七十岁;而是"老大""岁月徒增"的意思)。

〔6〕将:读平声。携带,偕同。此写道中仰见片云行天,思念亲舍,所以说片云携将归梦同回故乡。比较本集另一首:"勃姑午啼唤雨,鹁鸪晓啭留春。片云不载归梦,两鬓全供客尘。"同一想象,两样写法。诗人因见云而思亲故,例甚多,所谓"白云亲舍""浮云游子意",皆可参看。俱:平声如"拘",不可读作去声"具"音。

〔7〕长安:西安,古时汉、魏、晋、唐等朝代皆以此为首都,后来便用为首都的代称。诗人则实指杭州。遮日:遮掩阳光,也显示城市红尘喧嚣的意味。《宋诗钞》作"遮人",误。

〔8〕江湖钓手:指不做官的"野人"、隐士之手。江湖,此又指隐者所邀游,与"朝廷""庙堂"对待,和前面"含山道中"诗里的"江湖"意义略异。按:此二句用唐人杜牧《中途一绝》:"惆怅江湖钓竿手,却遮西日向长安。"又,宋人用"惭愧",多是"侥幸"之意,然在此无涉。

按:上塘河,由杭州艮山门外德胜桥东至长安镇,又东抵海宁,百餘里。

馀杭道中

落花流水浅深红,尽日帆飞绣浪中[1]。桑眼迷离应欠雨[2],麦须骚杀已禁风[3]。牛羊路杳千山合,鸡犬村深一径通[4]。五柳能消多许地,客程何苦镇忽忽[5]!

〔1〕绣浪:承上句花落水流,故言水面如锦绣。

〔2〕桑眼:指新生尚未舒开的嫩桑叶。迷离:看不真切的样子;此言桑叶极小。以叶为眼,而又以通常形容眼目之词以坐实之,诗家每有此法。

〔3〕麦须:指麦芒。骚杀(sè 入声):低垂、摇荡的样子。《东京赋》:"飞流苏之骚杀。"或谓与"骚屑"相同,实为拟声词。

〔4〕"牛羊"二句:这两句一联,共说一事:村落在深山中,只有小路通往,牛羊行于路上,因远处乱山重叠,小路便不复可见尽头。却又有三层意思:一见村落之深幽,一因家畜桑麦而见村民之生活,一由有路可通而表示此种生活居处并非不可达到,——因此转到结句主意。黄庭坚《次韵答柳通叟求田问舍之诗》:"横笛牛羊归晚径。"

〔5〕五柳:指隐居躬耕不仕的生活,陶渊明作《五柳先生传》,隐喻自己的志趣,因门前有五棵柳树,所以别号"五柳先生"。消:如同说需要。种五棵柳树(即过渊明的生活)能要多大地面呢?意思是只用一点地面就够了。镇:有"常""久""尽着""总是"等意思。末句承上句说:然则又何苦每日(为功名利禄)而急急奔走不息呢?

按:以上二诗,疑系绍兴二十四年(1154)左右石湖赴试入杭时所作。馀杭本隋时郡名,此即以指杭州。

乐神曲 以下共四首,效王建[1]

豚蹄满盘酒满杯[2],清风萧萧神欲来[3]。愿神好来复好去,男儿拜迎女儿舞。老翁翻香笑且言[4],今年田家胜去年:去年解衣折租价[5],今年有衣着祭社[6]。

〔1〕王建:唐代诗人,字仲初,颍川人。善作乐府、宫词,与张籍齐名,现传有《王司马集》。四首,今皆选入。

〔2〕豚(tún):小猪。

〔3〕萧萧:风声;《宋诗钞》作"瑟瑟"。神欲来:等于说,好像神要来。比较苏轼《祭西太乙》诗:"寿官神君欲至,半夜灵风肃然。"

〔4〕翻香:写祝神的人,把香点着以后,翻转香火,使它烧得更旺。

〔5〕解衣:把衣服脱下来。折租价:变卖东西或拿东西抵钱用。

〔6〕着:穿着。社:祭后土神(土地神)。每年有春秋二社,农民聚在树下供神,献祭品,歌舞以乐神,祭后大家分享酒食。春社祈求土神给以好年成,秋社答谢土神"赐"以丰收。此指秋社。参考黄庭坚《戏和答禽语》诗:"着新替旧亦不恶,去年租重无袴着。"

按:此诗两句一换韵,平韵仄韵交替,律调精整。"价""社"古音押韵,今南音尚如此。

37

缲丝行[1]

小麦青青大麦黄[2],原头日出天色凉[3]。姑妇相呼有忙事,舍后煮茧门前香。缲车嘈嘈似风雨[4],茧厚丝长无断缕。今年那暇织绢着[5]:明日西门卖丝去[6]。

〔1〕缲(sāo):把蚕茧抽成丝叫缲丝。行:乐府诗的一体,和"歌"并称,歌较长、较有起伏波折,参差复杂;行则较疏快、明朗、清楚。有时泛称无大别。

〔2〕小麦:秋麦;大麦:春麦:二者播种先后不同,成熟时间亦异,小麦青时,大麦已黄。汉童谣:"小麦青青大麦枯,谁其获者——妇与姑。"

〔3〕日出:晴天;天色凉:天气凉爽:这是缲丝的好时候。缲茧贵速毕,怕连雨潮蒸;又蛹一化蛾,即不能再缲丝,所以必须控制温度:或使凉冷,可以减缓化蛾的速度;或索性加热(蒸、烘)使蛹死去。下句云"有忙事",即赶趁此良好天气急速缲茧。

〔4〕嘈嘈似风雨:形容缲车转得很急的声响。

〔5〕那(nuó):作"哪"理解,过去没有读上声便写作"哪"的办法,而且,在诗里多作平声音略如"挪",也不读"哪"。

〔6〕西门:指丝市聚处。例如清代苏州收丝浮客聚在城隍庙前,即此类。

田家留客行

行人莫笑田家小,门户虽低堪洒扫。大儿系驴桑树边,小儿拂席软胜毡。木臼新舂雪花白[1]，急炊香饭来看客[2]："好人入门百事宜，今年不忧蚕麦迟！"

〔1〕舂：捣稻谷去壳。雪花白：指新米洁白如雪。
〔2〕炊：点火做饭。看客：照应、款待来客。

催租行

输租得钞官更催[1]，踉跄里正敲门来[2]。手持文书杂嗔喜[3]："我亦来营醉归耳[4]！"床头悭囊大如拳[5]，扑破正有三百钱："不堪供君成一醉，聊复偿君草鞋费。"[6]

〔1〕钞：指"户钞"，宋时农民纳完田赋，官府给予户钞作为收据。输租得钞，田赋已缴了。
〔2〕踉跄(liáng qiāng)：歪歪斜斜的急步子。《宋诗钞》作"踉跮"。里正：宋时之役法皆为"职役"（非兵役与力役），将乡中小地主、殷实户役为"里正""户长"之类，专管催督赋税。
〔3〕手持文书：说里正看到农户交出的户钞凭据，知他已交纳完毕。一解，此句用白居易"手把文书口称敕"诗意，当指里正手持催租的文书而言。
〔4〕亦：不过、只是的意思。营：营谋、图求。耳："而已"的合音。此写里正露出本来意图，明言勒索。
〔5〕悭囊：犹如说"穷家当"，此指"扑满"，一种陶罐，大腹小口，可纳铜钱，古时人民用以储蓄，满则击破钱出。

39

〔6〕草鞋费：婉辞，犹言"报答"奔走为劳，"跑破了鞋"。按：元曲剧中常见"草鞋钱"一词，晚近旧社会中地方犹存"草鞋钱"之语，专指付与胥吏之"小费"，当是古遗语，诗人亦就俗语而运用之，乃更生色。

按：宋时官府收田赋本有四钞：户钞，人户收执；县钞，县司销籍；监钞，纳官掌之；住钞，仓库藏之。后则监、住二钞废，至县司则不唯不据县钞销籍，反而藏匿以要索贿赂。人户持出户钞，不生效力，仍令重缴（甚则有重缴至二三次者）。里正更乘机勒索，"草鞋费"之语，农民畏势周旋，其中多少眼泪。又石湖此等诗写来如此生动，如此经济；劣手为之，不知需用多少话才说得这些意思。

宿东寺二首

淡天如水雾如尘，残雪和霜冻瓦鳞[1]。织女无言千古恨，素娥有意十分春[2]。

〔1〕瓦鳞：形容屋顶上的瓦，排比如鳞。《神仙传》："碧瓦鳞差。"
〔2〕织女：星名，在天河旁，和牵牛星遥遥隔河相对。神话说两人除了七夕一会终年不许见面；千古恨：指这一恨事。素娥：指月，神话说月中有嫦娥，住广寒宫殿。（《龙城录》所载唐明皇游月宫时"见素娥十馀人皓衣乘白鸾舞于桂下"的"素娥"，不指一个人，与这里的"素娥"字面虽同，所指非一。）十：入声属仄。

一声黄鹄夜深归[1]，栖雀惊鸣触殿扉。北斗半垂楼阁外，风幡浑欲上云飞[2]。

〔1〕黄鹄(hú):仙人所乘的大鸟,一举千里;一说,黄鹄即黄鹤(一般所谓鹄则指天鹅)。

〔2〕浑:全、都之义,又有"直"字的意思;浑欲如何,简直就像要如何。

晚步

排门帘幕夜香飘,灯火人声小市桥。满县月明春意好,旗亭吹笛近元宵[1]。

〔1〕旗亭:亦称"市楼",即酒楼,皆插彩旗。宋时酒楼或兼有歌妓,调丝弄竹者亦多在其间。笛:入声属仄。

枫桥[1]

朱门白壁枕弯流,桃李无言满屋头[2]。墙上浮图路旁堠[3],送人南北管离愁[4]。

〔1〕参看下《横塘》诗注〔2〕。
〔2〕桃李:《宋诗钞》作"积李",黄刻本作"秋李"。"桃李无言,下自成蹊",用古语而取义不同,此只写寂静。屋:入声。

〔3〕浮图:指佛塔;本为译音,亦作"浮屠""佛图""窣屠波"。此指枫桥寺(普明禅院)塔。堠(hòu):古时记里数的小堡或碑石之类,五里只堠,十里双堠。

〔4〕"送人"句:比较东坡《南乡子》词:"回首乱山横,不见居人只见城;谁似临平山上塔,亭亭,迎客西来送客行。"

横塘

南浦春来绿一川〔1〕,石桥朱塔两依然。年年送客横塘路〔2〕,细雨垂杨系画船。

〔1〕南浦:本为地名,《九歌》:"送美人兮南浦",江淹《别赋》:"春草碧色,春水绿波:送君南浦,伤如之何!"后来便用以专指送行的水路地方。一川:参看后《寒亭》诗注〔4〕。塔:入声。

〔2〕横塘:在苏州西南十里,为南北一大塘。枫桥在其北端,当阊门之西,以唐人张继《枫桥夜泊》闻名。横塘上有横塘桥,桥上有亭,风景绝美。横塘寺在横山下,其巅有塔。

金氏庵庵废无人居

醉墨题窗侧暮鸦〔1〕,蔓藤缘壁走青蛇〔2〕。春深有燕捎飞蝶〔3〕,日暮无人扫落花〔4〕。

〔1〕"醉墨"句：唐人卢仝《示添丁》诗："涂抹诗书如老鸦"，此为比喻小儿于书上乱涂的意思；《法书苑》谓邬彤善草书，如"寒林栖鸦"，此为比喻书法家的草法。石湖则反过来将废庵中当窗之暮鸦栖集想象为题窗墨字。参考黄庭坚《嘲小德》"涂窗行暮鸦"句法。又如吴文英（梦窗）《高阳台·丰乐楼分韵》词："山色谁题：楼前有雁斜书。"其艺术手法可并看。

〔2〕走青蛇：比喻藤蔓曲绕如蛇，参看邵尧夫诗："长藤垂地走龙蛇。"

〔3〕捎：掠、拂的意思，杜甫《重过何氏五首》诗"花妥莺捎蝶"。蝶：入声。

〔4〕"日暮"句：李白《寄王屋山人孟大融》诗："闲与仙人扫落花。"

龙母庙

孝龙分职隶湘西，天许宁亲岁一归〔1〕。风雹春春损桃李，山中寒食尚冬衣〔2〕。

〔1〕宁亲：省亲，回家探看父母。

〔2〕"风雹"二句：据《吴郡志》云：父老传说东晋时阳山山下缪氏女为白龙所感，遂有孕，为父母逐出丐食。三月十八日产一龙子，风雨升腾而去，女惊死，众人厚葬之，祀于山巅，祈雨每应。又传龙子分职于潇湘，每岁三月十八日必归，山间风雨凄凉，人以为龙子诞日，过此，山中方有春意。（又同时人罗点记石湖云是五代时邢氏女；龙子二月即归，至三月十九日即去，来去之日必大风雨。）此诗结合神话而写山中春寒，意境亲切。雹、食，皆入声字。

白莲堂

古木参天护碧池,青钱弱叶战涟漪[1]。匆匆游子匆匆去,不见风清月冷时[2]!

[1]"青钱"句:写新荷叶大才如铜钱,在水中微微摆摇。涟漪(yí),水微波细纹。

[2]"不见"句:唐陆龟蒙《白莲》诗:"无情有恨何人觉,月冷风清欲堕时。"最得白莲之神,石湖用此。然此句法,实又从杜牧《隋堤柳》"自嫌流落西归急,不见东风二月时"而来。

按:以上三诗亦咏苏州城西北名胜,金氏庵在高景山;龙母庙在澄照山(阳山中之一峰);白莲堂在阳山下。高景山、阳山(一名秦馀杭山),皆在苏州西北三十里许。石湖诗有一种英风俊气,得自杜牧,但这不仅仅是指字句形迹而言,更须从气质风调方面多加体会。

夜归

竹舆伊轧走长街[1],掠面风清醉梦回[2]。曲巷无声门户闭,一灯犹照酒垆开[3]。

[1]舆:指肩舆,一种竹轿。伊轧:竹轿走起来所发出伊伊轧轧的声

响。陈与义(简斋)《入城》诗:"竹舆声伊鸦。"街,可读 jiā 或 gāi。

〔2〕梦回:如同说梦醒。

〔3〕"曲巷"二句:说曲巷中人家皆早已闭户安寝,只有酒垆犹未收市。古语云"美酒无曲巷"(蜀语:"酒好不怕巷子深")。言酒之美者,虽在深僻之地,人亦必来就沽。此暗用。

田舍

呼唤携锄至,安排筑圃忙[1]。儿童眠落叶,鸟雀噪斜阳[2]。烟火村声远,林菁野气香[3]。乐哉今岁事,天末稻云黄[4]!

〔1〕圃:场圃,指打稻的场。《诗经·豳风·七月》"九月筑场圃"。筑,《宋诗钞》作"斜",疑不合。

〔2〕鸟:《宋诗钞》作"乌"。

〔3〕菁(jīng):水草。野气香:草木茂密,空气清新,别有一种"香"气。

〔4〕稻云黄:说无边无际的稻子,熟时都成一片黄色,如同云烟。按:"黄云"本多以写麦秋,如王安石(半山)《壬戌五月与和叔同游齐安》诗:"割尽黄云稻正青",黄庭坚《慈孝寺饯子敦席上奉同孔经父八韵》"黄云喜麦秋",石湖变用。

三湘怨[1]

牙樯罨画橹[2],摇漾三湘浦。佳人翔绿裾[3],含颦为谁舞?

拳拳新荷叶,愁绝烟水暮[4]。风云忽飘荡,隐约闻箫鼓。

〔1〕三湘:湖南湘水,合潇湘、漓湘、蒸湘(一说无漓湘,有沅湘)三水而成流,故名三湘。又湘潭、湘乡、湘源,亦合称三湘。岳州城南有三湘浦。

〔2〕罨(yǎn)画:彩画绚丽。牙樯画橹,极言舟船之美好。

〔3〕翔:翩翩舞动衣裾有飞翔之态。裾(jū):衣襟。

〔4〕绝:犹如说"极"。入声。

十一月十二日枕上晓作

竹响风成阵,窗明雪已花。柴扉吟冻犬,纸瓦啄饥鸦[1]。宿酒欺寒力[2],新诗管岁华[3]。日高犹拥被,蓐食愧邻家[4]。

〔1〕纸瓦:指天窗窗纸(上面当然还另有遮蔽)。啄:入声。

〔2〕宿酒:隔夜未退净的酒力。欺:犹如说不怕、不示弱。

〔3〕管:管领的意思。岁华:时光节序。

〔4〕蓐(rù)食:蓐同"褥",夜里做饭,在卧褥上进食。"秣马蓐食,潜师夜起"(见《左传》,解亦但从杜注)是古代士兵从深夜里就行动起来的典故。蓐食,亦用以写农家。唐柳宗元(子厚)《田家》诗:"蓐食徇所务,驱牛向东阡。"亦早起义。食,入声。

全篇从夜来风雪说起,用门前的冻犬和屋上的饥鸦来暗写较广义的"饥""寒"二字。仗宿酒敌寒,凭作诗遣日,虽自甘贫苦,无奈光阴已是坐失,拥被高卧,比起邻家的闻鸡起舞,或深宵早作,是多么的不长进?此种诗因小喻大,写来志气感慨,筋摇脉动。

按:"蓐食"一词,清儒以为当是"厚食"义,非"褥食"。然在词章,只能以诗人之主意为据,故无须枝蔓。

南楼望雪

夜月流瑶圃,春风满玉都[1]。篱疏先剥落,树密正模糊。乱点横烟雁,惊啼失木乌。醉魂方浩荡,风袖不支梧[2]。

[1] 夜月:喻雪色似月光;流:指月光如水,谢庄《月赋》"素月流天"。瑶:美玉。玉都:即玉京。瑶圃、玉京,仙人所居的地方。瑶、玉,同为喻写雪景。春风,实指花开而言,谓雪中万树皆如着花,宛似春光已至。参考王安石《次韵王胜之咏雪》诗"的皪装春树上归"。

[2] 支梧:也作"支吾""枝梧",在此乃抵挡、支持、顶得住的意思。可参看陈与义《邓州城楼》诗:"满楼风月不枝梧";杜甫《夜听许十一诵诗爱而有作》:"陶谢不枝梧。"

病中绝句八首(选一)

石鼎飕飕夜煮汤[1],乱拖芝术斗温凉[2]。化儿幻我知何用[3],只与人间试药方!

〔1〕汤:指汤药。

〔2〕芝、术:指药草。苏轼《种德亭》咏医者诗:"闭门芝术香。"斗温凉:指同煮的药其性寒热各异。

〔3〕化儿:"造化小儿"之省,唐杜审言病甚,说"甚为造化小儿所苦!"造化,指"创造万物"者,亦即司人性命者。小儿,轻侮的语气。幻:化,幻我略如言"生"我,幻无生义,特佛家以为人身乃是"四大(地、水、火、风)"所幻合而成,"四大"一旦分离,人身即归无有,所以人身亦称"幻身""妄身";故此处石湖云"幻我"。参看《传灯录》:"身从无相中受生,犹如幻出诸形象。"

春后微雪一宿而晴

彩胜金幡换物华〔1〕,垂垂天意晚平沙〔2〕。东君未破含春蕊〔3〕,青女先飞剪水花〔4〕。夜逐回风鸣瓦垅〔5〕,晓成疏雨滴檐牙〔6〕。朝暾不与同云便〔7〕,烘作晴空万缕霞。

〔1〕彩胜金幡:立春故事,已见前。题中"春后"即指立春之后。物华:春季美好的景物。

〔2〕"垂垂"句:写天阴欲雪的神态。天意,犹如说天容,实指云容而言。垂垂,天阴得很低。平,动词,说云意到晚来低得快要挨着地面了。沙,即指地面而言,吴人谓水中可田者为沙,见东坡诗自注。参较白居易(乐天)《钱塘湖春行》诗:"水面初平云脚低。"

〔3〕东君:春神。这句说春神还未开放出花朵来。

〔4〕青女:霜雪之神。剪水为花,指雪花。陆畅《惊雪》诗:"天人宁

许巧,剪水作花飞。"

〔5〕瓦垅(lǒng):犹如说瓦沟。

〔6〕滴:入声。檐牙:檐头有椽子伸出檐外,参差如齿,所以叫檐牙。

〔7〕暾(tūn):日初出为暾。同云:云阴得成为一色,叫作同云,指要下雪的云而言,也作"彤云"。不与同云便,说不给同云以方便,即和它为难的意思。

雪霁独登南楼

雪晴风劲晚来冰,楼上奇寒病骨惊。雀啄空檐银笋坠,鸦翻高树玉尘倾[1]。青帘闪闪千家静,黄帽亭亭一水横[2]。坐久天容却温丽,一弯新月对长庚[3]。

〔1〕"雀啄"二句:上句银笋,指雪化了流下檐来,又冻成小冰柱,悬挂在檐头,像倒悬的笋一样。参看黄庭坚《再答景叔》诗:"雪后排檐冻银竹。"下句"玉尘",指树上的积雪。参看何逊《和司马博士咏雪诗》:"若逐微风起,谁言非玉尘。"

〔2〕黄帽:本指船夫,古时刺船郎戴黄帽;此以代船,苏轼《寒食未明至湖上,太守未来,两县令先在》诗"映山黄帽螭头舫"。

〔3〕长庚:即金星,晚上最早出,很亮,叫作长庚;早晨最晚没,叫作启明。两句写晚晴的天容,画所难到。

自天平岭过高景庵

卓笔峰前树作团,天平岭上石成关。绿阴匝地无人过[1],落

49

日秋蝉满四山[2]。

〔1〕匝(zā 入声)地:遍地,满地。过:来、至。不作"经过"解。
〔2〕四山:犹如说四围的山。

按:高景山有金氏废庵,已见前。天平山在苏州西二十里,卓笔峰最高,截然立双石之上,甚奇峭。峰岭自天平山漫衍数里,至高景山而止。

晓自银林至东灞登舟,寄宣城亲戚

晓山障望眼,脉脉紫翠横[1]。澄江已不见,况乃江上城。结束治野装[2],木末浮三星[3]。羸马陇头嘶[4],小车谷中鸣。亭亭东灞树,练练绿浦明[5]。篙师笑迎我,新涨没蓣汀[6]。径投一叶去[7],云水相与平。聊将尘土面,照此玻璃清。怀我二三友[8],高堂晨欲兴[9]。风细桐叶堕,露浓荷盖倾。凝香绕燕几,安知路旁情[10]!

〔1〕脉脉:已见前。紫翠:远山之色,杜牧《早春阁下寓直,萧九舍人亦直内署,因寄书怀四韵》诗:"千峰横紫翠。"
〔2〕结束:指打扮行装,即装束停当。不可径以"结束"为现代"终了"义。野装:行装。
〔3〕木末:树梢上方。三星:一说指参辰,一说指心宿,或又以指箕、牛、斗三者。此处盖只指旅人早行、犹戴晨星而言,别无深义。
〔4〕羸(léi):瘦弱。

〔5〕练练:形容水的洁白澄净。练,是熟绢,色洁白。

〔6〕新涨:作名词用,指新潮的水。汀(tīng):水中小洲。

〔7〕一叶:指小舟,在波涛中如同一叶飘浮。

〔8〕二三:古时泛言若干之词,不必拘定只是两个三个。如孔子称门人"二三子",疏云"诸弟子",是其例。然石湖诗中,则似径指二三个。黄庭坚诗中屡有此例,其《寄廖明略兼简初和父二人》之诗云:"二三石友辈。"

〔9〕兴:睡醒起身叫兴。

〔10〕凝香:香烟无风不动如凝,所以叫凝香。燕几:内室卧息处所设几案。这句写安居之人所过的宁静优越的生活,和行路游子的风霜辛苦成为对比。唐韦应物《郡斋雨中与诸文士燕集》诗:"燕寝凝清香。"路旁情:犹言旅途况味。

按:银林塘在江苏高淳以东,长十二里,自银林更东,有分水、苦李、何家等堰。统名东坝。又,宣城当是石湖妹家周氏所在,石湖往探,既离宣城而作此。

复自姑苏过宛陵,至邓步出陆

浆家馈食槿为藩[1],酒市停骖竹庑门[2]。红树亭亭栖晚照,黄茅杳杳被高原[3]。饮溪有迹於菟过[4],掠草如飞朴㴱翻[5]。车轨如沟平地少,饱帆天镜忆江村[6]。

〔1〕浆家:指售卖饮食的店铺("卖浆家"出《史记》)。馈(kuì)食:

进食。槿:木槿,小灌木,人多插种为篱。谢灵运《田南树园激流植援》诗:"插槿当列墉。"藩:篱笆。

〔2〕骖:已见前,此作名词;停骖,犹言停马,停车。庑(wǔ):廊,宇;此作动词,竹庑门,犹言以竹覆门。

〔3〕被:掩覆。

〔4〕於菟(wū tū):虎的别称,亦作"乌菟",(菟又作"䖘")《左传》:"楚人谓虎於菟。"

〔5〕朴渥:兔的别称,见《古文苑》。按:《广广事类赋》云:"东坡诗:寒窗暖足来朴握,一作扑朔,兔别名也。"

〔6〕天镜:指湖面,李白《下寻阳城泛彭蠡寄黄判官》诗:"开帆入天镜。"

按:此当是石湖复自苏州赴宣城探妹家所作。宛陵即宣城。邓步镇,在江苏高淳以东,别称东壩,后名广通镇。

南塘冬夜倡和

燃萁烘暖夜窗幽〔1〕,时有新诗趣倡酬〔2〕。为问灞桥风雪里,何如田舍火炉头〔3〕?寒釭欲暗吟方苦〔4〕,冻笔难驱字更遒〔5〕。绝笑儿痴生活淡,略无岁晚稻粱谋〔6〕。

〔1〕萁:有二义:一是豆类的秸秆,一是一种取火的木材名,此指前者。

〔2〕趣(cù):催促的意思。倡:第一人开始作是倡,第二人(或按原

韵或否)同作一篇是和(去声如"贺"),也叫作酬。

〔3〕"为问"二句:第三句是唐朝郑綮的故事。郑綮是相国大官,能作诗,有人问他:"相国近来作了什么新诗没有?"他说:"诗意在灞桥风雪中驴子背上,这里怎么得有诗?""田舍翁火炉头之作"是沈彬对孙鲂的诗作嘲侮的话。

〔4〕钉:已见前。吟方苦:说吟诗(即构思)正苦,用心用得正厉害。

〔5〕遒(qiú):书法专用语,谓行笔紧而流畅,有风神和力的运行美。

〔6〕生活淡:即"冷淡生活",指吟诗倡和。苏轼《游庐山次韵章传道》诗:"莫笑吟诗淡生活,当令阿买为君书。"用白乐天"笙歌鼎沸,勿作此冷淡生活"语意。活,入声。稻粱谋:只着眼在衣食之计(出杜诗)。

按:《碧溪诗话》卷二:"或问郑綮相国,近有诗否? 答云:诗思在灞桥风雪中驴子上,此处那得之? ……愚谓此人止可置之风雪中令作诗也!"石湖此诗颈联,不知可与之合看否? 字面义当然是风雪甚寒,不如家舍之暖,以写冬夜之趣;但语意实有双关,其意盖谓:向灞桥风雪中去寻诗觅句,何如向田舍家风中去求诗思乎? 此虽未必就和我们今天所理解的生活方是创作源泉一义完全密合,然石湖所见,高出流辈多了。

净行寺旁皆圩田,每为潦涨所决,民岁岁兴筑,患粮绝,功辄不成

崩涛裂岸四三年,落日寒烟正渺然。空腹荷锄那办此〔1〕,人功未至不关天〔2〕。

〔1〕荷:去声如"贺"。那:平声,已见前。办:与今口语"办得了"

"办不了"的"办"相同,略如"能够""做得到"之义。

〔2〕"人功"句:参考苏轼《次韵孔毅父久旱已而甚雨三首》之二:"破陂漏水不耐旱,人力未至求天全。会当作塘径千步……饥饱在我宁关天?"

按:圩(yú),俗读如"围"。杨诚斋《江东集·圩丁词十解序》所解最详:"江东水乡,堤(动词)河两岸、而田(动词)其中,谓之圩。农家云:圩者,围也,内以围田,外以围水。盖河高而田反在水下。沿堤通斗门,每门疏港以溉田,故有丰年而无水患。"其《圩丁词》第九首云:"河水还高港水低,千支万派曲穿畦。斗门一闭君休笑,要看水从人指挥。"此言圩田之利;今石湖则写失修之圩田,既失其利,遂为潦涨所苦,而推其原因,则饥疲之民,无力为此,官府又坐视不救。石湖批评人功未至,指官家不治民事也,而万事成败,委命于天,愚民之策也。

清明日狸渡道中

洒洒沾巾雨,披披侧帽风[1]。花燃山色里,柳卧水声中。石马立当道[2],纸鸢鸣半空。墦间人散后[3],乌鸟正西东。

〔1〕"洒洒"二句:上句暗用《后汉书》郭泰(林宗)"垫角巾"事:泰美丰度,尝在陈梁途中遇雨,所着之头巾垫其一角,时人遂故折巾之一角效之,号"林宗巾"。下句暗用《北史》独孤信故事:信亦美丰度,尝因猎日暮,驰马入城,帽遂微侧,明旦人皆效信侧戴其帽。

〔2〕石马:指墓前列立的石马。寒食清明是扫墓日。

〔3〕墦(fán):坟墓。墦间(二字出《孟子》)人散,指扫墓上坟的人祭毕归去。

此诗颔联二句,用比衬法,"燃"写花之红,而以山之青翠为比衬;"卧"本静态,而以水之流(动态)为比衬,又兼含一层影与声之比衬。一结"西东"二字看似普通,极得神理。腹联中"立""鸣"平仄对换,是名拗格。

周德万携孥赴龙舒法曹,道过水阳相见,留别女弟[1]

草草相逢小驻船,一杯和泪饮江天。妹孤忍使行千里,兄老那堪别数年。马转不容吾怅望,橹鸣肯为汝留连[2]?神如相此俱强健[3],绿发归来慰眼前[4]。

〔1〕周德万:石湖妹夫。龙舒:指安徽庐江县,宋属无为军。法曹:主刑法的佐吏。女弟:"妹"的别称。水阳镇,在宣城东北,与高淳接界。
〔2〕肯:即岂肯、哪肯的语气,与第三句"忍"字,都不是正面语。诗中此等例最多,勉强用问号表示,然亦终不甚好,盖实为感叹语气。后不更赘注。
〔3〕相:去声如"象",佐助、保佑的意思。俱:本平声,今误读去声,已见,后不更注。
〔4〕绿发:指黑发,意指莫到头发白了。

高淳道中[1]

路入高淳麦更深,草泥沾润马骎骎[2]。雨归陇首云凝黛[3],日漏山腰石渗金。老柳不春花自蔓,古祠无壁树空阴。一箪定属前村店[4]:衮衮炊烟起竹林。

〔1〕高淳:宋时为镇,后为县,属江宁,在今江苏石臼、固城二湖之间。

〔2〕骎骎:马走得很快的样子,是本义。前《大暑舟行含山道中……》诗中已见,是借义。

〔3〕陇首:此处犹言峰顶。黛:犹如说黑。

〔4〕一箪(dān):指极简单的饭食。箪是盛食物的竹器。比较同时人辛弃疾《西江月·夜行黄沙道中》词:"旧时茅店竹林边,路转溪桥忽见。"皆写旅人望见歇处之喜悦。

天平先陇道中,时将赴新安掾[1]

霜桥冰涧净无尘,竹坞梅溪未放春。百叠海山乡梦熟,三年江路旅愁生[2]。松楸永寄孤穷泪[3],泉石终收漫浪身[4]。好住邻翁各安健[5],归来相访说情真[6]。

〔1〕天平:山名,已见前。先陇:祖茔所在。新安:指安徽徽州(歙)。掾(yuàn):佐吏。按:石湖赴官徽州司户参军,当在绍兴二十五六年顷。

〔2〕生:非本韵,石湖吴人,读 ng 韵字皆如 n,故不能辨而混用。亦可见宋人用韵之宽泛。然颇疑此字本作"新",音义俱胜,恐是清人刊刻时妄改(以"生"对"熟"),石湖韵律精严,不应如此失检也。

〔3〕松楸：墓地多植这两种树，因此以松楸代称墓地。孤穷：指早丧父母。参看黄庭坚《十四弟归洪州赋莫如兄弟四章赠行》诗："归扫松楸下，洒我万里涕。"

〔4〕泉石：指野逸所居。石，入声。漫浪身：指无拘束的自由隐退的人，相对于仕宦的官身而言。诗人才入仕途，已计及退隐。

〔5〕好住：慰嘱居人的话，略如说"保重"。

〔6〕说：入声。情真：至情，真心，诚而无伪的衷肠话。

按：周必大所作石湖神道碑，其先茔自曾祖葬吴县至德乡之上沙，父葬稍南之小邱。上沙，在天平、灵岩间。范仲淹之祖茔亦在天平，石湖与之同派出顺阳范氏，但不通谱。

元夕泊舟霅川〔1〕

莲炬光中月自圆〔2〕，人情草草竞华年。最怜一夜旗亭鼓，能共钟声到客船〔3〕。

〔1〕元夕：即上元夜，灯节。已见。霅川：即霅溪，在浙江吴兴以南，已见。

〔2〕莲炬：灯节张挂的莲花灯，宋时吴中此式最盛。姜白石《鹧鸪天·元夕不出》咏元宵谓："芙蓉影暗三更后，卧听邻娃笑语归。"芙蓉亦即莲灯也。

〔3〕怜：怜爱意，非怜悯义。末句暗用唐人张继《枫桥夜泊》："姑苏城外寒山寺，夜半钟声到客船。"总写游子乡思，旅人不寐，却全从反面落笔。手法超妙，字淡情浓，一大特色。

57

晚步西园

料峭轻寒结晚阴[1],飞花院落怨春深。吹开红紫还吹落[2],一种东风两样心。

〔1〕料峭:风冷的形容;实际只用于春寒。结:入声。
〔2〕红紫:指花而言。

按:唐人罗邺《春游》诗云:"芳草和烟暖更青,闲门要路一齐生。年年点检人间事,唯有春风不世情!"可合看,两意各极其妙。

送端言

东君留恋一分春,蜂蝶阑珊燕子新[1]。桃李无情空绿径,市桥杨柳送行人。

〔1〕阑珊:已见。衰歇、已经过时、零落稀少等意思。蝶:入声。

后催租行

老父田荒秋雨里,旧时高岸今江水。佣耕犹自抱长饥[1],的知无力输租米[2]。自从乡官新上来,黄纸放尽白纸催[3]。卖衣得钱都纳却[4],病骨虽寒聊免缚。去年衣尽到家口,大女临岐两分首[5]。今年次女已行媒[6],亦复驱将换升斗[7]。室中更有第三女,明年不怕催租苦[8]!

〔1〕佣耕:给地主作长工、短工之类。

〔2〕的:端的、的的确确。入声如"滴"。输:缴纳。

〔3〕黄纸:指赦免租赋的文告;宋时朝廷赦免租赋诏令到达州府,地方官也用黄纸照抄布告,叫作"翻黄"。白纸:指地方官自己所出命令,仍旧催交田赋。宋人朱继芳《农桑》诗:"淡黄竹纸说蠲逋,白纸仍科不稼租。"可并看。

〔4〕纳却:犹如说纳了,缴完了。

〔5〕衣尽到家口:说衣服光了没得可卖了,再卖只好卖家口。岐:后来写作"歧",分离的意思;这说先卖了长女。

〔6〕行媒:本指媒人往来传话介绍,此已行媒是说已然经媒人提过了亲事。

〔7〕将:助词,驱将换升斗,说把她赶了去换了少量米吃。

〔8〕催租苦:苦是说厉害,苦苦催逼(不可直接解为"苦处""苦痛"的"苦")。

按:此是石湖初为州吏后之亲切感受。"黄纸放,白纸催",乃当时农民口中之谣谚,盖早习知蠲免租赋之"恩"命不过具文而已。宋胡寅曾云:"三司吏不肯释除逋负,非独其利在焉,亦以在上(皇帝)之意吝于与而严于取也——此百姓膏肓之病也!"上贪而下敛,最为透辟之论。

晓出古岩呈宗伟、子文

晓风生小寒,岚润裛巾屦[1]。宿云埋树黑,奔溪转山怒。东方动光彩,晃晃金钲吐[2]。千峰森隐现,一气澹回互[3]。平生癖幽讨[4],邂逅饱新遇[5]。那知尘满甑[6],晨炊午未具[7]。不愧忍饥面,来寻古岩路。稻粱亦易谋,烟霞乃难痼[8]。持此慰龟肠,搜枯尚能句[9]。

〔1〕岚:已见前。裛(yì):沾润的意思。巾:指头巾。屦(jù):麻鞋。

〔2〕晃晃:日光。钲(zhēng):乐器,形如圆盘,苏诗王注以为即是锣。金钲比喻太阳初升的形色,苏轼《新城道中》诗:"树头初日挂铜钲",又黄庭坚《次韵韩川奉祠西太乙宫四首》之四:"金钲半吐东墙。"

〔3〕回互:说光气混茫、往来旋动。杜甫《有怀台州郑十八司户》诗:"乾坤莽回互。"

〔4〕幽讨:访寻风景幽胜的地方。

〔5〕邂逅(xiè hòu):未有约会、不期而遇的意思。

〔6〕甑(zèng):蒸饭用的炊器,甑中生尘,可见断炊已久,是东汉范丹的故事,《后汉书》记,范丹字史云,为莱芜长,常常绝粒,穷居自若,闾里歌之曰:"甑中生尘——范史云!釜中生鱼——范莱芜!"石湖以同姓自比。

〔7〕"晨炊"句:说早饭到午间还没有得吃。

〔8〕痼(gù):久病为痼疾。"泉石膏肓,霞烟痼疾",唐人田游岩高隐不仕,说患"山水病",如难医之痼疾;石湖反说"难痼",意思是只能偶

然暂游、没有恣意癖好(游赏)的可能,语甚曲折。

〔9〕龟肠:饥肠的意思,陆龟蒙诗:"但说漱流并枕石,不辞蝉腹与龟肠。"(《南史》:"蝉腹龟肠,为日已久。")又从"肠"字转到"搜索枯肠(作文没有文思、强行搜索字句)"这一层,所以下句说"搜枯"。句:作动词用,犹如说"成句""写得出诗句"。按:题中子文,即严焕,常熟人,绍兴十二年进士,时为徽州教授。

签厅夜归用前韵呈子文[1]

簿书堆里解归鞍[2],我亦萧然辔勒宽[3]。炉篆无风香雾直[4],庭柯有月露光寒。闲思喜鹊填河鼓[5],静数流萤绕井栏。明日又驱官里去,从教白鹭侣红鸾[6]。

〔1〕签厅:值班办公的地方。前韵:指本集中前一首诗《积雨蒸润,体中不佳,颇思故居之乐,戏书呈子文》的韵脚而言。用韵,用其原韵而不是"答和"。

〔2〕"簿书"句:这句省略"自""从"的字样,意思自明。簿书,公文案牍。

〔3〕"我亦"句:承上句而言,马既然解去了鞍鞯,人从公文堆里下班回来,也有辔勒卸净、浑身轻松之感。

〔4〕炉篆:即炉中的香烟,香烟总是曲曲如缕而上升,好似篆书字划的环曲萦绕,所以叫篆。一说,古代有篆香,制成各种图案曲绕之形(今蚊香犹如此),占地小而燃时久,谓之香篆。直:入声。

〔5〕河鼓:星名,即牵牛星。喜鹊填河、牛女相会,是七夕的神话,但

61

填河指填银河而言,诗里用"填河"字样,又加"鼓"字,有牵率凑字之嫌,是为借取两个相关而不同一的东西或概念合并而用。这种例子偶一有之。如杜甫《山寺》:"麝香眠石竹,鹦鹉啄金桃。""香"字大略类此种。

〔6〕"从教"句:鹭,以比喻漫浪野逸成性的人,鸾,则指称在官的"贵人",二者非类,勉强为侣。按:上句似暗用杨朴妻《送夫赴召》诗:"今日捉将官里去,这回断送老头皮。"

明日复雨凉,再用韵二首(选一)[1]

溅瓦排檐散万丝,颠狂风筱要扶持[2]。恩深到骨吾能报[3],急赋新凉第一诗!

〔1〕再用韵:指用本集前二首《雨凉二首呈宗伟》的韵脚。
〔2〕筱(xiǎo):小竹。
〔3〕恩深到骨:指暑热因雨乍退,透体生凉,如久病新愈,所以感恩于雨。前二首也有"谁扶病客起龙钟,恩在倾盆一雨中"的句子,可参看陈与义《雨》诗:"一凉恩到骨。"

次韵温伯谋归[1]

官路驱驰易折肱[2],官曹随处是愁城[3]。随风片叶乡心动[4],过雨千峰病眼明[5]。一衲何须尝世味[6],寸田久已废吾耕[7]。羡君早作归欤计[8],屈指从今几合并[9]。

〔1〕次韵:和原韵,并依原次序。温伯:姓汤,同官者。

〔2〕折肱(gōng):由肘到腕叫肱。此处的折肱,只是比喻在宦途中遭遇挫折、失脚受"伤"的意思。和"三折肱为良医""折臂三公"等典故无关。

〔3〕曹:官署分职为曹,犹如"部""科";郡县的佐吏也叫曹。此官曹犹言官衙,官场,官身之职守所在。愁城:比喻愁苦之境如同一座城、不易攻破降服。庾信《愁赋》"攻许愁城终不破"。

〔4〕"随风"句:这句说"一叶落知天下秋",随着秋风一起,令人愈感厌倦官场,惹起归思,暗用晋人张翰因秋风起而思吴中莼鲈即弃官归里的故事。

〔5〕"过雨"句:这句说雨洗山容,久困文牍的病眼为之一爽。

〔6〕一脔(luán):一块(割切成的)肉。古人说,尝一脔肉就可以知道全鼎(锅)的味道如何了。此处进一步说,世味则连一脔也很不必去尝,极言其尝不得。世味:旧社会的人情世故、官场宦事,都包在内。

〔7〕寸田:道家所指之丹田,《黄庭经》注:"三丹田各方一寸,曰寸田。"耕寸田,比喻修道工夫,苏轼《九日次定国韵》诗:"寸田自可糯",又《游罗浮山一首,示儿子过》:"寸田尺宅今谁耕。"

〔8〕归欤:(欤略等于现在的"罢"或"吧"的语气)两字作为一个词用,表示思归、退休的意思。(语出《论语》)

〔9〕屈指:计数,估计。合并:聚首、同住。全句乃惜别、欣羡之语气。合,入声。并,平声如"兵"。

次韵温伯雨凉感怀

穷士病且饥,古今同一流。身安腹果然[1],此外吾何求。判司诚卑官[2],未免尘甑忧。穷山更瘅暑[3],惫卧不举头。二物交寇我[4],生世真如浮。晨朝墨云作,疾雷破山丘。排檐忽飞溜,蛙蝈鸣相酬。朱冠领热属,横溃输一筹[5]。新凉苏肺气,踏湿登城楼。好邀云雨仙,长袖按梁州[6]。吹水添瓶罍,净洗千斛愁[7]。何从有此段,冰厅冷如秋[8]!但觉诗思生,爽气入银钩[9]。章成竟何用,知能救穷不[10]?汤子亦旅食,回望家还羞[11]。倡予敢不和[12],共作商声讴[13]!

〔1〕果然:肚子饱了的样子。(本为兽名)

〔2〕判司:本指签判、判官,州郡佐吏,今即以借指石湖所任的司户参军,彼时但掌仓库。韩愈《八月十五夜赠张功曹》诗:"判司卑官不堪说。"

〔3〕瘅(dàn):在此是害病的意思;瘅暑,如同说病暑,即患暑病。

〔4〕二物:指贫、病。交寇我:两件事交相攻劫于我。

〔5〕朱冠:贵人的头饰;热属,权要势力的集团:这里与夏神和暑热互喻,夏季也叫"朱明"。韩愈《陆浑山火,和皇甫湜,用其韵》诗:"炎官热属朱冠裈。"横溃:指溃败奔逃。全句说,一群朱冠热神,敌不过(输了一筹)一场快雨,都溃散无复踪影了。

〔6〕长袖:指舞衣。按:犹如说演奏,按舞、按歌,就是作舞、作歌。梁州:即凉州,唐代宫调曲名,因是凉州(今甘肃地)边地所进,所以名为"凉州",是胡部乐。

〔7〕"吹水"二句:说瓶罍中酒尽兴犹未尽,风来吹水化而为酒,永远喝不干。杜甫《苏端薛复筵简薛华醉歌》诗:"气酣日落西风来,愿吹野火添金杯。如渑之酒常快意,亦知穷愁安在哉!"诗意本此。

64

〔8〕"何从"二句：上文说邀来云仙雨仙，大家歌舞饮酒，散尽千愁，都是想象而为词。到此一语道破幻想，说：如何能得有此段神奇快意的乐事呢！实际里则只是官厅冰冷如秋而已！《因话录》："祠部谓之冰厅，以其冷也。"此借用。

〔9〕银钩：比喻书法精好，晋索靖书法佳妙，笔画有如"银钩虿尾"。

〔10〕不(fōu)：读如"否"平声，疑问词。

〔11〕家还：各本同，疑当作"还家"。此用韩愈《刘生》诗中"回望万里还家羞"句，谓流浪无成、无颜还家之意。

〔12〕倡予："倡予和汝"，见《诗经·郑风·萚兮》，即"倡和"的意思(注见前)，倡予就是首倡(开始作诗的)。

〔13〕商声讴(ōu)：《庄子》说曾子居卫，三日不举火，十年不制衣，穷得衣鞋都挂不住体，饿得脸都肿了，而歌《商颂》，如出金石，声满天地。指穷而有道、不改其乐。讴，歌唱。韩昌黎《鸳鸯赠欧阳詹》诗："寄诗同心子，为我商声讴。"

次韵温伯苦蚊

白鸟营营夜苦饥〔1〕，不堪熏燎出窗扉〔2〕。小虫与我同忧患，口腹驱来敢倦飞！

〔1〕白鸟：蚊的别称(出《夏小正》)。《金楼子》记：齐桓公卧柏寝，谓管仲曰："一物失所，寡人悒悒，今白鸟营营，是必饥耳。"因开翠纱幮进之。

〔2〕燎：烧草木。指用烟熏蚊子。

晓出古城山

落月堕眇莽[1],残星澹微茫。竹舆乱清溪,飞盖入岚光[2]。松桧雾霭湿,桑麻风露香。空翠滴尘缨,何必濯沧浪[3]?山家亦早作[4],迨此朝气凉[5]。林深无人声,木末炊烟苍。离离瓜芋区[6],肃肃枣栗场[7]。田园古云乐,令我思故乡。墟市稍来集,筥笼转山忙[8]。吏事亦挽我,归路盘朝阳。

〔1〕眇莽:义同"莽眇",形容深远、轻虚,此指欲明未明的天色。

〔2〕盖:伞类(古时设在车舆之上,后来则官员轿前往往有盖,由人持擎前行,俗呼"日罩子",亦其遗制)。飞盖,张盖而行。

〔3〕"空翠"二句:古歌:"沧浪之水清兮,可以濯吾缨",这里说,晨间山里的空翠(指湿润之气)就可以洗净尘垢蒙污的冠缨(注家或以为濯缨实在即指沐发),何必等到向沧浪之水里去洗呢?也就是说,一入山,就感到洗净了尘世的垢氛了。王维《山中》诗:"山路元无雨,空翠湿人衣。"

〔4〕作:起身活动、工作。

〔5〕迨(dài):趁着、把握时机。

〔6〕离离:果实累垂的样子。《蜀都赋》:"瓜畴芋区。"

〔7〕肃肃:整洁的形容。枣栗:暗用《诗经》语。场:平声,今多误读上声。

〔8〕墟市:即通常所谓"赶集"的集市。稍:"已然""旋即"的意思,与"略""少"一义有别。筥笼:竹篮之类;此指赶集的人都携带筐篮

而来。

按:古城山,即前诗题中古岩,在歙县境。石湖写景物,既有美学境界,又富生活气息,兼是二者,方称高手。

雪后守之家梅未开,呈宗伟

瓦沟冻残雪,檐溜粘轻冰。破寒一竿日[1],春随人意生。瑞叶再三白[2],南枝尚含情[3]。定知司花女,未肯嫁娉婷[4]。官居苦无赖,一笑如河清[5]。落木露荒山,寒溪绕孤城。朝暮何所见,云黄叫饥鹰。东风不早计[6],愁眼何当明[7]?北邻小横斜[8],苏地可班荆[9]。凭君趣花信[10],把酒撼琼英[11]。

〔1〕竿:古时测量日影之具。古人以"日高三竿"来形容天色已经不早。今说一竿日,则写冬日太阳迟出而低行的意态。

〔2〕瑞叶:指雪。再三白:就是已经下了两三番雪了。(另有"三白"一词。此处"再三"应连读)

〔3〕南枝:向阳的梅枝。含情:未吐,指梅萼尚未放花。

〔4〕"定知"二句:这两句说司花的女神不肯把梅花嫁出去——即遣她开花。娉婷(pīng tíng),美人。

〔5〕无赖:无聊。一笑如河清:古语"黄河千年一清",又北宋包拯严正,人言其"笑比黄河清"。这说居官难得有快意的生活、消遣,变其意而用之。

〔6〕早计:早作打算、安排(语出《庄子》)。
〔7〕何当:即何时,企望的语气。
〔8〕横斜:指梅树。宋人林逋《山园小梅》诗:"疏影横斜水清浅,暗香浮动月黄昏。"
〔9〕班荆:把荆铺在地上,藉草席地而坐,指老友相会叙旧的情景(语出《左传》)。
〔10〕趣:催促,已见。花信:开花的风信、消息。古人将春天分为"二十四番花信风",各种名花按此季节顺序开放。
〔11〕琼英:意为玉作的花朵,指雪;撼,摇落梅枝上的冻雪,使它快些开花。按:此系暗用前人咏梅诗"忆把枯条撼雪时"句意。

次韵温伯城上

闭户成痴坐,扶藜得意行[1]。楼台浮霁色[2],市井碎春声。雪尽小桥出,烟消千嶂生[3]。病多无脚力,遥羡落鸿轻。

〔1〕藜:藜杖的省称,此泛言杖。意行:随意而行(得意二字不连文)。
〔2〕霁(jì):雨、雪止,天放晴为霁。"浮"字写楼台高出之神理。此联对句则写出放晴后市集喧盛之致,下一"碎"字,尤得远闻神理。
〔3〕出:入声。嶂(zhàng):山峰(形容其如屏障)。

四月十六日挂笏亭偶题

转午闻鸡日正长[1],小亭方丈纳空光[2]。绿阴一雨浓如黛,何处风来百种香?

〔1〕转午:时光向午。凡说光阴缓缓推移,古时多用转字。
〔2〕方丈:一丈正方的面积,此言其小。空光:王安石《昆山慧聚寺次孟郊韵》诗:"扫石出古色,洗松纳空光。"此写雨后之景色境界。

按:以上皆石湖官徽州所作。

盘龙驿

闻鸡一唱罢,占斗三星没[1]。天高月徘徊,野旷山突兀[2]。
暗蛩泣草露[3],怨乱语还咽[4]。凉萤不复举,点缀稻花末。
惟馀络纬豪[5],悲壮殷林樾[6]:小虫亦何情?孤客心断绝!
魂惊板桥穿,足侧石子滑:行路如许难[7],谁能不华发[8]?
高城谩回首,叠嶂屹天阙[9]。遥知秋衾梦,千里一瓢忽[10]。

〔1〕"占斗"句:黄庭坚《冲雪宿新寨忽忽不乐》诗:"山衔斗柄三星没。"斗柄,北斗共七星,四星为身,三星为柄。
〔2〕月徘徊:李白《月下独酌》诗:"我歌月徘徊",指人行动而见月亦随而行动。苏轼《六月二十七日,望湖楼醉书五绝》:"风船解与月徘徊",亦指在船中见月如动。杜少陵诗写山之高:"突兀犹趁人"(《青阳峡》)。
〔3〕蛩(qióng):指吟蛩,即蟋蟀。
〔4〕怨乱:此犹言怨抑呜咽;苏轼《席上代人赠别三首》:"凄音怨乱

不成歌。"语还咽:才语又咽;咽(yè),入声,吞声。

〔5〕络纬:俗称络丝娘,古亦名莎鸡。

〔6〕殷(yǐn):上声如"隐",形容声音之响。樾(yuè):树荫。

〔7〕如许难:犹如说这么样难。

〔8〕华发:有了白头发,发色花白。此言因愁而发变白。

〔9〕谩:徒然。叠嶂:层叠的山。屹(yì入声):高耸独立。天阙:斗宿名,诗家用此词含义不一,此处只是天空高处的意思。

〔10〕衾(qīn):被。两句从山行转而想到:在家的人此时正在梦中想念行人。唐岑参《春梦》诗:"枕上片时春梦中,行尽江南数千里。"《文选·头陀寺碑》:"东望平皋,千里超忽。"变而用之。

竹下

松杉晨气清,桑柘暑阴薄。稻穗黄欲卧,槿花红未落。秋莺尚娇姹[1],晚蝶成飘泊。犬骏逐车马[2],鸡惊扑篱落[3]。道逢行商问:"平生几芒屩[4]?""颓肩走四方[5],为口不计脚。劣能濡箪瓢,何敢议囊橐[6]?""我亦縻斗升,三年去丘壑[7];二俱亡羊耳,未用苦商略[8]。"

〔1〕姹(chà):颜色美好的形容。

〔2〕骏(ǎi):痴、傻。

〔3〕落:也就是篱。古时作诗忌押重复的韵脚;但同字异义时就作为两个不同的字看待,不算复押。如此诗篱落的"落"和上文花未落的"落"字,就是一例。

〔4〕芒屩(juē):草鞋。两句说,遇见一个行商的客人,就问他,生来穿了多少双草鞋了——即走了多少路了?(此暗用黄庭坚《和答钱穆父咏猩猩毛笔》诗"平生几纳屐"句法)

〔5〕赪(chéng):发红色;赪肩,说肩头被担子磨得发红色、红肿。

〔6〕劣能:犹如说刚能、仅能。濡箪瓢:说有少许东西把盛饮食的器具濡湿了,即不致空碗挨饿的意思。囊橐(tuò 入声):盛钱财的行囊,此即以代钱财而言。

〔7〕縻斗升:为了升斗之米(通常以为指薄俸)而被羁縻(做官身不得自由)。去:离开、离去;和现代把去作"赴""往"解不同。丘壑:即山水,指山林闲退之地。《汉书·叙传》:"渔钓于一壑""栖迟于一丘"。

〔8〕亡羊:《庄子》的故事:两个人牧羊,把羊都弄跑了。问起来,一个是读书把羊忘了;一个是去赌博把羊丢下不管。庄子说,两人中好像读书比赌博的可原谅些,实在则同是该牧羊的把羊牧丢了,又有什么分别可言?今用此,譬喻一个做官、一个行商,同是为糊口而奔走流浪,都是一样亡了羊(抛弃了诗人所幻想的"生活之真")。所以末句说:又何必苦苦商略(称量评比谁好些谁坏些)呢?

按:竹下,沈钦韩以为指休宁县西百数十里之黄竹岭。未知是否。然诗意与竹无涉则较然可见。此等古体押入声韵,不可依现代"规范"音读,否则全失其音乐美。他首可类推,不备注。

寒亭

沟塍与涧合〔1〕,陇亩抱山转。向来六月旱,此地免焦卷〔2〕。
早穗已垂垂,晚苗犹剪剪〔3〕。一川丰年意,比屋闹鸡犬〔4〕。

71

老农霜须鬓,矍铄黄犊健[5]。自云"足踏地,常赋何能免[6];刈熟倩人输[7],不识长官面;康年无复事,但恐社酒浅[8]。"我亦有二顷,收拾尚可茧[9];怀哉笠泽路,归铲犁头薛[10]。

〔1〕沟塍(chéng):指稻田畦(当然包括水道)。

〔2〕焦:枯;卷:卷曲;指禾苗因缺水而枯萎。

〔3〕剪剪:形容稻苗短小而整齐的样子。

〔4〕川:指"平川",即平地,与"山川"的川不同。一川,犹言一片,满眼的景象。比屋:逐屋、排家挨户。

〔5〕矍铄(jué shuò 入声):年甚老而精神极轻健的样子。黄犊健:说老人像黄犊一样强健。杜甫《百忧集行》:"健如黄犊走复来。"

〔6〕常赋:说"法令"所规定的租赋。参考苏轼《鱼蛮子》诗:"人间行路难,踏地出赋租。"只要脚踩着一点地面,也得纳税。

〔7〕刈:割。倩(qìng):请人、托人、烦人的意思。

〔8〕社酒:社日杀牲置酒祭神后分享祭物,喝个醺醉。此指秋社答报丰收。浅:通指酒杯不满,即酒少。

〔9〕二顷:指田,借古人字面,和数量没有实在的关系(又古度量皆小,百亩之居,合现在二十五亩左右)。战国时苏秦曾说:"使吾有雒阳负郭田二顷,吾岂能佩六国相印乎?"是和做官相对立的说法。茧:胝;因劳动而磨起硬皮。

〔10〕怀哉:表思念的话。笠泽:太湖别称为笠泽,指诗人故乡一带而言。铲去犁上之薛,言收整农具重作耕民。

清逸江

微生本渔樵,长日渺江海[1]。扣舷濯沧浪,尚说天宇隘[2]。曷来车马路,悒悒佳思败[3]。黄尘扑眉须,驱逐似偿债[4]。羸骖系偏仄,狂犬吠荒怪[5]。乡心入旅梦,一叶舞澎湃[6]。晨兴过墟市,喜有鱼虾卖。眼明见清江,积雨助横溃。褰裳唤扁舟,臲卼不胜载[7]。不辞野渡险,弄水聊一快!

〔1〕渔樵:此处二者并举而主意侧重"渔"字,此种例亦多有。高适《封丘作》诗:"我本渔樵孟诸野。""长日"句:言终日远泛于江湖之上,亦不必拘看"海"字。苏轼《高邮陈直躬处士画雁二首》诗:"一举渺江海。"

〔2〕扣舷(xián):渔者歌唱时击敲船边,以作节拍。濯沧浪:已见前。天宇:犹言宇宙、天地。隘:窄狭。

〔3〕曷(jiè入声)来:用法含义不一,在此为"聿来""自来"义。聿(yù),发语辞,聿来,亦略如说,一从来到。佳思败:兴致皆尽。

〔4〕"驱逐"句:言为官命公事所遣使,不得不尔。

〔5〕羸(léi)骖:瘦马。系偏仄:被羁于狭隘处不得自由,此句自喻。"狂犬"句:盖喻猾恶豪劣。

〔6〕一叶:已见前。澎湃:水声。言梦中驾舟泛水。此句径用苏轼《韩子华石淙庄》诗原句。

〔7〕褰(qiān)裳:提衣而涉水。臲卼(niè wù):亦作"臬兀",摇荡不定。胜:平声如"升";不胜载,说小船摇荡似禁不住人的重量。

按:清逸江当即清弋江,在安徽宣城以西泾县一带。

新岭

瘦马兀蓸腾[1],荒鸡号莽苍[2]。丝罥冒朝露,篱落万珠网[3]。宿云拂树过,飞泉擘山响[4]。老桑蹁潜虬,怪蔓挂腾蟒[5]。山行何许深[6],空翠滴羁鞅。酿愁积雨寒,破闷朝日放。曈曈赤帜张,昱昱金钲上[7]。浮动草花馥,清和野禽唱。仆夫有好语:沙平路如掌[8]。惟忧三溪阻,桥断山水涨[9]。

〔1〕兀(wù):摇撼颠簸的意思。宋人诗中常用此义,而字书却绝不载。例如本集"竹篮(指竹轿)摇兀走婆娑",苏轼《与子由同游寒溪西山》诗:"千摇万兀到樊口",皆其例。参看苏轼《除夜大雪留潍州。元日早晴,遂行,中途雪复作》诗:"瘦马兀残梦。"蓸(méng)腾:睡梦尚未十分清醒的形容。

〔2〕号:平声如"豪",鸣叫。莽苍:郊野远望不分明的样子;兼有荒寒的意味。苍,读上声。

〔3〕丝罥:此指蛛网,韩愈《南城联句》诗:"丝罥扫还成",黄庭坚《廖袁州次韵见答并寄黄靖国再生传次韵寄之》诗:"飞花高下冒丝罥",又"何异丝罥缀露珠"(《戏呈孔毅父》)。冒(juàn):系挂。两句写清晨蛛网、篱落都挂满了露珠。

〔4〕"飞泉"句:说山上飞泉一道如同把山分为两半,发出喧豗巨响。

〔5〕跼(jú入声):蜷曲。虬(qiú):一种有两只角的龙。虬、蟒,形容老桑、怪蔓的样子。

〔6〕何许:这里是多么样、怎么样的意思。

〔7〕瞳(tóng)瞳:日初出的形容。赤帜:比喻日初见时的天容。昱(yù)昱:明亮。金钲:已见前。

〔8〕路如掌:言其平坦易行。王僧孺《登高台》诗:"九路平如掌。"

〔9〕三溪:即新安江。山水:言山间之水。

按:新岭在安徽休宁西南。以上皆石湖官徽州时往来宣城、休宁一带所作。

富阳

不到江湖恰五年,歙山青绕屋头边[1]。富春渡口明人眼,落日孤舟浪拍天。

〔1〕歙(shè):在安徽,宋为徽州,即石湖作掾处。这说在歙几年,每日只见有山,不得见水。屋:入声。

於潜俚语云:於潜昌化,鬼见亦怕[1]

邑居官寺两凄清[2],晚市都无菜可羹[3]。何处直能令鬼怕,只今犹自有人行[4]!

〔1〕於潜、昌化:都属浙江,在杭州西。
〔2〕官寺:官署,寺在古时原为官署名,后始转为佛寺一义。
〔3〕羹:此作动词用,无菜可羹,言无菜可以作羹。疑此暗用《庄子》孔子穷于陈蔡之间藜羹不糁一事;当用仄声,故易"藜"为"菜"字。以上二句写地方之凄苦。
〔4〕直:入声,有"就使"语意。令:平声。二句说,不管这地方怎样连鬼也怕,亦无奈何,人总是要住下去,换言之,穷民纵苦至此,亦安所逃乎?

刈麦 麦熟连雨妨刈,老农云:"得便晴,即大获;不尔,当减分数。"

麦头熟颗已如珠[1],小厄惟忧积雨馀[2]。匄我一晴天易耳,十分终惠莫乘除[3]!

〔1〕颗:入声属仄。
〔2〕厄(è):困苦,患难。积:入声。
〔3〕匄:即"丐"字;丐我,祈与我。终惠:加恩到底(出杜诗)。乘除:即消长、增减的意思,又有"算计""使心用计"一类含义。莫乘除,略同后世所说,不要打折扣。

插秧

种密移疏绿毯平,行间清浅縠纹生[1]。谁知细细青青草,中有丰年击壤声[2]！

〔1〕縠(hù)：绉纱。縠纹，形容水面微风皱起小波纹。刘禹锡《竹枝词九首》："瀼西春水縠纹生。"

〔2〕击壤(rǎng)：注家解为用两块木头相击、击中为胜，是一种游戏。然击壤似是击节的意思：传说上古帝尧时代，有八九十岁的老人击壤作歌，说："日出而作，日入而息；凿井而饮，耕田而食：帝力于我何有哉！"表示人民康乐之境。击，入声。

晒茧 俗传叶贵即蚕熟，今岁正尔

隔篱处处雪成窝[1]，牢闭柴门断客过[2]。叶贵蚕饥危欲死，尚能包裹一丝窠[3]。

〔1〕雪：指茧的颜色。
〔2〕过：读平声如"锅"。江南四月，蚕正作茧，家家闭户，断绝一切人事往来，叫作"蚕禁"。
〔3〕丝窠：此又即以指蚕茧，与前《新岭》诗中"丝窠"异义（蚕茧中众丝所归结一处之地方名"丝眼"，眼下众缕纠结处亦名"丝窠"）。

科桑[1]

斧斤留得万枯株[2]，独速槎牙立暝途[3]。饱尽春蚕收尽

77

茧,更殚馀力付樵苏[4]。

〔1〕科:犹如说"课",检去其不中留的。
〔2〕斤:砍木用的刀。
〔3〕独速(二字皆入声):动摇的样子,与今口语"哆嗦"为一音之转;孟郊《送淡公》诗:"独速舞短簑。"一说,即通"笃簌",很密的样子。槎牙:不齐的形容。亦作槎枒。暝:晚。杜甫《行次昭陵》诗:"尘沙立暝途。"
〔4〕殚(dān):尽。樵苏:取薪叫樵,取草叫苏。

按:以上系石湖因公自安徽东入浙江道中所作。

古风上知府秘书二首(选一)[1]

神仙绝世立,功行闻清都[2]。玉符赐长生,笯云游紫虚[3]。鸡犬尔何知,偶舐药鼎馀[4]。身轻亦仙去,罡风与之俱[5]。俯视旧篱落,眇莽如积苏[6]。非无凤与麟,终然侣虫鱼。微物岂有命,政尔谢泥涂[7]。时哉适丁是,邂逅真良图[8]。

〔1〕古风:古体诗,以别于近体格律诗。知府秘书:指洪适(kuò),适字景伯,鄱阳人。父洪皓,使金被留十五年,时以比苏武。适与弟遵、迈皆有文名,号"三洪"。绍兴二十八年知徽州,即石湖长官。适尝为秘书省正字,故称之为知府秘书。
〔2〕绝世立:弃世而立(非"并世无两"义),苏轼《赤壁赋》:"遗世

而独立。"功行(行,去声如"姓"):指修道者的工夫德业。闻:闻于、名声达于(某处)。清都:天帝所居。

〔3〕 𬨎(niè):同"蹑",𬨎云,如俗言"驾云"。紫虚:天。两句说,彼人功行既已闻于帝居,帝遂赐以长生玉符(即得道为神仙),彼即得凌云而游于天上。按:宋徽宗时赐道流以玉方符,长七寸,阔四寸,面镌符,背镌"御书":"赐某人以行教"云云。此暗用其事。

〔4〕 "鸡犬"二句:《神仙传》载:淮南王刘安,仙去时,馀药器于庭中,"鸡犬舐啄之,尽得升天"。舐(shì),舔。

〔5〕 罡风:即刚飙,《抱朴子》:"上升四十里,名为太清,太清之中,其气甚罡(刚),能胜人也(能载得住人)。"与之俱(平声如"拘"):与之同去。

〔6〕 积苏:积草。《列子》记周穆王升天帝之所,"俯而视之,其宫榭若累块积苏焉"。

〔7〕 命:犹言"造化""运气",岂有命,说哪有这种升天的造化。谢:辞谢,这里犹言离去。政尔:犹言"就这么样的"。泥涂:喻卑下之地位,《左传》:"使吾子辱在泥涂久矣!"两句说:微物本来哪里有升天的好命,可是就这么样地离开了泥涂,跟着飞上天去了。

〔8〕 适:恰、正。丁:当、值。邂逅:不期而会;在此为"遇合"意,《诗经·郑风·野有蔓草》:"邂逅相遇,适我愿兮。"良图:是善计、佳谋的意思。杜甫《今夕行》:"邂逅岂即非良图。"

按:此为石湖以鸡犬升仙事比喻宦途,感慨于当时私意朋比汲引("遇合"),而人才遂不能见用。石湖与洪景伯,相得甚欢。石湖徽州任满离去,景伯有诗送别(见《盘洲文集》),中有"软红英俊林,定不冗干谒"之语,意存规勉;石湖和云:"……恩勤一未报,终古铭肌骨;幡幡迹虽远,耿耿心不没;门阑如水波,永印此孤月!"朋友交谊,读之动人。

79

拄笏亭晚望

林泉随处有清凉,山绕阑干客自忙[1]。溪雨不飞虹尚饮[2],乱蝉高柳满斜阳[3]。

　　[1]"山绕"句:这句说亭子四面皆有山可看,以致"客"(自己)循绕阑干忙着看个不停。
　　[2]"溪雨"句:《穷怪录》载:后魏时首阳山有樵夫看见一条晚虹下入溪泉饮水。后来化为美女。《述异记》亦载晋时薛愿家有虹饮其釜中,须臾而竭。也许古人因看不到虹的下半而想象虹的一端是落在山泉水中等地方饮水(或别有一种动物,误认为虹)。
　　[3]"乱蝉"句:可比较黄庭坚《题学海寺》诗:"一段秋蝉思高柳,夕阳元在竹阴西。"

番阳湖[1]

凄悲鸿雁来,泱漭鱼龙蛰[2]。雷霆一鼓罢,星斗万里湿[3]。波翻渔火碎,月落村舂急。折苇已纷披,衰杨尚僵立。长年畏简书[4],今夕念蓑笠[5]。江湖有佳思,逆旅百忧集[6]。

　　[1]番阳湖:即鄱阳湖,在江西省之北境。番、鄱,音"婆",不读"播"。

〔2〕泱漭(yǎng mǎng)：水势广远的样子。

〔3〕鼓：动词。这句说大雨之后。"星斗"句：黄庭坚《荆州即事药名诗八首》："天南星斗湿。"

〔4〕简书：指帝王的遗命，不敢违背。《诗经·小雅·出车》："岂不怀归，畏此简书。"这里就是长年做官身的意思。

〔5〕蓑笠：指渔钓生涯，亦即野人闲身。

〔6〕逆旅：客舍。百忧：出《诗经》，又参考杜甫《百忧集行》："悲见生涯百忧集。"

回黄坦

渥丹枫凋零[1]，浓黛柏幽独。畦稻晚已黄，陂草秋重绿。平远一横看[2]，浩荡供醉目。落帆金碧溪，嘶马锦绣谷[3]。世界真庄严[4]，造物极不俗[5]！向非来远游，那有此奇瞩[6]？

〔1〕渥丹：浓汁厚涂的红色；此指秋天的枫叶变为深红色。

〔2〕平远：山水绘画术语，有高远、平远等分别，由于绘者所假设的"立足点"不同，与西洋透视有某种相近处（但又不尽同）。指画中因透视关系所见远处山水渐趋于平远，《唐书·王维传》："维善画山水平远……"苏轼《再和》诗："山平水远细欲无"，山谷题跋："得意于荒寒平远。"亦有径以"平远"作"横披"用法。横看：亦名"行看子"，即横幅绘画，俗名"横披"。

〔3〕金碧溪：写水在落日照耀下的颜色。锦绣谷：指其花木颜色灿

烂。

〔4〕庄严:佛家语,在此是妆饰壮丽华美的意思。

〔5〕造物:亦云"造化",古人用以指称大自然万物,如有一个创造者所造化而成,故称为造物。不俗:略如说非凡,了不起。

〔6〕向非:犹如说倘不是。瞩(zhǔ):注视;奇瞩,奇观。

晞真阁留别方道士宾实

东山西山双袖舞〔1〕,中有清宫蟠万础〔2〕。云横朱阁碧梧寒,风扫石坛苍桧古。道人宾实其姓方,来从何许今几霜〔3〕?诛蒿仆蓬殿突兀〔4〕,玉华紫气腾真香〔5〕。胸奇腹愤无人识,我独相从似畴昔〔6〕。时时苦语见针砭〔7〕,邂逅天涯得三益〔8〕。明朝归客上归舻〔9〕,重到晞真计渺茫。只有双鱼相问讯〔10〕,歙江之水通吴江。

〔1〕双袖舞:喻写两面皆山、峰岭回旋的形势。

〔2〕蟠(pán):曲屈蹲伏,指刻石为兽形,苏轼《用前韵答西掖诸公见和》诗:"双猊蟠础龙缠栋。"万础:极言此寺观规模之宏伟。础,柱子的基石。

〔3〕何许:何处("许"古音 hǔ 如"虎",和"行"如"杭"为一音之转,如诗词中常说"谁行""伊行",即哪里,他那里;如今北京话还说"哪行儿""这行儿",亦即"哪许""这许")。几霜:几秋、几年。

〔4〕诛蒿仆蓬:说剪除蓬蒿乱草,从荒地中创建出这个道观。殿突兀:言其高大。

〔5〕玉华、紫气:道家形容"道"的光华气象的用语。

〔6〕畴昔:前夜、往日。似畴昔,说相逢好像旧交一样。

〔7〕针砭(biān):用以刺病的金属针和石针;譬喻规谏过失、警劝的话,犹如说药石之言、金石之言。

〔8〕三益:指孔子所说,"友直、友谅、友多闻,益矣"。谅,指信实。

〔9〕归客:诗人自指,此时石湖在徽州官满,将离去。艋:舴艋,船名,即指所谓"蚱蜢舟",小船。

〔10〕双鱼:指书信。古诗:"客从远方来,遗我双鲤鱼。呼童烹鲤鱼,中有尺素书。"

次诸葛伯山赡军赠别韵[1]

歙维群山囿[2],漫仕富英杰[3]。清标照人寒,玉笋森积雪[4]。嗟余独委琐,无用等木屑[5];又如道傍李,味苦不堪折[6]。归舟坐成泛,去马亦已刷。三年风波险,尽付一笑阅。惟君同怀抱,各坐天机拙[7]。我家鸥夷子,竹帛照吴越[8];云仍无肖似,颒首愧前哲[9]。若家卧龙公,事业管萧埒[10];期君踵祖武,勿惜儿女别[11]。言狂举白浮,醉倒霜松折[12]。

〔1〕赡军:官职简称,宋时州府设赡军酒库,以官监之,官酿酒专卖,取利以助军饷,故名赡军。赠别:指石湖官满将离新安,以诗送之。

〔2〕维:叙述情况的语词,有"是""系"一类意义。囿(yòu):此是萃聚之义,韩愈《南山诗》:"兹维群山囿。"

〔3〕漫仕:指做官只是聊且一为,并非热中利禄的人。唐代元结自号"浪(即'漫'义)士",后为著作郎,人们就说,"浪者亦漫为官乎?"便又称为"漫郎"。漫仕,本于此。

〔4〕清标:不庸俗的、高尚的丰标(仪容气度)。"玉笋"句:比喻其材器之美,标格之清。唐李宗闵典贡举,所取多知名之士,当世号为"玉笋",笋,比喻众多而美。

〔5〕委琐:局促、不大方、量狭才小等意思。木屑:晋人陶侃的故事:侃造船,并竹头、木屑皆不令抛弃。当时人不解。后来都得其用(以木屑铺湿地)。石湖此处用意却是相反,是有用也不会大的意思。

〔6〕道傍苦李:晋人王戎的故事:戎幼时和群儿游戏,见道旁一树李子,群儿竞往摘食;只有他不睬。人们问他,他说:道旁的李子能存留这么多在树上,那味道还用问吗?一定是苦的。后来一尝,果如其言。

〔7〕坐:入于某项罪条的意思,这里有"由于""因为"的语气。天机拙:指心地老实,没有机巧谲诈。出《庄子》。参看杜甫《奉先刘少府新画山水障歌》:"刘侯天机精。"

〔8〕鸱(chī)夷子:即范蠡,春秋时楚人,事越王句践,助其灭吴,报越之世仇。成功后泛舟入海。竹帛:古时书写史迹于竹简、缣帛(即古代的"纸")之上;此处犹如说功勋、事业。

〔9〕云仍:云孙仍孙,指世代很远的后裔。頫(fǔ):俯。前哲:前贤、古人。

〔10〕若家:君家、您家。卧龙:指诸葛亮。管:管仲;萧:萧何:管助齐桓公成霸业,萧助汉高祖建汉朝。埒:读 liè 入声:相齐、相等。

〔11〕踵武:接承脚步,继续事业。儿女:指感情丰富但脆弱的人,比喻普通人的情怀,譬如,只惜暂时一别,而不知道远大事业更重要。

〔12〕举白浮:举起吃净的酒杯向人告"白(干!)",而以此罚人饮酒。霜松折(shé 入声):即比喻人之醉倒,此处指自己先吃干,罚诸葛伯

84

山饮,使他大醉而倒。参看韩愈《忆昨行和张十一》诗:"起舞先醉长松摧",又苏轼《聚星堂雪》诗:"老守先醉霜松折。"此诗押入声韵,须注意变读,方谐。

按:以上皆石湖官徽州时作。

次韵唐幼度客中。幼度相别数年,复会于钱塘湖上

西湖冰泮绿生鳞[1],料峭东风欲中人[2]。花片不禁寒食雨,鬓丝犹那涌金春[3]。江山契阔诗情在[4],京洛追随客梦新[5]。唤取歌声不愁思[6],为君吹水引杯频[7]。

〔1〕泮(pàn):解、散,指冰融化。韩愈《远游联句》:"离思春冰泮";王安石《送张公仪宰安丰》诗:"归期只待春冰泮。"绿生鳞:碧波生细纹如鳞,以见流动,充满生意。

〔2〕料峭:已见前。中:去声如"仲"。

〔3〕鬓丝:指年华老大,鬓有白发;丝,色白。那(nuó),义同"奈","奈何",有办法承当、对付的意思。涌金:杭州城西面门名,出此即达西湖。上句参看陈与义《雨中对酒,庭下海棠经雨不谢》诗:"燕子不禁连夜雨",句法由此脱化而来。下句参看黄庭坚《奉同子瞻韵寄定国》诗:"遥怜须鬓丝,犹复耐悲欢。"

〔4〕契阔:在此义为"久别""远离"。

〔5〕京洛:晋人指京都的用语,此以借指杭州。

85

〔6〕思:去声如"四"。杜甫《观李固请司马弟山水图三首》之一:"群仙不愁思。"

〔7〕吹水引杯:杜甫《苏端薛复筵简薛华醉歌》诗:"愿吹野水添金杯",吹水本此。

客中呈幼度

手板头衔意已慵[1],墨池书枕兴无穷[2]。酿泥深巷五更雨,吹酒小楼三面风。草色有无春最好[3],客心去住水长东[4]。今朝合有家书到[5],昨夜灯花缀玉虫[6]。

〔1〕手板:在唐代即笏;宋时指一种名刺,下级官要定期报谒上官,报谒时先要投递名刺。头衔:官衔,名刺上所开列(宋时官衔极其冗长)。慵:懒。

〔2〕墨池:洗砚之池,指习书法的地方,古书家张芝,临池学书,池水尽墨。书枕:卧读之枕,此指闭户攻书。

〔3〕"草色"句:草刚刚发浅绿,远看似有、临近则无。韩愈《早春呈水部张十八员外二首》之一:"天街小雨润如酥,草色遥看(平声如"堪")近却无。最是一年春好处,绝胜(平声如"升")烟柳满皇都。"

〔4〕"客心"句:可比较谢朓《暂使下都,夜发新林至京邑,赠西府同僚》诗:"大江流日夜,客心悲未央。"按:旧引《翼氏风角》:"木落归本,水流向东。"石湖似用此意。杜甫《发同谷县》诗:"去住与愿违",又《送贾阁老出汝州》:"艰难归故里,去住损春心。"诗谓客心如水之长东,未尝一刻不想归去,仍与厌倦宦途是一个思路。

〔5〕合：入声，合当、合该，揣度、预料、盼望之词。

〔6〕玉虫：原为钗头饰，以指灯花所结成的形象，《再次韵德麟新开西湖》诗："灯花已缀钗头虫。"古人以灯蕊结花为喜兆，杜甫《独酌成诗》所谓"灯花何太喜"。

次韵边公辨

错落参旗胃竹梢[1]，柴荆临水闭蓬蒿[2]。春风吹晓玉蟾堕[3]，秋露洗空银汉高[4]。双鹊绕枝应也倦[5]，一蛩吟壁已能豪。新秋只合添诗兴[6]，莫学潘郎叹二毛[7]。

〔1〕参旗：星宿名，共有九星，一名天旗。胃：已见前。此写竹间见星，如在竹梢上胃挂。竹：入声。

〔2〕柴荆、蓬蒿：皆指贫者所居，参看前《元夜忆群从》诗注〔2〕〔3〕。参考许浑《晚自朝台津至韦隐居郊园》诗："柴门临水稻花香。"

〔3〕玉蟾：指月。神话以为月中有蟾蜍。参看方干《中秋月》诗："凉宵烟霭外，三五玉蟾秋。"

〔4〕银汉：即天河，已见。参考陈与义《秋夜》诗："白露洗空河汉明。"此联"玉""银"二字为拗格，平仄互掉。

〔5〕"双鹊"句：曹操《短歌行》："月明星稀，乌鹊南飞，绕树三匝，无枝可依。"诗人则多以此典故暗喻投靠、前途、归宿之无望。

〔6〕合：入声，义为该当，诗中最多见。

〔7〕潘郎叹二毛：晋潘岳作《秋兴赋》，序中说："余春秋三十有二，始见二毛。"二毛，指黑发中有了白发，颜色夹杂。后来便把"潘鬓"作为

叹老悲穷的典故。学,入声。

按:此等律诗,吟之令人气爽神超,欣慨交织,信为高手。蛮在诗家,多为悲意,今则谓豪,此非仅"翻案法"也,实为诗人复杂心境与高超笔法之表现,宜细为体会。

洪景卢内翰使还入境,以诗迓之[1]

玉帛干戈汹并驰[2],孤臣叱驭触危机[3]。关山无极申舟去[4],天地有情苏武归[5]。汉月凌秋随使节[6],胡尘卷暑避征衣[7]。国人渴望公颜色,为报搴帷入帝畿[8]。

〔1〕洪景卢:名迈,鄱阳人,洪适之弟。内翰:指洪使金假以翰林学士衔。使还:使金而还。洪迈于绍兴三十二年使金,金人仍令于表中称"陪臣"(义即金为主国,宋为臣国,宋的臣子对金要称陪臣,即"臣的臣"),洪迈屈节,辱命而还。此行并向金索河南陵寝,有恢复意。

〔2〕玉帛:诸侯会盟朝聘时所执的重礼,指盟好。南宋时每年纳金之"岁币"与绢匹极重,人民以此大困。干戈:战争。汹:上声。这句说和战关头。

〔3〕叱(chì):吆喝、命令。驭(yù):驾马为驭。叱驭,指奉使陆路远行。触危机:犹言犯此强敌,蹈此危境。按:汉代王阳为益州刺史,行部至邛崃九折阪,叹道:"躯体是先人所遗,奈何来冒这样的危险?"就返车而回。及至王尊也来作益州刺史,走到这里,就问从吏说:"这不就是王阳怕行的险道吗?"叱其驭(驾车夫)曰:"驱之!王阳为孝子——王尊

为忠臣!"用这个故典,意思是说:为了尽忠报国,不避艰险远行,不惜身命。

〔4〕关山无极:犹言万里征程。极,限,入声。申舟:战国楚大夫,名文之无畏。楚庄王使聘齐国。知道他与宋国有仇,嘱他不要假道于宋。他自知过宋必死。到宋,果然被杀。庄王怒围宋。

〔5〕苏武:字子卿。汉武帝时使匈奴,胁降不屈。被囚,又徙于北海,备受苦难,饥渴时餐雪吞毡,十九年而还。

〔6〕汉月:汉家的月亮,犹言祖国之月。凌秋:高高升于秋空。此言使者举头唯见故国之月相随入于异域。

〔7〕胡尘:异国的尘土。胡尘都不敢侵犯,极言有威严,有立场。

〔8〕为报:嘱请之语。搴(qiān)帷:揭起车帷,以便迎者见其颜色(由颜色而见此行之成败)。帝畿(jī):"天子"的领地,犹言国土。

按:洪临行时石湖亦有送诗,中云:"国有威灵双节重,家传忠义一身轻","北土未干遗老泪,西陵应望孝孙朝",忠愤慷慨,严婉两尽其致。

古风二首上汤丞相(选一)

抱瑟游孔门,岂识宫与商〔1〕?古曲一再行,乃杂巴人倡〔2〕。
知音顾之笑,解弦为更张〔3〕。归来掩关卧,冰炭交愁肠〔4〕。
平生桑濮手,未省歌虞唐〔5〕。明发理朱丝〔6〕,复登君子堂。
遗音入三叹,山高水汤汤〔7〕!

〔1〕"抱瑟"句:暗用《论语》孔子弟子曾点鼓瑟故事。宫、商:与

"角"、"徵"(zhǐ)、"羽"合为五音。

〔2〕行：乐曲；一再行，一两曲（出《史记》）。巴人：曲名，古以为"俚"曲（出《文选》）。倡：犹言歌。

〔3〕顾：回首而视；三国时周瑜知乐，语云："曲有误，周郎顾。"所以这里的回顾即是说对乐曲有意见。《汉书·礼乐志》："辟（譬）之琴瑟不调，甚者，必解而更张之，乃可鼓（弹）也。为政而不行，甚者，必变而更化之，乃可理也。"更张：重新架以新弦；此正以喻为政。

〔4〕关：门。韩愈《听颖师弹琴》诗："无以冰炭置我肠"，说音乐引起不同的情绪在内心交争。（归来掩关卧，亦径用苏轼《江月五首》其二原句）。《盐铁论》："冰炭不同器，日月不并明"和《后汉书》："邪正之人，不宜共国，亦犹冰炭不可同器。"亦可参看。

〔5〕桑濮："桑间濮上"，指濮水之上桑间（地名）之音调。其义或以为乃亡国之音，或以为"郑卫之声"，即淫（不正）声。此指后一义。未省（xǐng）：犹言不曾。虞唐：指古乐，"正声"。

〔6〕明发：天初晓。朱丝：古时清庙（宗庙）之瑟，用朱丝，即朱弦。

〔7〕三叹：古时清庙之瑟，"壹倡而三叹，有遗音者矣"。壹倡三叹，一人首倡歌句，三人从而和之。后来多以指音调低徊不尽之致。汤汤（shāng，读如"商"）：水声。《吕氏春秋·本味》："伯牙鼓琴，锺子期听之。方鼓琴，而志在太山。锺子期曰：'善哉乎鼓琴，巍巍乎若太山！'少选之间，而志在流水。锺子期又曰：'善哉乎鼓琴，汤汤乎若流水！'"锺子期深能识鼓琴者之情志所在，即"知音"一义的来源。

按：此诗石湖作与汤思退。思退，字进之，处州人，以秦桧父子致身于朝。绍兴二十九年进左仆射同平章事（宰相），明年为陈俊卿劾罢。隆兴元年，孝宗有志恢复，用张浚伐金，而不幸符离师溃，思退再相并兼枢密（最高军事官府），谋罢张浚，密使人喻金人以重兵胁和，明年为言官论罢,窜永州,闻太学生张观等七十二人上书请斩之,忧悸而卒于道中。自南渡以来,秦党至是始稍尽。石湖于思退为门生座主,古人素重此种"情谊";观此,思退盖曾私引石湖为党,而石湖拒之,作此婉辞见意。其第二首复以学仙为喻,末云:"飞升那敢学?倘许学长生。"尤可按。

冷泉亭放水

古苔危磴着枯藜[1],脚底翻涛汹欲飞。九陌倦游那有此[2],从教惊雪溅尘衣[3]。

〔1〕危:高。磴(dèng):石平可登之处,亦指有石级的山路。着:安放。枯藜:指杖。着枯藜,说藜杖点在危磴之上(一步一登,渐达高处)是动态;然亦可指置身于危磴之间的意思,则是静态。

〔2〕九陌:都城的繁华街道。

〔3〕从教(平声如"交"):任凭,换言之,即很愿意。惊雪:指水花四溅,其色白,如雪。尘衣:指在京城做官,素衣都被"京尘"污垢。晋陆机《为顾彦先赠妇》诗:"京洛多风尘,素衣化为缁(黑色)。"

按:冷泉亭在西湖飞来峰。以下数首之北山、照山堂等亦皆杭州名胜。

长至日与同舍游北山[1]

岁晚山同色,湖平雾不收。寒云低阁雪[2],佳节静供愁[3]。

竹柏森严立,蒲荷索莫休[4]。瘦筇知脚力,政尔耐清游[5]。

〔1〕长至日:冬至节。北山:指杭州西湖北山。
〔2〕阁:阻而不使下,这是指欲雪未雪的神情。
〔3〕佳节:古人很重冬至节,称为"亚岁",穿新衣,拜先祖,罢市(放假),饮博,颁历,交贺,馈送,一如过年节(现在的"春节")。供(平声)愁:谓因佳节而引起乡思。
〔4〕索莫:冷落凄清。蒲荷乃先衰之物。《晋书》:"松柏之姿,经霜犹茂;蒲柳常质,望秋先零。"此联用此语。必有所指,不则即景仅为陈言,非石湖笔法矣。
〔5〕瘦筇(qióng):细竹杖;筇指筇竹,宜为杖。

次韵李子永雪中长句[1]

黄昏苦寒乌鸟稀,吹沙走石交横飞。布衾如铁复如水[2],梦想东风来解围。岂知天地有奇事,夜半窗纸生光辉。兜罗宝界佛所现[3],冥凌不敢专璇玑[4]。开门倚杖眩一色,迥立此世空无依。少年行乐恍尚记[5],瑶林珠树中成蹊[6]。犬骄鹰俊马蹄快,狡穴未尽须穷追[7]。湖海粗豪今岂在[8],但忆鸣哮如饿鸱[9]。北邻亦复淡生活,要我忍寒吟此诗。手龟笔退不可捉[10],墨泓龃龉冰生衣[11]。

〔1〕长句:用法甚杂,或指七言诗,以别于五言;或指律诗,以别于绝句。或误以指古体歌行。李子永,名泳,庐陵人,与兄弟洪、漳、浺、浙等

有《李氏花萼集》。

〔2〕"布衾"句:形容其冷。杜甫《茅屋为秋风所破歌》:"布衾多年冷似铁。"

〔3〕兜罗:即棉,外语译音,古以棉之最坚厚者为兜罗棉。这里以喻雪,兜罗宝界略如言"庄严世界"。按:宋时棉尚不普通,仅闽广有之。

〔4〕冥凌:乐府歌辞:"玄冥凌阴。""玄冥"宋避讳改"真冥",此曰冥凌,殆亦因此。李白《大猎赋》:"玄冥掌雪。"冬神,水神。专:专有、独占的意思。璇(xuán)玑:美玉,比喻雪。

〔5〕恍(huǎng):恍然,恍忽依稀。

〔6〕瑶林珠树:皆喻雪景。

〔7〕狡穴:指狐兔之类。《战国策》:"狡兔有三窟。"

〔8〕湖海粗豪:东汉陈登的故事,人说他"湖海之士,豪气不除"。

〔9〕鸣哹:当是"鸣髇(qiāo)"之刊误,响箭,也叫鸣镝。高适《奉和鹘赋》:"类鸣髇之破的。"鸱(chī):鸢。梁曹景宗说:"我昔乡里骑快马如龙,与年少辈数十骑拓弓弦作霹雳声,箭如饿鸱叫平泽中,逐麇数肋射之,渴饮其血,饥食其肉,甜如甘露浆,觉耳后生风,鼻头出火,此乐使人忘死,不知老之将至。"

〔10〕龟(jūn):同"皲",因冷而皮裂。笔退:毫锋经使用太久而无复尖芒的笔叫退笔。

〔11〕墨泓(hōng):指研得的墨汁所聚。龃龉(jǔ yǔ):参差出入、不相合;这里指墨冻了不随手、不能指挥如意。

与胡经仲、陈朋元游照山堂,梅数百株盛开

九陌缁尘满客襟[1],钱塘门外有园林。胡床住处梅无

限[2],酒斾垂边柳未深[3]。晴日暖风千里目,残山剩水一人心[4]。元方伯始皆吾党[5],邂逅清游直万金[6]。

〔1〕缁:黑色。缁尘,指京都尘土,已见前"尘衣"注。
〔2〕胡床:即交椅,坐具。
〔3〕斾:旗。酒斾,酒帘、酒望子。柳未深:指柳色犹浅绿。
〔4〕"晴日"二句:此联上句正可与同时人林升"暖风熏得游人醉,直把杭州作汴州"合看。残山剩水,犹如说破碎河山。一人心,犹言"孤抱",诗人自谓,故下言遇吾党而同此心,弥觉珍重。
〔5〕元方:汉陈纪的字;以指题中的陈朋元。伯始:汉胡广的字;以指题中的胡经仲。陈纪、胡广,皆当时有名之士。
〔6〕直:即现在的"值",入声。

送周子充左史奉祠归庐陵[1]

黄鹄飘然下九关,江船载月客俱还[2]。名高岂是孤臣愿?身退聊开壮士颜[3]。倾盖当年真旦暮[4],沾巾明日有河山[5]。后期淹速都难料[6],相对犹怜鬓未斑。

〔1〕左史:指起居郎,掌皇帝起居、记述其言行之官。周子充:名必大,庐陵人,绍兴进士。时官起居郎权给事中,不避权幸。及曾觌、龙大渊二奸得宠,皆将迁知阁门事,必大阻之使不行,命再下,必大遂请祠。宋朝,凡是不予任事只令食禄的,就给一个提举某宫观的空名,等于挂官衔的退休者,叫作祠官。

〔2〕黄鹄:已见前。九关:九门,可指天,可指帝城,正是双关。俱:平声,不音"具"。

〔3〕名高:指引退以邀高洁之名。岂是孤臣愿:非己所愿,其意盖谓:"孤臣"之名愈高,君之过亦愈彰,非"臣子"所愿;"孤臣"高名之来,由于朝政不纲,谗邪竞用,而"回天"无力;此则非国家之福:皆非引退者本心所愿也。总意即谓此心终不能忘国。壮士颜:黄庭坚《谢何十三送蟹》诗:"风味可解壮士颜。"

〔4〕倾盖:盖,车盖,在道中相遇倾盖而谈,指一见如故,长为知己。旦暮:说好像朝夕之间,如同昨日一样。

〔5〕沾巾:指落泪。河山:表面指分离后关河间阻。

〔6〕后期:再会之日。淹速:犹如说迟早。速,入声属仄。

送陆务观编修监镇江郡归会稽待阙〔1〕

宝马天街路〔2〕,烟篷海浦心〔3〕。非关爱京口,自是忆山阴〔4〕。高兴徐飞动〔5〕,孤忠有照临〔6〕。浮云付舒卷〔7〕,知子道根深〔8〕。

〔1〕陆务观:名游,号放翁,山阴人,南宋杰出诗人。为秦桧所嫉,桧死始为官。编修:陆曾官枢密院编修。会稽:指山阴,今绍兴。待阙:待缺。

〔2〕宝马:指装饰华美的马。天街:都城的街道。

〔3〕烟篷:指船。海浦:犹如说江湖。

〔4〕京口:指镇江郡。上句,疑用《南史》戴颙常憩京口黄鹄山竹林

精舍事;下句,疑用王羲之不乐居京师、喜会稽佳山水事,或贺知章求归山阴事。

〔5〕高兴:高远的兴会、情志。和现今普通所谓"高兴"一词有别。飞动:激昂跌宕。杜甫《北征》:"青云动高兴",黄庭坚《次盱眙同前韵》诗:"归兴岌飞动。"

〔6〕照临:说上天(兼指"天子")照察。《诗经·邶风·日月》:"日居月诸,照临下土。"杜甫《风疾舟中伏枕书怀三十六韵奉呈湖南亲友》:"皇天实照临。"

〔7〕浮云:指身外的事,如世态人情、仕途进退得失。付舒卷:任其变幻无端。《论语·述而》:"不义而富且贵,于我如浮云。"李白《赠丹阳横山周处士惟长》诗:"闲云随舒卷。"

〔8〕道根:修道的人讲究"根器":有根始能筑基,有器始能承纳成就。这是说,知道你道根甚深,自有把握,必不为眼前得失、悲喜幻象所动。苏轼诗:"世缘终浅道根深"(见《轼以去岁春夏侍立迩英,而秋冬之交子由相继入侍,次韵绝句四首,各述所怀》)。

见说云门好[1],全家住翠微[2]。京尘成岁晚,江雨送人归。边锁风雷动[3],军书日夜飞。功名袖中手[4],世事巧相违!

〔1〕见说:承人告知的意思,犹言闻说。云门:指绍兴以南若邪山,上有云门寺,下有若邪溪,通镜湖,放翁自乾道二年卜居于镜湖之三山,故云。

〔2〕翠微:解释不一,大抵指山色青翠,即以代指山。

〔3〕边锁:犹言边关。(另有"边琐"一词,指边疆科录人才资历,如苏轼《送蒋颖叔帅熙河》诗:"正坐喜论兵,临老付边琐。"与此异)风雷:激烈的军事气氛。

〔4〕功名：指抗敌救国的事业，与后来科举"功名"俗义有别。袖中手：言其可操胜券。

按：依《宋史》，放翁因向枢臣张焘论龙大渊、曾觌二奸用事，张焘遽以为言，孝宗问知出于放翁，遂恶之，出外任；言官又论其说张浚用兵，乃免归。《齐东野语》又记孝宗宴狎，一内人与曾觌来往，放翁知之，言于张焘，焘面谏，孝宗遂恶放翁而去之。诗当作于此时。

雪晴呈子永

碧空无处泊同云，晴入荒园鸟雀驯〔1〕。冰面小风池欲动，雪边浓日瓦如熏。尘容俗状长为客，冷蕊疏枝又作去声春〔2〕。诗卷岂能生暖热，犯寒聊复恼比邻〔3〕。

〔1〕泊：止舟为泊，把天空比作水，把云比作航船。又"歇泊"乃宋人常语，停住，安顿，休息。同云：已见前。驯：平声如"巡"，写鸟雀之驯善、不警恐、意态自得，可参考杜甫《南邻》诗："得食阶除鸟雀驯。"

〔2〕"尘容"二句：上句用孔稚圭《北山移文》"抗尘容而走俗状"，有自嘲语意。下句用杜甫《舍弟观赴蓝田取妻子到江陵喜寄三首》之二："巡檐索共梅花笑，冷蕊疏枝半不禁。"指梅花。作，本入声字。读去声，即等于现在的"做"字（古时只有一个"作"字，不写作"做"），所以诗人加以自注。

〔3〕恼：是说以诗篇引惹别人的诗思，使他也不能不吟诗构想，不得安静的意思。不是恼怒义。比：读平声如"皮"。

97

与正夫、朋元游陈侍御园

沙际春风卷物华[1],意行聊复到君家[2]。年年我是曾来客[3],处处梅皆旧识花。官减不妨诗事业,地寒犹办醉生涯。城中马上那知此,尘满长裾席帽斜[4]。

〔1〕沙:凡水边或水中洲渚皆称沙。卷:沈钦韩云当依《宋诗钞》作"转"。其说甚是,黄刻本亦作"转"。诗中凡言时光渐换,多用"转"字。物华:指良辰美景而言。

〔2〕意行:恣意闲行。刘禹锡《蛮子歌》诗:"意行无旧路",《次韵答刘泾》诗:"意行信足无沟坑。"

〔3〕曾:别本作"重"。

〔4〕那:平声。裾:衣襟。席帽:宋时侍从官出门时马上所戴的一种礼帽,以藤、席为胎,外鞔(音"瞒")以缯(丝织品如绫罗之类);四周或有垂丝网,后渐去之;本以障尘土。侍从官既张伞盖,又戴席帽,名为"重戴",因北宋时东京地势平旷,风起多尘沙故,见《鹤林玉露》。

正月十四日雨中与正夫、朋元小集夜归

灯市凄清灯火稀,雨巾风帽笑归迟。月明想在云堆处,客醉都忘马滑时[1]。老去樽前花隔雾[2],春来句里鬓成丝[3]。浮生不了悲欢事,作剧儿童总未知[4]。

〔1〕忘:读平声如"王"。滑:入声属仄。

〔2〕樽:酒樽。樽前,指身在筵席、当歌对舞之际。花隔雾:指老眼看花不清,如在雾中。杜甫《小寒食舟中作》:"老年花似雾中看。"花,这里所指当为较广义(例如,可能指歌伎而言)。

〔3〕"春来"句:参考苏轼《送张安道赴南部留台》诗:"我亦世味薄,因循鬓生丝。"杜甫《送郑十八虔贬台州司户,伤其临老陷贼之故,阙为面别,情见于诗》:"郑公樗散鬓成丝。"

〔4〕"浮生"二句:上句句法自黄庭坚《登快阁》诗"痴儿了却公家事"化来。不了,犹言总难收拾。作剧,犹如说玩耍、游戏。按:一结暗用王羲之、谢安论中年伤于哀乐,赖丝竹陶写,不使儿辈知觉,恐损其欢乐之趣的意思。

与王夷仲检讨祀社[1]

残夜露如雨,秋气凄以分[2]。墙西云正黑,跕跕堕金盆[3]。良耜酢西成[4],豆笾翕芳芬[5]。去年岁大祲[6],小家甑生尘。疫鬼投其蠛[7],虐甚溺与焚[8]。皇慈降清问[9],下招离散魂。调糜鬻药石[10],黑簿回春温[11]。德馨典神天,秋稼如云屯[12]。社公亦塞责[13],醉此丰年樽。神兮率旧职[14],为国忧元元[15]!自今岁其有[16],驱疠苍烟根[17]。

〔1〕检讨:官名,宋时史馆、修政局都有此官。

〔2〕分:秋社,在立秋节后第五个戊日,约近秋分节前后,所以说"分"。

〔3〕跕跕(diē入声):下堕的样子。金盆:指月。杜甫《赠蜀僧闾丘师兄》诗:"落月如金盆。"

〔4〕良耜:《诗经》篇名,是秋天报祭社神的诗。酢:报祭。西成:秋收。

〔5〕豆、笾(biān):古食器,后为专盛祭品的祭器。翁(wěng):香气盛的形容。

〔6〕祲(jìn):妖氛叫祲,此指年凶岁荒。

〔7〕巇(xī入声):罅隙。投巇,说乘着空子进来。

〔8〕虐甚:说瘟疫比水火还要厉害。溺与焚:淹死和烧死,比喻人民的苦难。

〔9〕"皇慈"句:皇家"下诏慰问"。

〔10〕糜(mí):浓粥。鬻(yù):卖。这句说"救济"。

〔11〕黑簿:疑犹如说"死籍"。

〔12〕德馨:至德如有香气远闻,此指救济的"功德"。典:犹如说"法则",恭维"皇慈之德",法于神天,换言之,即以神天爱民之心为心。

〔13〕塞责:免于谴责的意思。

〔14〕率:遵循不改。"率由旧章",语见《诗经·大雅·假乐》。兮(xī):呼声虚字。

〔15〕元元:指人民。元,"善"义,民之类善。故称元元。黄庭坚《司马文正公挽词四首》之四:"忧国爱元元。"

〔16〕其:疑词,是企盼的语气。有:有年、有秋,即好收成。《诗经·鲁颂·有驮》:"岁其有,君子有穀。"

〔17〕"驱疠"句:说在社树下举行祭社禳疫的仪式。古时祭社皆于树下为之,如黄庭坚《和师厚秋半时复官分司西都》所云"青林同社乐田神"正是。欧阳修诗:"墓木已苍烟"(见《余昔留守南都,与社祁公唱和诗,有答公见赠二十韵之卒章云:"报国如乖愿,归耕宁买田。期无辱知己,肯逐利名迁。"逮今二十五年矣,而余始蒙恩得遂退休之请。追怀平

100

昔,不胜感涕,辄为短句,真公祠堂》),又"仰视古木皆苍烟"(《沧浪亭》),苏轼《和子由寒食》诗:"树林深翠已生烟,又《游东西岩》诗:"古木昏苍烟",因此以"苍烟"为树之代称。苍,指青翠色;烟,指枝叶之茂。

按:以上石湖自徽州来官杭州后所作,大约以乾道二年(1166)为断。

七月二日上沙夜泛

因倚船窗看斗斜,起来风露满天涯。亭亭宿鹭明菰叶,闪闪凉萤入稻花。月下片云应夜雨[1],山根炬火忽人家[2]。江湖处处无穷景,半世红尘老岁华[3]!

〔1〕应:意料的语气,说月下见一片黑云,遥想那里定有下雨的地方。
〔2〕忽:入声属仄。这句说,忽见山脚下有火光,方知那里有一处人家。
〔3〕红尘:此指"尘世""城居"之词。老岁华:犹如说坐令年华老大。全诗仍是悔弃官不早之意。

李次山自画两图:其一泛舟湖山之下,小女奴坐船头吹笛;其一跨驴渡小桥,入深谷。各题一绝

船头月午坐忘归[1],不管风鬟露满衣。横玉三声湖起

浪[2],前山应有鹊惊飞。

〔1〕月午:月正当中天。忘:平声。
〔2〕横玉:指吹笛。古有玉笛;又以紫玉代称笛(紫玉指紫竹),而笛又有"玉龙"之称(古笛饰以龙头等形状,故以龙为名)。

黄尘车马梦初阑[1],杳杳骑驴紫翠间[2]。饱识千峰真面目,当年拄笏漫看山[3]!

〔1〕黄尘车马:暗用《枕中记》故事,以指仕宦生活。阑:完了。参看后《玉堂寓直晓起书事》注〔7〕。
〔2〕紫翠:指山色,已见。
〔3〕拄笏漫看山:晋王徽之的故事:徽之给桓冲作参军,一天,桓对他说:你在府里很久了,我这就要有所安排(指升他的职位等而言)。徽之全然不理,两目高高远望,拿手版拄着腮下,嘴里说:早起来这西山真有爽气!这故事一向被人认为是清高的佳话。此处诗人却说:只有身退住山,才能深知山味;在官而拄笏看山,那真是随便看看而已(白看,毫不能了解山的真趣)。苏轼《题西林壁》诗:"不识庐山真面目。"

顷自吏部郎去国,时独同舍赵友益追路送诗,数月,友益得仪真,过吴江,次元韵招之[1]

东风分袂省西廊[2],袖有明珠照客航[3]。道义有情通出处[4],文章无地著炎凉[5]。君今犹把一麾去[6],我敢倦锄三径荒[7]！邂逅天涯如梦寐,肯来相对话更长[8]？

〔1〕顷:往者。去国:离开京城而他往。同舍:指同为官者。得仪真:即得朝命外任作该地地方官。过:到,造访。元韵:即原韵。
〔2〕分袂(mèi):分襟、离别。省西廊:指吏部官署所在;省指尚书省,下统六部,吏部其一。
〔3〕明珠:指赵友益追送赠别的诗篇,韩愈曾把人送他的诗的每一个字比为一颗明珠,说:"遗我明珠九十六。"
〔4〕出:出而为仕,在官;处:上声如"褚",居处在家,身退。此言道义情重,不因朝野之分而隔阂。
〔5〕炎凉:指世态人情。石湖罢吏部郎官离京,无第二人饯送,即炎凉所表现的一个小方面。
〔6〕一麾:指出守为地方官。晋时山涛荐阮咸为吏部郎,三上不用,后为荀勖一挤,遂出守始平。六朝宋颜延之《五君咏》:"屡荐不入官,一麾乃出守。"此麾,是指麾或麾斥义。亦有用为旌旗义者,如杜牧《将赴吴兴登乐游原》诗"欲把一麾江海去",即是。或谓《三国志》"拥麾守郡",《文选》"建麾作牧",即汉制之"太守朱两旛"也,说见《唐音癸签》。石湖用"把一麾",即拥麾作守之义,似与《癸签》意合。
〔7〕三径:汉代蒋诩的故事:其舍中竹下开三径,唯求仲、羊仲二人过从往来;又陶渊明《归去来兮辞》"三径就荒",后遂用指隐居。黄庭坚《次韵十九叔父台源》诗:"锄荒三径通。"
〔8〕话更长:指深宵夜话;更,平声,更漏,古代分一夜为五更,以击柝等声响传报更次。

长沙王墓在阊门外孙伯符[1]

英雄转眼逐东流[2],百战工夫土一抔[3]。荞麦茫茫花似雪,牧童吹笛上高丘[4]!

〔1〕长沙王:即长沙桓王,三国时孙策的封谥。策,字伯符,孙权之兄。阊门:苏州城西北门。
〔2〕逐东流:说随东流逝水同归于无有。
〔3〕抔(póu):一抔土,本指一掬土,此指坟墓。
〔4〕笛:入声。高丘:指坟墓。古乐府:"今日牛羊上丘陇,当时近前面发红。"桓谭《新论》记雍门周向孟尝君说:"千秋万岁后,坟墓生荆棘,游童牧竖,踯躅而歌其上,曰:'孟尝君之尊贵,亦若是乎!'"

以上为石湖自吏部郎奉祠退闲于乡里所作。

玉堂寓直,晓起书事,记直舍老兵语[1]

江湖垂钓手,天汉摘文堂[2]。魂清眠不得,室虚自生光[3]。晓纬澹天阙[4],江涛隐胡床[5]。传呼九门开,奔走千官忙。若若夸组绶[6],纷纷梦黄粱[7]。微闻铃下驺[8],窃议马上郎:"但计梦长短,宁论己行藏[9]!"

〔1〕玉堂:学士院正厅。寓直:值班内宿。
〔2〕天汉:本指银河,这里指翰苑玉堂,如同"天上"的意思,与上句之江湖作对比。摘(chī)文:即作文(这指掌制诰)。摘文殿,在玉堂之后,左右二殿,以处词臣。承上句说,以如彼之人,居如此之地,言外之意自明。

〔3〕"魂清"二句：上句参考《夜直玉堂，携李之仪端叔诗百馀首，读至夜半，书其后》诗："玉堂清冷不成眠。"下句用《庄子》"虚室生白"，意思是心到极静境界，则如虚室中自生一种光明。

〔4〕纬：指星辰。天阙：含义不一，常用者已有不同二义，一是斗宿，一是帝城、王者所居。在此皆可通。杜甫《游龙门奉先寺》诗："天阙象纬逼。"

〔5〕隐：参看前《宴坐庵四首》之二注〔2〕。

〔6〕若若：累累而长的样子。组绶：丝织的带类，用以系东西，此处专指系官印的带子，其颜色因官阶而异，是职位的标志。苏轼《和刘道原寄张师民》诗："相夸绶若若。"用《汉书》："印何累累，绶若若耶。"

〔7〕梦黄粱：即《枕中记》的故事：唐时有卢生经行邯郸道上，在旅舍中遇一道士；卢自叹穷困，道士给他一个枕头叫他休息。时旅舍主人正蒸黄粱做饭。他睡去以后，经历一场大梦，名利富贵、财色荣华，凡当时世人所欲，无不享受至极。及一觉醒来，仍在旅舍，道人在旁，主人黄粱饭尚未蒸熟。

〔8〕铃下：侍卫。铃指铃阁，官帅治事之所，铃下即铃阁下之侍卫卒。驺(zōu)：本指马卒，此指侍从兵卒。按：《戎幕闲话》云：翰林院有悬铃，可引索以代呼，以备中夜有警急文书；韩偓《雨后月中玉堂闲坐》诗："夜久忽闻铃索动，玉堂西畔响丁东。"石湖此处用铃下驺，尤恰切。

〔9〕宁：哪里；宁论，哪里还计较。行藏：犹"出、处"，在此则是"行为"的代词，杜甫《江上》诗："勋业频看镜，行藏独倚楼。"即此用法。

寓直玉堂拜赐御酒

归鸦陆续堕宫槐，帘幕参差晚不开[1]。小雨遂将秋色至，长风时送市声来[2]。近瞻北斗璇玑次,犹梦西山翠碧堆[3]。惭愧君恩来甲夜,殿头宣劝紫金杯[4]。

〔1〕参差(cēn cī):不齐的样子,此为形容帘影荡动。北宋周邦彦《秋蕊香》词:"帘影参差满院。"

〔2〕将(jiāng):携带,已见。长风:《风土记》:"六月有东南长风。"按:此联可参看韩愈《北楼》诗:"晚色将秋至,长风送月来。"

〔3〕璇(xuán)玑:北斗七星中,一至四星名为"斗魁",斗魁称为璇玑。又一义:七星中第二星名天璇,第三星名天玑。次:位。古人每以北极"紫微垣"星座比"帝居",北斗等星皆"拱卫"之。又长安城以形似南北斗称为"斗城"。杜甫《秋兴八首》之二:"每依北斗望京华",除方向外,盖亦兼取比义。近瞻北斗,谓身在"禁苑"。西山:指石湖故乡苏州之山,其山多居西面,明人高启《凫藻集》文:"吴城东无山,唯西为有山",可证。此一联为全诗主旨。

〔4〕甲夜:古时更漏法,分一夜为甲、乙、丙、丁、戊五夜,甲夜,犹言初更以后。殿头:指当值太监"只候殿头"官。紫金:紫磨金,金之最上品。

按:"玉堂寓直"诗而写长风、小雨,而写秋色、市声,而写梦想西山,可谓不落庸俗。以上为石湖起知处州后,召为起居郎,使金后进中书舍人时所作。

刈麦行

梅花开时我种麦,桃李花飞麦丛碧。多病经旬不出门[1],东陂已作黄云色[2]。腰镰刈熟趁晴归[3],明朝雨来麦沾泥。犁田待雨插晚稻,朝出移秧夜食麨[4]。

〔1〕旬:十日为一旬。

〔2〕陂(bēi):山旁水畔之地。黄云:形容麦田熟时遥望如黄云,已见。按:麦、碧、色,为入声韵脚,不可依今日北方语音读。

〔3〕腰:动词,说插镰于腰。鲍照《东武吟》:"腰镰刈葵藿。"

〔4〕麨(chǎo):干粮,谷类炒熟磨粉所作。做麨有麦、粟、粳等不同,随地而异;此指麦麨。按:南宋北人纷纷南渡,江南麦亦大盛,《鸡肋编》:"春稼极目,不减淮北",可见江南小麦之普遍。

壬辰七月十六日侵晨真率会,石湖路中书事[1]

白葛乌纱称老农[2],溪南溪北水车风。稻头的皪粘朝露[3],步入明珠翠网中。

〔1〕真率会:宋时士大夫的一种餐会,取其真率(俭朴),故名。北宋时司马光已有此举。壬辰,乾道八年(1172)。

〔2〕称:去声如"秤",相称、适合的意思。葛、纱:指夏衣,古时的夏布多用葛织成。苏轼《病中游祖塔院》诗:"紫李黄瓜村路香,乌纱白葛道衣凉。"谭用之《贻费道人》诗:"谁如南浦傲烟霞,白葛衣轻称帽纱。"

〔3〕的皪(lì入声):鲜白、光亮的形容。

按:以上为石湖自中书舍人罢归故乡所作。

采莲三首

溪头风迅怯单衣,两桨凌波去似飞。折得蘋花双叶子,绿鬟撩乱带香归。

藕花深处好徘徊,不奈华筵苦见催。记取南泾茭叶露[1],月明风熟更重来[2]。

柔橹无声坐钓鱼,浪花飞点翠罗裾。空江日暮无来客,肠断三湘一纸书[3]。

〔1〕南泾(jīng):水名。吴越间多以泾名水,苏州有采莲泾。茭(jiāo):即菰,生浅水中。
〔2〕熟:入声属仄。
〔3〕三湘:见前《三湘怨》注〔1〕。

按:以上三诗,据石湖自注,为少时梦境所作,后将残稿附入本集卷十一末。

汴河汴自泗州以北皆涸,草木生之;土人云:本朝恢复驾回,即河须复开

指顾枯河五十年,龙舟早晚定疏川[1]?还京却要东南运,酸枣棠梨莫蓊然[2]。

〔1〕指顾:谓手指目顾之间,比喻时光之速,班固《东都赋》:"指顾倏忽。"早晚:问语,犹言何时,如李白《口号赠征君鸿》诗:"不知杨伯起,早晚向关西?"即口语中之"多早晚?"定:亦问语,略有究竟意,如杜甫《第五弟丰独在江左,近三四载寂无消息,觅使寄此二首》之二:"闻汝依山寺,杭州定越州?"

〔2〕京:指北宋故都汴京(开封)。却:再度、重新、更番的意思。东南运:指汴京须自东南由水道通运粮漕。《宋史·河渠志》:"汴水横亘中国,首承大河,漕引江湖,利尽南海,半天下之财赋,并山泽之百货,悉由此路而进。"宋时汴河由汴京东流至商丘复东南经安徽宿县、灵璧、泗县而入淮。陷金后即就湮废。酸枣棠梨:谓荆棘小灌木野生植物。蓊(wěng)然:草木茂盛的样子。

雷万春墓在南京城南,环以小墙,榜曰"忠勇雷公之墓"〔1〕

九陨元身不陨名〔2〕,言言千载气如生〔3〕。欲知忠信行蛮貊〔4〕,过墓胡儿下马行。

〔1〕雷万春:唐代张巡的偏将。安禄山叛唐,其将令狐潮围攻雍丘,万春登上城墙答话,敌方伏弩忽发,六支箭中于万春面上,万春丝毫不动,令狐潮至疑为木刻假人。及知真是万春,大惊。后竟死于难。南京:宋时指河南归德("归德"一名是金人所改,后沿用之。今之商丘。北京,指河北大名)。

〔2〕陨(yùn)：落，借为"殒"，死。

〔3〕言言：高大的形容。此用《世说新语》庾道季谓廉颇等"虽千载尚凛凛有生气"语；言言，因用平声而变换。

〔4〕蛮貊(mò 入声)：古时称外族，南曰蛮，北曰貊，此处泛称无别，指金人。故意反言忠信之道行于北土，言外见南朝风气。《论语·卫灵公》："言忠信，行笃敬，虽蛮貊之邦，行矣。"石湖用此语。

双庙在南京北门外，张巡、许远庙也，世称"双庙"，南京人呼为"双王庙"〔1〕

平地孤城寇若林，两公犹解障妖祲〔2〕。大梁襟带洪河险〔3〕，谁遣神州陆地沉〔4〕？

〔1〕张巡：曾为真源令，拜御史中丞；许远：唐睢阳太守、防御使；安禄山叛，二人合力守睢阳，食尽，至食鸟鼠，杀爱妾以飨军士。城陷被执，俱不屈，骂贼死。

〔2〕解：犹如说"会""能"。

〔3〕大梁：即汴梁。洪河：义为大河，指黄河。襟带：喻形胜险要之地势相接如襟带之在衣，《史记》："襟以东山之险，带以曲河之利。"

〔4〕遣：犹言"使"。神州：国土（中国古有"赤县神州"之称）。陆沉：无水而沉，比喻国土沦陷于敌，非由天灾，乃因人造。晋桓温过泗水，登楼北眺中原，慨然曰："遂使神州陆沉，百年丘墟！王夷甫（王衍）诸人，不得不任其责！"按：金人渡黄河围攻汴梁时，曾笑南朝若以一二千人守河，"我辈岂得渡哉"。又宋将王禀等坚守太原八月馀，金兵计尽；终因不予救应，粮草既尽，食皮甲、野草亦罄，力竭城破，与张巡等正相似。

石湖或皆不无暗喻之意。

宜春苑在旧宋门外,俗名"东御园"[1]

狐塚獾蹊满路隅[2],行人犹作"御园"呼。连昌尚有花临砌[3],肠断宜春寸草无!

〔1〕旧宋门:汴梁旧城(即内城)东面一门的俗称,正名"丽景门",金改名"宾曜门"。

〔2〕獾(huān):小兽名,在荒墟坟墓间掘土为穴而居。

〔3〕连昌:唐宫殿名。经安禄山之乱,久废。唐人元稹(微之)有《连昌宫词》,其中描写荒芜的情形至为详尽,有两句说:"上皇偏爱临砌花,依然御榻临堦斜",所以此处有"尚有花临砌"之语。石湖所著《揽辔录》:"丁卯过东御园,即宜春苑也,颓垣荒草而已。"

相国寺寺榜犹祐陵御书,寺中杂货皆胡俗所需而已[1]

倾檐缺吻护奎文[2],金碧浮图暗古尘[3]。闻说今朝恰开寺[4],羊裘狼帽趁时新[5]。

〔1〕相国寺:汴京最有名的寺院,每月五次庙市,极盛。榜:指匾额。祐陵,宋人称徽宗(赵佶)的敬语,因为徽宗陵墓名"永祐陵"。此写陷敌

111

后的大相国寺庙市。

〔2〕吻:指鸱吻、殿屋脊角上的类似鱼尾形装饰,亦名蚩吻、蚩尾。奎文:奎,星宿名,古人以为主文章。此以指"御书",即皇帝的书法。按:《文昌杂录》曾记于大相国寺论鸱尾事。宋制,于殿角施四蚩吻。

〔3〕金碧:建筑物上的彩画。浮图:已见前,此即指寺院。

〔4〕说:入声。今朝(zhāo):今日。开寺:指开设庙市。

〔5〕时新:一时的风气所尚,时髦。也指季节性新上市的货品。北音俗语也说作"时兴"。

州桥南望朱雀门,北望宣德楼,皆旧御路也[1]

州桥南北是天街,父老年年等驾回。忍泪失声询使者:"几时真有六军来[2]?"

〔1〕州桥:是"天汉桥"的俗称(宋时称东京为"州"),后讹为"周桥",跨汴河。《东京梦华录》记州桥:"正对于大内御街……皆低平不通舟船……其柱皆青石为之,石梁、石笋楯栏,近桥两岸皆石壁,雕镂海马水兽飞云之状,桥下密排石柱,盖车驾御路也。"朱雀门:汴京的正南门。宣德楼:宫城(大内)的正门楼,金改称"承天门";《东京梦华录》:"大内正门宣德楼,列五门,门皆金钉朱漆,壁皆砖石间甃,镌镂龙凤飞云之状,莫非雕甍画栋,峻桷层榱,覆以琉璃瓦;曲尺朵楼,朱栏彩槛,下列两阙亭相对,悉用朱红杈子。"御路,即御街,由宣德楼南去,经州桥,直通朱雀门。上引同书:"御街,自宣德楼一直南去,约阔二百步,两边乃御廊,旧许市人买卖于其间,自政和间官司禁止,各安立黑漆杈子,路心又安朱漆杈子两行,中心御道,不得人马行住,行人皆在廊下朱杈子之外。杈子里

有砖石甃砌御沟水两道,宣和间尽植莲荷,近岸植桃李梨杏,杂花相间,春夏之间,望之如绣。"按:以上皆北宋未陷金时情况,可见梗概。

〔2〕六军:古制,一万二千五百人为一军,王者有六军,唐时犹以左右"龙武""羽林""神武"当六军之名。此指"王师",犹如说,故国的官军。

按:清人高士奇云:"北人土语以候为等,诗人未有用者;范石湖《州桥》诗云……用'等'字,亦新。"然此处只宜用"等",方显企盼之情;若云"候驾回""待驾回",语味全异矣。

市街 京师诸市皆荒索,仅有人居

梳行讹杂马行残,药市萧骚土市寒[1]。惆怅软红佳丽地[2],黄沙如雨扑征鞍[3]!

〔1〕马行、药市、土市:皆东京市街,人烟浩穰,热闹去处。梳行指何街,尚待详考。土市子街,由马行街南去即是,又名竹竿市,在内城。药市桥街在外城。东京商市俱按行业分聚(此制今北京犹有遗迹),陷金后渐趋混乱,故云讹杂。杂,人声。《揽辔录》:"旧京自城破后,创痍不复;炀王亮徙居燕山,始以为南都,独崇饰宫阙,比旧加壮丽,民间荒残自若,新城内大抵皆墟,至有犁为田处。旧城内粗布肆,皆苟活而已。"

〔2〕软红:本指街尘而言,以喻京都街市之繁华绮丽。苏轼诗自注引人语:"西湖风月,不如东华(京城门名)软红香土。"(华,一作"洛";土,一作"尘")

〔3〕扑:入声。征鞍:指过路者的车马。

113

相州推车老人自言:"吾州韩魏公乡里,南北两坟尚无恙。"[1]

秃巾鬤髻老扶车[2],茹痛含辛说乱华[3]:"赖有乡人聊刷耻[4],魏公元是鲁东家[5]。"

〔1〕韩魏公:即韩琦,宋安阳人,字稚圭。久在军中,边人有谣谚云:"军中有一韩,西贼闻之心骨寒!"封魏国公,曾判相州(河南临漳),州人甚敬爱之。

〔2〕鬤(zhā)髻:麻、发相结为髻。扶车:推车;老扶车,犹如说老车夫。

〔3〕茹(rú):吃;茹痛,犹如说饮痛、含痛。乱华:指外族内侵。

〔4〕聊刷耻:犹言略能减一分耻辱。刷,洗。入声属仄。

〔5〕"魏公"句:孔子,名丘,春秋时鲁国人。《家语》记一故事:孔子有一西邻,不识孔子为圣人,提到孔子,乃径说"彼东家丘"(那个东邻名叫丘的)。本是人在乡里、不被知重的意思;石湖则是写推车老人说"吾州韩魏公",如此名臣,国人敬仰,在他嘴里却是乡里,反衬亲切、足以示傲于人的语气。此是诗人借古语变其意而反用的例子。元,同"原"。

翠楼在秦楼之北,楼上下皆饮酒者[1]

连袵成帷迓汉官[2],翠楼沽酒满城欢。白头翁媪相扶拜;

"垂老从今几度看[3]！"

〔1〕翠楼、秦楼：皆市楼（酒楼）名。

〔2〕衽(rèn)：有衣衿、衣袖两义。连衽成帷，言人之多，语出《战国策》。迓(yà)：迎。此言遗民围迎宋使。

〔3〕垂老：垂，将要、接近的意思；古以七十岁为"老"，"垂老"本泛语，诗家于四五十岁即用此词者有之，但"白头翁媪"则真是高龄之人了。《揽辔录》："过相州市有秦楼、翠楼、康乐楼、月白风清楼，皆旗亭也。秦楼有胡妇，衣金缕鹅红大袖袍、金缕紫勒帛，褰帘旻语，云是宗室女、郡守家也。遗黎往往垂涕嗟啧，指使人云：'此中华佛国人也！'老姬跪拜者尤多。"("姬"当是"妪"刊误。即"媪"(ǎo)义是也。）

赵故城在邯郸县南，延袤数十里

金石笙簧绝代无[1]，鼪鼯藜藿正乘除[2]。园翁但爱城泥暖，侵早锄霜种晚蔬[3]。

〔1〕金石笙簧：战国时代赵国建都于邯郸故城，是当时繁盛的大都会，金石笙簧，指《太平广记》载诗有云："邯郸宫中，金石丝簧。"石，入声属仄。

〔2〕鼪(shēng)：俗名黄鼠狼。鼯(wú)：一种似松鼠、食果实的动物。二者多栖于废墟、树穴，昼隐夜出。藜、藿：都是贫苦人所吃的贱菜。四物总写目前荒芜的景象，与不复可见的"金石笙簧"成为对比。乘除：犹如说"消长"，已见。

115

〔3〕侵早:刚刚破晓、绝早。今口语犹有此词,但多讹为"清早"。

蔺相如墓在邯郸县南、赵故城之西

玉节经行虏障深〔1〕,马头酾酒奠疏林〔2〕。兹行璧重身如叶〔3〕,天日应临慕蔺心〔4〕!

〔1〕玉节:古时诸侯派遣使臣所执的"符节"(一种身份证明),以玉做成,表示贵重。此处泛指"使节"。按:此时南宋于金为"侄国",宋使用"玉节"字样,亦足解嘲。又按:实际宋使已不执节,但给敕牒为凭证。虏:古时把侵略、对敌的(外族)说成"虏"。障:亭障,堡障,指防御建筑,《汉书》:"出遮虏障。"

〔2〕酾(shī):去糟取清酒,也就是漉酒。在此即清酒之义。奠:置酒食而祭亡人叫奠。

〔3〕"兹行"句:"完璧归赵",是战国时赵国蔺相如的故事:赵惠文王得了楚国"和氏璧"(一件稀世珍宝;古人最重玉),秦昭王表示要拿十五个城池来换此璧,时秦强,不敢拂其意,蔺相如乃奉使怀璧入秦。相如至秦,看出秦昭王并没有真拿土地城池割换的诚意,而是要巧取豪夺,就在秦王面前陈述道理,并要将玉璧与身俱毁于秦王前,秦王竟不敢逼。后并设法把璧安全送回本国,不辱使命。石湖此时奉命使金,所以用这段故事相比。璧,在此比喻所负的使命。身如叶,则是说己身性命轻微、此生可拚、绝不屈辱的决心。

〔4〕临:照临,犹如说鉴察。

临洺镇去洺州三十里，洺酒最佳，伴使以数壶及新兔见饷[1]

竟日霜寒暮解围，融融桑柘染斜晖[2]。北人争劝临洺酒，云有棚头得兔归[3]。

〔1〕洺(míng)州：今河北永平之地。伴使：接伴使，指金国派来迎接宋使的官，名田彦皋。入京有馆伴使，返则有送伴使。饷：馈赠食物。
〔2〕解围：指晚晴日出寒气得解。比较陈与义《九日赏菊》诗："夜霜犹作恶，朝日为解围。"桑柘：见后《定兴》诗注〔2〕。
〔3〕棚头：宋时专管玩鸟、擎鹰、架鹞、落生(即打猎)一类事的帮闲汉，称为棚头。《梦粱录》等书有所记叙。

邢台驿信德府驿也，去太行最近；城外有荷塘、柳堤，颇清丽，不类河朔[1]

太行东麓照邢州[2]，万叠烟螺紫翠浮[3]。谁解登临管风物[4]，枯荷老柳替人愁。

〔1〕太行(háng)：山名，河北以此与山西为界。邢州在其东侧。去：距离。河朔：黄河以北之地。
〔2〕麓(lù)：山脚为麓。

〔3〕叠:入声。烟螺:指山峰:结发为髻,形如螺壳,叫作螺髻(佛像多作此样髻式);峰峦形状相似,用以为比;苏轼《过广爱寺,见三学演师,观杨惠之塑宝山、朱瑶画文殊、普贤三首》之二:"乱峰螺髻出。"浮:犹言显现鲜明。

〔4〕管:已见前。风物:犹如说景物。平起绝句格律,第三句常例是"平/仄仄仄/平平平仄仄",此处末三字作"仄平仄",为"拗格",读起来另有一种音节之美,古人每多此式。前《相国寺》篇"恰开寺"亦即此格。

栾城县极草草,伴使怒顿餐不精,
欲榜县令,跪告移时方免〔1〕

颓垣破屋古城边〔2〕,客传萧寒爨不烟〔3〕。明府牙绯危受杖〔4〕,栾城风物一凄然!

〔1〕栾城:县名,在今河北正定南。榜:拷打。告:央告,哀求。

〔2〕颓垣(yuán):崩坏的墙。屋:入声。

〔3〕客传(去声如"赚"):驿站为招待过往客人所设的馆舍。爨(cuàn):作动词是点火做饭;作名词是灶。此是后一义。爨不烟,是说灶中无火,做不成饭。

〔4〕明府:汉时本来称太守为"明府君",简为明府。唐以来称县令为明府。牙:指象牙笏;绯:衣帛赤色,古时官吏到一定品级穿绯衣。此处以牙绯写县令之品级服制。危:犹今言"险些不曾""差点儿";危受杖,几乎挨了揍。

真定舞虏乐悉变中华,惟真定有京师旧乐工,
尚舞高平曲破[1]

紫袖当棚雪鬓凋[2],曾随广乐奏云韶[3]。老来未忍耆婆舞[4],犹倚黄钟衮六幺[5]。

〔1〕真定:现在的正定,后唐建为北都,契丹号为中京。高平:指高平调,燕乐中羽声七调中之一调。曲破:曲乐术语,《唐书》说:"至其曲遍繁声,皆谓之'破'。"就是每一乐曲后半、尾声的部分,有时偶变为宛转散缓的调子,如白居易《卧听法曲霓裳》所说:"宛转柔声入破时";普通则多是变为繁音急舞,如晏殊《木兰花》词所说:"入破舞腰红乱旋(去声)",韩偓《横塘》诗所说:"拍送繁弦曲破长。"截大曲中入破以次部分单独演奏之,即名曲破;或径以"曲破"泛指杂剧"段数"而言。("曲""破"泛言无别,可互代)

〔2〕棚:亦名游棚,歌舞伎艺的固定表演场所,亦即"勾阑",犹如后来所呼"馆""园子"之类,别于露天表演的"路岐""打野呵"之随地作场、并无棚屋。

〔3〕广乐:指"钧天广乐",古时传说为天帝的音乐,据说"九奏万舞",是舞曲。云:指"云门",传说是黄帝的音乐;韶:传说是虞舜的音乐;宋燕乐中有"云韶部",此以喻中原故曲。

〔4〕耆(qí)婆舞:指外族"胡"舞。耆婆亦作"岐婆",犹言番婆。《杨思温燕山逢故人》话本有"小番鬓边挑大蒜,岐婆头上带生葱"之戏语(此写金时燕京元宵景物),岐婆即"胡妇"意可见。

〔5〕倚:以歌合乐,或以乐伴歌,都可以叫倚。黄钟:十二律之首

(又有黄钟调,亦为燕乐羽声七调之一,然在此无涉);《楚辞·卜居》:"黄钟毁弃,瓦缶雷鸣。"因此诗人往往以黄钟比喻正声、高明的曲调。衮(gǔn):乐曲术语,是入破时"急舞"的意义,苏轼《开元天宝遗事三首》之三:"琵琶弦急衮梁州,羯鼓声高舞臂韝。"衮、舞二字互文见义,可证。六幺:本唐时琵琶曲名,宋时为大曲(亦为杂剧段数名称),有数种宫调,此指高平调六幺。

安肃军旧梁门三城,今惟一城有人烟,溏泺皆涸矣[1]

从古铜门控朔方[2],南城烟火北城荒。台家抵死争溏泺[3],满眼秋芜衬夕阳[4]!

〔1〕安肃:在保定北,约相当于今河北徐水。军:宋时行政区划。梁门、溏泺:并见下。

〔2〕铜门:安肃军所治地,古名汾门,又名梁门,宋时在此置砦(zhài,守军营寨)。真宗时,魏能守安肃军梁门砦,杨延朗守广信军遂城砦:二砦都是地逼契丹、而敌人围攻百战不下的,所以当时有"铜梁门,铁遂城"的谚语。朔方:北方。

〔3〕台家:古时政府中尚书、门下、中书三省总称"台省",尚书称"台阁""台官";所以这些执政大官们称为"台家",犹如说"政府诸公"(后世只知以"台"指御史台言官一义了,须辨)。抵死:是极端固执己见、"死不回头"的意思。溏泺(táng pō):指地势洼下,浅水渟潴的地方。按:北宋时代,现今河北省地方,由海滨故河口(宋时名泥姑,今名泥沽)到安肃沈苑泊,九百里,接连不断,都是这种溏泺地方,宽广数十里以上,汪洋无际,深不能舟,浅不能涉,很难渡过,宋与契丹就以此为界,成为北

120

宋边境上的天然屏障。如今河北省中部的许多沽、淀、泊等,都是古溏泺逐渐淤涸而形成的遗迹。溏泺问题,曾为北宋诸臣热烈争论,有的以为溏泺不可恃,徒废民耕,不如任其淤为水田增利;有的以为所系不浅,不该废毁,应加浚治;有的则又不图根本富强之计,而思专靠溏泺御敌。

〔4〕芜:这里是野草的意思。旧时溏泺,淤为平地,野草丛生,一望萧然;而此时南宋的局势,偏安一隅,又远在北宋之下,这种遗迹,只成为使人啼笑皆非、无限感慨的"沧海桑田"了。写来平易,却最沉痛有味,耐人讽咏。这种诗,实在是范石湖的最高成就之一,不应独让《田园杂兴》邀赏耳目。

出塞路安肃北门外大道,容数车方轨〔1〕

当年玉帛聘辽阳,出塞曾歌此路长〔2〕。汉节重寻旧车辙,插天犹有万垂杨〔3〕。

〔1〕方轨:车辆并行齐进,不用鱼贯。这必须是很宽阔的大道才行。

〔2〕"当年"二句:以汉时和亲于匈奴事指北宋时和辽之事。玉帛:已见前。出塞,曲名。参考王安石《涿州》诗:"涿州沙上望桑乾,鞍马春风特地寒。万里如今持汉节,却寻此路使呼韩。"

〔3〕"插天"句:石湖于《骖鸾录》中,记入桂林界时,犹念及"夹道高枫古柳,道涂(途)大逵(路)如安肃故疆及燕山外城都会所有,自不凡也。"可以参看。盖江浙水乡一带少有此种风物气象。

范阳驿涿州墙外有尼寺,二铁塔夹涂如雪,俯瞰驿中

邮亭偪仄但宜冬,恰似披裘坐土空[1]。枕上惊回丹阙梦[2],屋头白塔满铃风[3]!

〔1〕邮亭:即驿馆,使者途中歇宿处。偪仄:已见前。土空:土窟,陕人语。

〔2〕丹阙:犹言"帝城宫禁"。此句写宿寒馆中犹梦故国。梦回,即梦醒。惊回,犹言惊破。

〔3〕塔:入声属仄。满铃风:谓塔角悬铃(每层每角檐端皆悬一铃)为风吹动,发出清响。

定兴旧黄村,虏新建为县,井邑未成

新城迁次少人烟[1],桑柘中间井径寒[2]。亦有染人来卖缬[3],淡红深碧挂长竿。

〔1〕迁次:犹如说移居新地,次是居舍的意思。

〔2〕柘(zhè):木名,山中丛生,叶亦可饲蚕,故常与桑并称或互代。写农村乡野风物,多举此为代表。井径:此似兼指田间阡陌与城邑之街道而言,相传古时"井田"法,百亩为"夫",九夫为"井",四井为"邑","夫"间小沟为"遂",遂上之路为"径"。古时民凿井而耕,即依井而居,

成聚邑、作市集，亦莫不以井为归墟，故有井邑、市井等词语。《芜城赋》："边风起兮城上寒，井径灭兮邱陇残。"谢朓《宣城郡内登望》诗："桑柘起寒烟。"此暗用。

〔3〕染人：本《周礼》中官名，掌染帛，今借指染布者。缬（xié 入声）：在此是染色缣帛的意思。

清远店定兴县中客邸前，有婢两颊刺"逃走"二字，云是主家私自黥涅，虽杀之不禁〔1〕

女僮流汗逐毡軿〔2〕，云在淮乡有父兄。屠婢杀奴官不问，大书黥面罚犹轻〔3〕。

〔1〕黥涅（qíng niè）：把"罪人"面上刺了字，涂以黑色，使字不能洗掉，叫作黥面、涅面。

〔2〕毡軿（píng）：有毡围幕的车。軿，四面屏蔽，妇女所乘。这句写女奴跟着车子奔跑，汗流浃背。

〔3〕"屠婢"二句：金国的"法律"，奴婢既可以被任意处死，所以女奴只刺了面，还算是"幸运"的。按：金人多掳两河男女人民，向外族贩卖为奴。

卢沟去燕山三十五里。
虏以活雁饷客,积数十只,至此放之河中,
虏法五百里内禁采捕故也[1]

草草鱼梁枕水低[2],忽忽小驻濯涟漪[3]。河边服匿多生口[4],长记轺车放雁时[5]!此河宋敏求谓之"芦菔",即桑乾河也,今呼"卢沟"[6]。

〔1〕燕(yān)山:本山名,这里指燕山府,金人占据后曾建都于此,即今北京之地。

〔2〕鱼梁:筑堰拦水留孔以聚鱼捕鱼的地方。

〔3〕驻:停车。涟漪:浅水微波,已见前。濯涟漪,犹言弄水为戏,不必拘看为洗濯。濯,入声。

〔4〕服匿:此作小旃帐解(指金人所居)。生口:此指俘虏,《北史》:"获其生口,以充贱隶。"

〔5〕轺(yáo)车:驾一匹马的轻车。有的意见以为"轺车放雁",或有所指。

〔6〕宋敏求:字次道,富藏书,善校雠,人多赁居其左近,以求借读,房价致为之昂。著有《春明退朝录》等。此处石湖指宋所著《入番录》中曾称"芦菔"之名。卢沟:即今之永定河,俗名浑河,元人又有作"泸沟"者。

龙津桥在燕山宣阳门外，
以玉石为之，引西山水灌其下[1]

燕石扶栏玉作堆[2]，柳塘南北抱城回。西山剩放龙津水，留待官军饮马来[3]。

〔1〕宣阳门：金都之内城（偏今北京城之西南）南面一门。

〔2〕燕石：指"汉白玉"。燕地所产。石，入声。玉作堆：《宋诗钞》作"玉雪堆"。按："作堆"乃常语，如苏轼《九日寻臻阇黎，遂泛小舟至勤师院二首》之二："湖上青山翠作堆"，白居易《花楼望雪命宴赋诗》："风卷汀沙玉作堆"，疑"雪"字为清人妄改。

〔3〕剩：尽，多。官军：参看前"六军"注。饮：去声如"印"，放马使饮。

会同馆燕山客馆也。
授馆之明日，守吏微言有议留使人者

万里孤臣致命秋[1]，此身何止一沤浮[2]！提携汉节同生死[3]，休问羝羊解乳不[4]。辽人馆本朝使，已谓之"会同馆"。

〔1〕致命秋：犹如说拚死、以身报国的日子。

〔2〕一沤（ōu）：一个水泡。比喻轻微短暂。

〔3〕节：入声，已见前。

〔4〕"休问"句：汉时苏武，使匈奴，被拘留，饥吞毡，渴饮雪，手仗汉节，不屈不辱。匈奴把他徙到北海上无人的地方，叫他去牧羝羊（雄羊），说："羝羊生了奶，才许回来！"所以诗人说，誓与汉节共存亡，就不必再问雄羊会不会产奶了，意即尚何用再计较身死敌国还是侥幸生还呢？不(fǒu)，问词，已见。参看《引言》范石湖传略中有关部分，自以苏武相比，语非泛设。

按：以上为石湖于乾道六年(1170)使金时所作，原共绝句七十二首，集中自为一卷。以时间言，则早于中书舍人玉堂寓直等诗。此一卷诗，感人至深，文学价值与史料价值皆高，为石湖集中精华所在。

豫章南浦亭泊舟二首〔1〕

绣槛临沧渚〔2〕，牙樯插暮沙〔3〕。浦云沉断雁，江雨入昏鸦。野旷天何近，春寒岁未华。来朝风一席〔4〕，随处且浮家〔5〕。

〔1〕豫章：宋隆兴府，今江西南昌。南浦亭：在府广润门外，下临南浦。

〔2〕绣槛：彩画的栏槛，即指题中的南浦亭。渚：本义是洲；这里泛指水地。此句暗用王勃《滕王阁序》"滕王高阁临江渚"句意。

〔3〕插：入声。沙：已见前。此句比喻水中帆樯如插在平地上那样直立。

〔4〕风一席：指风满一帆，便好行船。古以席为帆。席，入声。

〔5〕浮家："浮家泛宅"，是唐人张志和的话，说以舟为家，隐逸

生涯。

闰岁花光晚,霜朝草色荒。趁墟犹市井[1],收潦再耕桑。客路东西懒,江流日夜忙。长歌情不尽,一酹酹沧浪[2]!

〔1〕趁墟:北方说"赶集",墟集是乡村定期聚集贸易的市集。但在此实又兼寓荒墟一层双关意义。趁,赶趁。市井:即市集买卖。
〔2〕酹:入声,此以代杯字,因须仄声。浪:平声。

初见山花

三日晴泥尚没靴[1],几将风雨过年华。湘东二月春才到,恰有山樱一树花[2]。

〔1〕靴:应改读以谐韵。
〔2〕恰:才、刚、仅仅的意思。与"恰巧"义有别。

合江亭并序

合江亭,即石鼓书院,今为衡阳学宫。一峰特立,踞两水之会:湘水自右,蒸水自左,俱至亭下,合为一江而东。有感而赋。韩文公所谓"渌净不可唾"者,即此处;今有渌净阁[1]。

石鼓郁嵯峨[2],截然踞沧洲。有如古盟主,勤王会诸侯[3]。蒸湘伯叔国,禀命会葵丘[4]。敢不承载书,戮力朝宗周[5]。混为同轨去,崩奔不敢留[6]。宜哉百谷王,博大无与俦[7]!毡毳昔乱华,车马隔中州[8]。未闻齐晋勋,包茅费诛求[9]。威文亦弘规,尚取童子羞[10]。安知千载后,但泣新亭囚[11]!我题石鼓诗,愿言续《春秋》[12]!

〔1〕合江亭:唐丞相齐映所建,在衡阳城外。韩文公:唐韩愈;愈有《合江亭》诗,起四句说:"红亭枕湘江,蒸水会其左。瞰临眇空阔,绿净不可唾。"末五字成为名句。蒸水:即烝水,蒸、湘二水会合以后,即名"蒸湘",为"三湘"之一。渌:当作"绿"。

〔2〕石鼓:山名,在衡阳城北湘水之滨,山有大石,名"石鼓头",俗传石鼓鸣主有刀兵之事。唐李宽在此建石鼓书院。嵯峨:高峻的形容。

〔3〕"有如"二句:古时王室有难,起兵维护,叫作勤王。诸侯靖难勤王,必先联合,并行盟誓,群推召集者为盟主,作为领袖。

〔4〕伯叔国:仍指诸侯,古时王室封宗室,各建一邦,所以叫伯叔国。此处比喻蒸、湘二水都是来勤王的宗室诸侯。禀命:犹如说受命。葵丘:春秋时代宋国地名,在今河南境,齐桓公曾会诸侯盟于此地。会,与前句"会诸侯"会字复,疑有讹误。

〔5〕承:奉行、遵守的意思。载书:盟书。戮力:并力。朝:指朝见天子,也就是诸侯听命、服从王室的意思。《诗经·小雅·沔水》说:"沔彼流水,朝宗于海。"把众水归海,比为诸侯朝宗,是很古老的譬喻,用来恰好。宗周:周武王建都于镐(hào)京,叫作"宗周",在长安西南。

〔6〕同轨:喻指二水合一,汇流而去,如车之同轨。崩奔:形容江水

冲决急流的声势,谢灵运《入彭蠡湖口》诗:"圻岸屡崩奔。"

〔7〕百谷王:海的别称(语出《老子》)。无俦:无匹、无比。

〔8〕毡毳(cuì):指毡帐幕,古时西北外族所居,所以即以此物指入侵的外族,如东周之戎狄。乱华:侵扰中国。中州:中原,指河南。隔中州,谓湖湘楚地,东周时与中原隔绝,不朝王室。参看下注。隔,入声。参看谢朓"戎州昔乱华"与苏武"山海隔中州"句法。

〔9〕齐晋勋:指齐桓公、晋文公的事业,二人都是霸主。齐桓公以"尊王室、攘夷狄,九合诸侯、一匡天下"著称。晋文公继齐桓为霸主,也奉行他的政策,屡次退狄人、复王室。包茅:指裹束菁茅,以供祭祀渗酒之用。诛求:责难求索。齐桓合诸侯时,唯楚三年不以所产之菁茅进供王室(即不尊王室),齐桓伐而责之。

〔10〕威文:即桓文,南宋人避钦宗赵桓讳,不用"桓",以"威"代之。弘规:犹言盛业。"尚取"句:《荀子》:"仲尼之门人,五尺之竖子,言羞称乎五霸。"按:《孟子》亦有"仲尼之徒,无道桓、文之事者"等语,赵注云:"虽及五霸,心贱薄之,是以儒家后世无欲传道之者",盖儒家以为五霸先诈力后仁义乃"王道之贼",不足为训。宋李季可《松窗百说》云:"五霸,威公(桓公)为盛,葵丘之会尤显著,而五命之辞,略无寅奉天子、尊奖王室之意。自夷齐扶去,其后曹孟德、司马仲达辈无所忌惮矣。威公者,介于其间欤?宜乎孟子屡薄之。"正可参看。《汉书·董仲舒传》:"是以仲尼之门,五尺之童,羞称五霸。"汉刘向《荀子叙录》:"孟子、孙卿(荀子)、董先生,皆小五伯(霸),以为仲尼之门,五尺之童,皆羞称五伯。"石湖参取此语。

〔11〕新亭:亦名劳劳亭,在今南京之南。东晋时南渡诸士常游于此。一次,周顗叹曰:"风景不殊,举目有山河之异(即怀念故国旧都)!"皆相视流涕。王导独曰:"当共戮力王室,克复神州!何至作楚囚相对?"此以讥南宋诸臣之无能、苟安,甚切。

〔12〕言:语词,无实义。《春秋》:古史书名,六经之一,传为孔子所删定。旧时被认为是一字一句间都寓褒贬、明"大义"的著作。石湖言愿续《春秋》,大旨即不外"尊王攘夷"之爱国思想。

马鞍驿饭罢纵步

食饱倦舆马,散策步前冈〔1〕。意行踏芳草,萧艾翕生香。春事甚寂寥,山桃带松篁。游蜂入菜花,此岂堪蜜房〔2〕?今年蚕出迟,柘叶分寸长。好晴才数日,岁事未渠央〔3〕!

〔1〕散策:扶杖散步。
〔2〕蜜房:蜂窠,出《蜀都赋》。
〔3〕岁事:农事,已见。未渠央:渠同"遽"字(但"渠"在诗里往往仍读本音平声);央,尽。未渠央就是说,还未完,还早哩。

黄罴岭

薄游每违己〔1〕,兹行遂登危。峻阪荡胸立,恍若对镜窥〔2〕。传呼半空响,濛濛上烟霏。木末见前驱,可望不可追。跻攀百千盘,有顷身及之〔3〕。白云叵揽撷〔4〕,但觉沾人衣。高木傲烧痕,葱茏茁新荑〔5〕。春禽断不到,惟有蜀魄啼〔6〕。谓非人所寰〔7〕,居然见锄犁。山农如木客,上下翾以飞〔8〕。

宁知有康庄,生死安崄巇[9]。室屋了无处,尚恐橧巢栖[10]。安得拔汝出,王路方清夷[11]。

〔1〕薄游:薄字发语词,无义。诗家用为"暂游"意。《宋诗钞》作"薄宦",则是官阶卑微的意思。"违己交病",用陶潜语。
〔2〕"峻阪"二句:写山之陡峭,几如直立。杜甫《望岳》诗:"荡胸生层云",此借用其字面,言峻阪当胸而壁立。
〔3〕跻(jī)攀:攀援登高。有顷:过了不大的工夫,一会儿。按:此四句则翻杜甫《北征》"我行已水滨,我仆犹木末"之语而反用之。
〔4〕叵(pǒ):"不可"二字的合音。揽撷(xié 入声):执取。
〔5〕茁(zhuó 入声):草木初生怒发的样子。荑(tí):新生的叶子。
〔6〕蜀魄:杜鹃鸟,又名子规。其鸣声有如"不如归去!"
〔7〕寰:作动词,人所寰,犹如说人所居。
〔8〕木客:即山魈,传说人形鸟爪,巢居树上。翾(xuán):飞的形容。以:"而"字的意思。
〔9〕康庄:坦途大道。崄巇(xiǎn xī):山路险恶难行。
〔10〕了无处:全然看不到。橧(zēng)巢:上古人聚薪柴而居其间,如鸟之居巢,叫作橧巢。
〔11〕清夷:清平,晏安。韩愈《元和圣德诗》:"乾清坤夷。"

按:黄罴岭在祁阳北三十里,相传为熊罴所居,故有此名。此等诗随处摹写荒僻地区人民之境况,兼抒所感,笔致简劲,最为可贵。
以上系石湖乾道九年(1173)赴桂林道中作。

晚春二首

静极闻檐珮[1],慵来爱枕帏。隙虹飞永昼[2],帘影碎斜晖^[3]。燕踏花枝语,蜂萦柳絮归。轻飔宜白纻^[4],时节近清微^[5]。

〔1〕檐珮:指"铁马"、檐铎之类,风动即发清脆声响,如鸣珮玉。此处意思却稍曲折:檐珮须俟风动才发声响,这本不是"静";现在则是:静极时,虽然无风,却也像能听到檐珮的声音,极力写人在静境中的感觉。

〔2〕隙虹:指阳光从门窗隙缝中射入一道斜线,明亮中映出空中有无数微尘浮游飞动,并发闪光色彩,所以比喻为隙虹。

〔3〕碎:动词;日光透过竹帘到地,如同被筛碎一般,所以说碎斜晖。

〔4〕飔:微风,已见前。白纻:细洁的夏布,指春晚天暖,已着夏衣。

〔5〕清微:犹言清和,指首夏天气。

好事怜春老^[1],无愁耐日长。炉烟惊扇影^[2],酒面舞花光^[3]。照水云容懒,移床竹意凉。更烦红槿帽,促拍打山香^[4]?

〔1〕好(去声如"耗")事:意思说有习气、多愁善感,无事找事。春天快完了,本是四时代序、自然的道理,无可怜念,而诗人却偏伤春怨晚,所以为"好事"。下句"无愁",正是反语。

〔2〕"炉烟"句:静中,炉烟直上,空气略一波动,烟就立即回荡弯曲,所以说炉烟惊于扇动;妙在加一"影"字,不说惊于扇之本身,而说惊于扇影,更见炉烟之极静至虚,有一丝动荡,也会感应。写得精细。(试比较古人所说:"良马见鞭影而行",两处影字颇有异曲同工之妙。又如李贺《咏怀二首》:"弹琴看文君,春风吹鬓影。"亦名句。前二例乃"能动",后一例则"所动":"能""所"不同,着"影"皆妙)

〔3〕酒面：人被了酒，容光焕发，而花光映照上去，更加好看，光彩射人，下一"舞"字，写得活跃得神。

〔4〕更烦：就是"何用更劳"的口气，不作正面语解。红槿帽：指舞者帽上簪红槿花为饰。促拍：急快节奏的促曲，指舞者促拍歌舞以劝酒。山香：即舞山香，曲名。按：此暗用《羯鼓录》：唐玄宗时汝阳王李琎常戴砑绢帽（此物甚滑）打曲，明皇自摘红槿花一朵置于帽檐，奏《舞山香》一曲，而花不坠落，明皇大喜。可见吾国"乐德"极贵庄重（头部不得稍微摇动），所谓"头如青山峰"。但虽用故实，实纪风土，观后诗"酒边蛮舞花低帽"句自明。石湖盖因桂林舞者帽上簪红槿花而联想及于《羯鼓录》。唐人王叡咏岭南风土诗："薡草头花椰叶裙，蒲葵树下舞蛮云。"李德裕《岭南道中》诗："红槿花中越鸟啼"，皆可参证。

按：此种五律，写静境入微，极见其诗心之细，诗感之敏。他家实不多见。

次韵许季韶通判水乡席上

青山绿浦竹间明，仿佛苕溪好处行〔1〕。解愠风来如故旧〔2〕，催诗雨作要将迎〔3〕。休兵幕府乌鸢乐〔4〕，熟稻边城鼓笛声〔5〕。摹写个中须彩笔〔6〕，句成仍挟水云清。

〔1〕苕（tiáo）溪：浙江水名，有二源，出天目山，会合后入太湖。秋天两岸苕花飘浮水面如雪，所以得名为苕溪。以景物清绝称。

〔2〕解愠（yùn）风：南风，也就是夏天的熏风。相传帝舜作五弦琴，

歌曰:"南风之熏兮,可以解吾民之愠兮。"愠,怨怒。

〔3〕催诗雨:说雨有意催人作诗,即供给人以诗感的意思。杜甫《陪诸贵公子丈八沟携妓纳凉晚际遇雨》诗:"片云头上黑,应是雨催诗。"将迎:送迎,亦即酬酢之意。

〔4〕幕府:古时军旅必有帐幕,所以称将军府为幕府。乌鸢乐:古语:"乌鸟之声乐。"

〔5〕笛:入声属仄。声:是具有动词意味的字,不是名词,犹如说"发声""作声",参考唐人张说《滠湖山寺》诗:"空山寂历道心生,虚谷迢遥野鸟声。"

〔6〕个中:即如说"这个""此中况味"。彩笔:犹言"才华";传说江淹梦见郭璞向他索笔,探怀拿出一支五色笔来还了他,从此作诗文就了无好句,所以人称江淹"才尽"。和凝亦尝梦人与五色笔一束,自是文彩日新。彩笔,即指五色笔。

晓出北郊

逼仄深巷中,葱茏绿阴交。山家不早起,闭户如藏逃[1]。浓露蜕蝉咽,小风饥燕高。新渠廑涓流,坏陂方怒号[2]。遐氓病瘠土,不肯昏作劳[3]。灭裂复灭裂,晚秧如牛毛[4]。空馀朝气白,浮浮湿弓刀。官称劝农使[5],临风首频搔!

〔1〕"闭户"句:韩愈《八月十五夜赠张功曹》诗:"幽居默默如藏逃。"

〔2〕廑:与现代的"仅"字义同,才不过的意思。涓流:涓滴细流,不

足灌溉之用。坏陂:指堤防失修而水淹低地。怒号(平声):写水势甚汹涌,发出鸣声。二句总写高低水利失宜。

〔3〕遐(xiá):远方;氓(méng):田民,农夫。遐氓,边远地区(桂林)的农民。昏作:勉力而劳作。张衡《西京赋》:"昏而作劳";潘岳《藉田赋》:"情欣乐于昏作兮。"

〔4〕灭裂:耕耘时粗率敷衍,浅耕稀种,叫"卤莽",锄草伤禾,叫"灭裂",因此凡工作不尽其分,胡乱应酬,都叫卤莽灭裂。牛毛:此处是写禾苗之稀,可能兼有又细又弱的意思。苏轼《鸦种麦行》:"畦东已作牛毛稀。"此牛,指水牛,故喻稀。

〔5〕劝农使:官名,本是专职;宋时地方守官兼管劝农事。

画工李友直为余作"冰天""桂海"二图,"冰天"画使北虏渡黄河时,"桂海"画游佛子岩道中也。戏题[1]

许国无功浪着鞭[2],天教饱识汉山川。酒边蛮舞花低帽,梦里胡笳雪没鞯[3]。收拾桑榆身老矣[4],追随萍梗意茫然[5]。明朝重上归田奏[6],更放岷江万里船[7]?

〔1〕冰天、桂海:本于江淹《哀太尉淑从驾》诗:"文轸薄桂海,声教烛冰天。"注:"南海有桂,故曰桂海。"石湖借诗句以称桂林,清人或讥粤西无海,何得称桂海,亦拘墟之见。佛子岩:亦名锺隐岩,距桂林十里,一山突起,山腰有上中下三洞。

〔2〕许国:以身许国,为国效忠的意思。《晋书》:"以身许国,死而

后已。"浪:有"滥"义,因亦含有"徒然"意。着鞭:争先、奋勉前进的意思:晋时刘琨和祖逖二人友好,祖逖首先被用,刘琨给人写信时说:"吾枕戈待旦,志枭逆虏,常恐祖生先吾着鞭。"着鞭犹如说加鞭。

〔3〕"酒边"二句:这一联,上句是现在桂海,下句是回忆冰天。花低帽,参看前《春晚二首》中"红槿帽"句注。古时中原人呼南方人为"蛮"。笳,军中吹奏的乐器,卷芦而吹,其音凄厉动人。韂(jiān),垫承马鞍的骑具。杜甫《送人从军》诗:"雪没锦鞍韂。"

〔4〕拾:入声。桑榆:太阳将没,在桑榆之间,所以称"晚"为桑榆;《后汉书》:"失之东隅,收之桑榆",常用为早先失悔、晚来补偿的意思。以身许国、无济于事,回头收拾,已经晚了,是感愤语。

〔5〕萍梗:萍浮梗泛,水上飘流的小草断梗之类,比喻行踪之无定,流浪不由自己。按:萍梗而上加"追随"二字,似本于唐李德裕《秋日登郡楼望赞皇山感而成咏》诗:"顾我飘蓬者,长随泛梗移。"然石湖语意不指本身之宦游甚明,意盖有所指。追随萍梗,茫然莫知伊于胡底。失望之极的语气。

〔6〕归田:退休归耕;奏:奏章,向皇帝祈请。石湖安于桂林,曾再三固辞帅蜀之命,故云"重上"。

〔7〕"更放"句:是反诘语气。石湖于淳熙元年(1174)甲午冬已经接到改官四川制置使的朝命,结句指此。

甲午除夜,犹在桂林,念致一弟使虏,今夕当宿燕山会同馆,兄弟南北万里,感怅成诗

把酒新年一笑非[1],鹁鸰原上巧相违[2]。墨浓云瘴我犹住,席大雪花君未归[3]。万里关山灯自照,五更风雨梦如

飞。别离南北人谁免,似此别离人亦稀!

〔1〕非:犹如说"不成""不得"。
〔2〕鹡鸰原:比喻兄弟,《诗经·小雅·常棣》:"脊令在原,兄弟急难。"脊令即鹡鸰,一种小鸣禽。
〔3〕"墨浓"二句:上句说桂林,自身所在,瘴云浓黑如墨,古人以为岭南山川湿热郁蒸,多瘴疠(一种疟疾)之气,人中之则病,所以说瘴云。唐柳宗元《别舍弟宗一》诗:"桂岭瘴来云似墨。"下句指燕山,石湖弟致一所在,雪花大如席,形容北土苦寒。李白《北风行》:"燕山雪花大如席。"一联分用两唐句,皆极恰切。

按:石湖有二弟:成己、成绩,致一疑是成己之表字。灯自照,可参看本书首篇《元夜忆群从》诗。

施元光在昆山,病中远寄长句,次韵答之[1]

四海飘蓬客舍边,几多云水与风烟。绝无膂力驱长辔[2],空有孤忠誓大川[3]。参井忽随征马上[4],斗牛应挂故山前。亲交情话如何许[5],诗到天涯喜欲颠。

〔1〕长句:七言为长句,五言为短句。但也有把律诗、长篇古体歌行称为长句的。
〔2〕膂(lǔ):脊骨。辔(pèi):骑马人手中所执、用以勒马的缰绳。驱长辔,放马远行,比喻为国效劳。

〔3〕誓大川：晋祖逖率兵北伐，过江时，中流击楫而誓云："不能清中原而复济者，有如此江！"石湖以此自比。

〔4〕参、井：二星宿名，参居西方，井居南方，古时以为星宿下应地区的"分野"，各有相应的星宿作为地方标志。这句说，马上见星，猛然觉省，身在西南海角征途。下句因而想到施元光在故乡当见斗牛星。

〔5〕亲交：亲故、至交友好。情话：谈心，衷肠款叙，陶渊明《归去来兮辞》："悦亲戚之情话。"这句说，二人晤面叙心之期，不知当在何时何处。

按：以上为石湖官桂林时所作。

铧觜在兴安县五里所，秦史录所作。迎海阳水，垒石为坛，前锐如铧，冲水分南北，下为湘、漓二江，功用奇伟；余交代李德远尝修之[1]

导江自海阳，至县乃㳽迤[2]。狂澜既奔倾，中流遇铧觜。分为两道开，南漓北湘水。至今舟楫利，楚粤径万里[3]。人谋敚天造[4]，史禄所经始[5]。无谓秦无人，虎鼠用否耳[6]。紫藤缠老苍，白石溜清泚。是间可作社[7]，牲酒百世祀。修废者谁欤，配以临川李[8]。

〔1〕铧(huá)：耕地翻土的农具。觜：即今"嘴"字。兴安县：宋置，在桂林东北。所：同"许"，约计之词，"五里所"，就是五里左右地。按：清人沈钦韩以为"县"下脱"北"字。铧觜实在兴安县西南五里许之分水

村,沈说不知何据。史录:录当作"禄"(史是官名,非姓),秦始皇时攻百粤,使史禄凿渠运饷,自海阳北入楚,置斗门三十六,水积渐进,可以循崖而上,建瓴而下,舟楫灌溉之功甚伟,号为"灵渠"。按:此渠唐李渤重修,渤实始置铧觜分二水,置斗门;另说李渤仅置斗门,至咸通九年刺史鱼孟威始以石为铧堤,亘四十里。未知孰是。交代,此指前任官。

〔2〕海阳:山名,在兴安县南,湘、漓二江皆发源于此。㳽:水满;迤(yǐ):这里也是满溢的意思,和"迤逦"一义不同。

〔3〕楚:指今湖南地;粤:指今广西地(广西称粤西,广东称粤东)。径:《宋诗钞》作"经",非是,苏轼《出峡》诗:"东西径千里",此句所本。

〔4〕敚:"夺"的本字。这句说人力凿渠,可夺天工自然。

〔5〕经始:开端、创立。

〔6〕"无谓"二句:《左传》:"子无谓秦无人,吾谋适不用也。"故下句即说人才不得其用则虽虎亦如鼠,得其用则虽鼠亦如虎。按:同时陈亮《题辛稼轩画像》云:"真鼠柱用,真虎可以不用;而用也者,所以为天宠也。"南宋有为之士每有此慨。

〔7〕间:原作"闻",今从黄刻本。社:此指祭祀的地方,如祠庙。

〔8〕临川李:指前任李德远,名浩,以大理寺丞帅桂林;系建昌人;建昌(今江西南城)属临川府,故曰临川李。为人甚有风烈。

按:此种诗虽古而常新,诗人之卓识伟抱,俱不可以时代限之。

陈仲思、陈席珍、李静翁、周直夫、郑梦授追路过大通,相送至罗江分袂,留诗为别[1]

相送不忍别,更行一程路。情知不可留,犹胜轻别去。二陈拱连璧[2],仙李瑚琏具[3]。周子俊拔俗[4],郑子秀风度。嗟我与五君,曩如栖鸟聚。偶投一林宿,飘摇共风雨。明发各飞散[5],后会渺何处?栖鸟固无情,我辈岂漫与[6]?班荆一炊顷,听此昆弟语[7]。把酒不能觞[8],有泪若儿女。修程各着鞭,慷慨中夜舞[9]。功名在公等,臞儒老农圃[10]。

〔1〕罗江:在广西全州西,流入湘水。

〔2〕拱连璧:说如同双璧联辉(本是晋人夏侯湛和潘岳的故事,二人都仪容甚好)。璧,古时玉器,圆形,中有孔,最为珍贵,称"拱璧";两手合把为拱,所以拱璧即是大璧的意思。

〔3〕仙李:一种李子(水果)的名称,据说色缥(月白、淡青),大如拳,杜甫《冬日洛城北谒玄元皇帝庙》:"仙李蟠根大",用以喻美于人。此亦借为对姓李的人的美称,并无深意可言。瑚琏(hú liǎn):古时宗庙内盛黍稷的礼器,比喻人才品格贵重,可居"庙堂"。("瑚琏",用《论语》)

〔4〕俊:英俊特出。

〔5〕明发:天初明亮,已见。

〔6〕漫与:随随便便而作为的意思,此言岂是泛泛相交。与,当读去声如"预"。

〔7〕班荆:铺草于地以叙交情,已见。一炊顷:烧熟一顿饭的有限时光。昆弟语:情如兄弟般的谈心。

〔8〕觞(shāng):作动词,进酒劝饮叫觞。

〔9〕修程:长途。着鞭:已见前。中夜舞:也是"着鞭"一事中祖逖和刘琨的故典:二人共被而寝,中夜听见荒鸡鸣声,祖逖以脚蹬醒刘琨,说:"此非恶声也!"因起舞。后来以此为及时奋勉激励的故实。

〔10〕功名：指报国事业，非俗义，已见。杜甫《暮秋枉裴道州手札，率尔遣兴寄递，呈苏涣侍御》诗："致君尧舜付公等。"臞(qú)：瘠瘦。这句说：国事期在诸君努力为之，至于我这瘦弱书生，只有老死于场圃之间的份儿，不堪为国用了。按：《论语·子路》："吾不如老农""吾不如老圃"。石湖有"农圃堂"。

按：此篇具见诗人为朋辈爱重、相互砥砺的高尚风格，至于深情至意，流露笔端，读之令人恻然心动。

珠塘未至清湘二十里〔1〕

林茂鸟乌急，坡长驴驮鸣〔2〕。坐舆犹足痹〔3〕，负笈想肩赪〔4〕。废庙藤遮合，危桥竹织成〔5〕。路傍行役苦，随处有柴荆〔6〕。

〔1〕清湘：宋县名，即今之广西全州。

〔2〕急：入声。驴驮(duò)：背物的驴子，名词。

〔3〕足：入声。痹：四肢因被压得时间久了，血脉不流通，感觉麻木，叫作痹。

〔4〕笈：入声，书箱；负笈在此是广义，背行李、抬竹轿的，都包在内说。肩赪：已见前"赪肩"注。

〔5〕合、竹、织：皆入声属仄。

〔6〕傍：同"旁"，路傍即是路途上、旅程中，不可拘看"傍"字。这句自指；所以下句说：随处都有柴门荆户，大可为家安居，而为何尚不休止？

湘阴桥口市别游子明

马首欲东舟欲西[1],洞庭桥口暮寒时。三年再别子轻去[2],万里独行吾蚤衰[3]。遥忆美人湘水梦,侧身西望剑门诗[4]。老来不洒离亭泪,——今日天涯老泪垂!

[1]"马首"句:骑马而东者指游子明,泛舟而西者自指。按:游子明,名次公,号西池,建安人,工诗词,在石湖桂林帅幕,交好甚厚,石湖晚年退居,尚来存问。

[2]三年再别:三年两度离别。

[3]蚤:同"早";衰,读如"丝"。此联"子""吾"二字亦拗格。别、独,皆入声。

[4]"遥忆"二句:这一联,上句指别后将思念游君于湘中;美人,男女皆可指;唐人岑参《春梦》诗:"洞房昨夜春风起,遥忆美人湘江水。"此句所本。下句,自己将入蜀,西望前途,估计将要有吟咏剑门的诗篇;剑门,山名,在四川剑阁之北,最高峻,有"一夫当关、万夫莫开"之势,由陕路入蜀必经之咽喉地。按:此次石湖入蜀系由水路江行,本与剑门一路无涉,只等于说"蜀道诗"而已,正如白居易《长恨歌》中写唐明皇入蜀,却说"峨嵋山下少人行",按之地理全不符合,在诗人遣词见意,多有这种例子,读者可不以词害义,亦不必遽指为"错误"。李白《蜀道难》:"侧身西望长咨嗟。"

按:本篇笔致苍凉,一结尤为动人。

连日风作，洞庭不可渡，出赤沙湖

金沙堆前风未平，赤沙湖边波不惊[1]。客行但逐安稳去，三十六湾涨痕生。沧洲寒食春亦到，荻芽深碧蒿芽青。汨罗水饱动荆渚，岳麓雨来昏洞庭[2]。大荒无依飞鸟绝[3]，天地唯有孤舟行。慷慨悲歌续楚些，仿佛幽瑟迎湘灵[4]。黄昏惨澹舣极浦[5]，虽有渔舍无人声。冬湖落濡此暂住[6]，春潦怒长随佣耕[7]。吾生一叶寄万木，况复摇落浮沧溟[8]。渔蛮尚自有常处[9]，羁官方汝尤飘零[10]！

〔1〕金沙堆：循湘水一路直入洞庭湖，有堆在湖中，一名龙堆。赤沙湖：则在洞庭之西，涸时唯见赤沙，春秋水涨始与洞庭相通。此写因风绕路。

〔2〕汨（mì）罗：江名，即屈原所沉处，入湘水。荆渚：普通指江陵，此似指洞庭，湖南、北皆古荆州地，宋时名荆湖南路、北路，此处用"荆渚"，为与下句"洞庭"互文见义，故加变换。岳麓：山名，在长沙西南，下临湘水。

〔3〕大荒：比喻极远旷野的地方。

〔4〕慷慨悲歌：用《史记》语。楚些（suò）：犹言楚歌，指《楚辞》。《楚辞》中有《招魂》篇，句尾皆用"些"字为尾声，据说楚人禁咒句尾也都用"些"声。湘灵：湘水之神，即湘夫人，传说是舜妃；《楚辞》里有"使湘灵鼓瑟兮"的句子。这是说：自己悲歌如续《楚辞》，便仿佛如闻幽瑟之音，有似湘灵来迎迓的意思。

〔5〕舣(yǐ):棹船泊岸。极浦:远浦。

〔6〕落濛(líng):濛为水曲,落濛当指水浅处。

〔7〕潦:积水为潦,此即水大的意思。长:应读 zhǎng,《宋诗钞》作"涨"。这句接上句说,渔民水浅时此间暂住,一到春水涨溢,就出去随人当雇工。

〔8〕万木一叶:略如"沧海一滴"的比喻。沧溟(míng):沧海,在此双关大湖而言。

〔9〕鱼蛮:即"渔蛮子",为成语,东坡有《鱼蛮子》诗,指以船为家的渔民(如疍户)。

〔10〕羁官:羁同"羇","寄"的意思,官身如客寄在外,所以说羁官(参看上句"寄万木"的寄字用法,和下面《蛇倒退》诗"如马就羁绊"句)。方:比、较。

按:沈钦韩谓:"此诗当在衡州程途之后,错置于此。"甚是。盖石湖自桂林入湖南,过衡阳,不渡洞庭湖,而西渡赤沙湖,由华容、石首一带而转至江陵登舟入蜀。

夜泊湾舟,大风雨,未至衡州一百二十里

阿香搅客眠,夜半驱疾雷〔1〕。空水受奇响,如从船底来。嘈嘈雨窗闹,轧轧风柁开。睡魔走辟易〔2〕,耳界愁喧豗〔3〕。有顷飘骤过〔4〕,滩声独鸣哀。灯婢烛囊衣〔5〕,篙师理樯桅。烦扰到明发,村鸡亦喈喈〔6〕。

〔1〕阿香:《搜神记》中所记神话故事中"雷部"管推雷车的女子,夜间有小儿唤她:"官唤汝推雷车!"夜间就大雷雨。

〔2〕睡魔:本是修道者的用语,修道养生,必先习静,静坐时最常犯的两个病是乱思杂念和昏沉盹睡,凡害道的即是"魔",所以叫作睡魔,养生家所忌。此处则是泛义。走:逃。辟易:惊惶退避。

〔3〕喧豗(huī)喧哗哄闹的大声。豗,这里可改读 huāi。

〔4〕有顷:为时不久。飘骤:飘风骤雨,即急风暴雨。《老子》:"飘风不终朝,骤雨不终日。"

〔5〕灯婢:唐宁王在帐前刻木为婢女状,穿着彩缯,手中插以蜡烛,号为灯婢。在此是借用字面,意思是手中掌着灯的女仆丫环等人。烛:动字,以烛亮照看、检点的意思。囊衣:箱箧、包裹中的衣物。

〔6〕喈(jiē)喈:众鸡齐鸣的声音。《诗经·郑风·风雨》:"鸡鸣喈喈。"按:古韵"灰""佳"韵,若照今北京音读,则有 ei、ɑi、iè、ɑ 等等不同,已不调谐。读者遇此等处可稍变通改读,使其顺从一个韵母(例如本篇可以都从 ɑi 读),便较悦耳。其他韵中此类亦多,不能一一详注。

三月十五日华容湖尾看月出

云销澧阳风,月生岳阳水[1]。谁推赤金盘,涌出白银地[2]?
徘徊忽腾上,蹀蹀恐颠坠[3]。稍高轮渐安,飞彩列篷背[4]。
晶晶浪皆舞,厣厣星欲避[5]。兜罗世界网,普现无边际[6]。
官居束庭户,有眼如幻翳[7]。向非行大荒,宁有此巨丽[8]?
乘除较得失,漂泊非左计[9]。妻孥竞欢哗,渠亦知许事[10]!

145

〔1〕澧阳:指澧阳江,即澧水,自湖南西北境之桑植曲折东流,入洞庭湖。岳阳:地当洞庭湖入江之口,宋为军治。岳阳水,指洞庭一带之水。题中华容湖,在华容县南,皆与洞庭连接。

〔2〕赤金盘:喻初出月。白银地:喻湖水被月光映照,如一片白银;苏轼《中秋月三首》之二:"熔银百顷湖。"

〔3〕蹀(dié 入声)蹀:行动不定的样子。

〔4〕飞彩:腾射光线。篷:船篷。

〔5〕靥(yè 入声)靥:靥本是古时妇女面颊上一种钿饰,有名"黄星靥"的,状如星,发闪光。写月光射到湖面,被波纹摇碎,如无数小金星,所以用靥靥来形容。唐温庭筠(飞卿)《晓仙谣》诗:"银河欲转星靥靥。"

〔6〕兜罗:已见前。云有"兜罗绵云"之称,以其似绵絮。此二句石湖写风吹积云碎散为絮状满布天宇,而又映入湖波,上下接合。又从"兜罗"二字(本译音,无义)化出网罗义,谓絮云无边无际,似为世界张一巨网。(按:古有"世网"语,《周书》、选诗、杜诗皆用之,佛书亦有此喻。石湖此处或有联想)

〔7〕束庭户:说被局束于庭户之间。幻翳(yì):"捏目生花",看到幻像,和目中生膜,障蔽视力。亦即"病眼",《圆觉经》:"譬彼病目,见空中花。"

〔8〕宁有:哪能有,哪能看得到。

〔9〕左计:计算不妥,打错了主意。

〔10〕妻孥(nú):妻儿老小、家眷、家属。渠:他,他们。许事:这种事,这种道理。这说诗人的妻子、孩子随行看见这种奇丽的景色,也为之惊喜叫绝。(黄庭坚《怪石》诗:"手摩心语知许事。")

澧浦

苇岸齐齐似碧城,江船罨岸逆风行〔1〕。绿蘋白芷俱憔悴,惟有蒌蒿满意生[2]！

〔1〕罨(yǎn)：本是鱼网，从上掩下而撒的（以别于从下往上扳起的），有掩覆的意思。苏诗王注云："南中风吹舟拍岸谓之罨岸风。"晚唐张佖《春江雨》诗："罨岸春涛打船尾。"

〔2〕蒌(lóu)蒿：多年生水草，叶似艾，背生灰白色毛，秋日开褐色花。宋玉《招魂》："菉蘋齐叶兮，白芷生些。"满意生：犹言十分得意地生长。小诗感触甚深，世间好物（包括人）难活，好事难成，恶物坏事易于成长，自古为然。

潺陵

舟横攸河水，马滑潺陵道[1]。百里无锄犁，闲田生春草。春草亦已瘦，栖栖晚花少！落日见行人，愁烟没孤鸟。老翁雪髯鬓，生长识群盗。归来四十年，墟里迹如扫[2]。莫讶土毛稀[3]，须知人力槁。生聚何当复[4]？兹事恐终老！人言古战场，疮痍猝难疗[5]。谁使至此极？天乎吾请祷！

〔1〕攸河：即攸水；潺陵：即孱陵，故治在湖北公安南。
〔2〕墟里：村落。
〔3〕土毛：地所生五谷桑麻等，人借以为衣食的植物。
〔4〕生聚：生殖人口，聚积财力，统指人民的富庶。何当：何时，已见。
〔5〕疮痍：创伤，比喻人民所受的创害、疾苦。疮字与"疮疖"义

无涉。

荆渚堤上

原田何莓莓[1]，野水乱平楚[2]。大堤少人行，谁与艺稷黍[3]？独木且百岁，肮脏立水浒[4]。当年识兵燹，见赦几樵斧[5]？摩挲欲问讯，恨汝不能语！薄暮有底忙，沙头听鸣橹[6]。

[1] 莓(méi 或上声)莓：草盛的样子。

[2] 平楚：此犹言平野(楚本丛木之义)。

[3] 大堤：地名，自沙头通江陵。艺：种植。稷(jì)：北方叫糜子。黍：稷之一种，黏的叫黍，北方叫黄米。在此只是泛称田禾("艺黍稷"，语出《尚书》)。

[4] 且：快要、将要的意思。肮脏：高亢刚直的样子。与后世误为"不清洁"一义无涉。水浒：水边。

[5] 见赦：犹言承蒙赦免。黄庭坚《武昌松风阁》诗："斧斤所赦今参天。"

[6] 有底：即"有的""有得"义，犹言尽有、总有；有底忙，尽着忙、忙个不了(薄暮又要开船)。底非"何""甚"义。沙头：今沙市，在湖北江陵东南。黄庭坚《次韵杨叔见饯十首》之五："沙头驻鸣橹"，用杜甫《送王十六判官》诗："买薪犹白帝，鸣橹已沙头。"

按：本篇艺术手法，可比较石湖同时词人姜夔(白石)《扬州慢》："自胡马、窥江去后,废池乔木,犹厌言兵。"二诗均写这一带地方因金人蹂躏、官兵镇压人民武装力量时所遭兵灾之惨,四十年来犹难恢复。石湖当知"盗贼本王臣"之义,诗中痛切同情人民的苦难,写出当时客观惨状,而诘问:是谁把老百姓弄到这般地步?分明说,当国者不能辞其责!

发荆州自此登舟至夷陵[1]

初上篷笼竹筰船[2],始知身是剑南官[3]!沙头沽酒市楼暖,径步买薪江墅寒[4]。自古秦吴称绝国[5],于今归峡有名滩[6]。千山万水垂垂老,只欠天西蜀道难[7]!

〔1〕荆州:湖北江陵。夷陵:宋时故城在宜昌西北。

〔2〕初上:犹言一上,一旦上了。篷笼:船篷。筰(zuó):牵船的竹索。

〔3〕剑南:唐代置剑南道,意指剑阁以南,大江以北,大部分为蜀地,后因泛称四川一带为剑南。石湖路赴四川为官,本不待至此"始知",但一上了江船,这才真正感觉到一身将作蜀中游宦,是的的确确的现实,再无挽回或变化之理,所以虽是一登江船,尚未入蜀,已经等于入蜀了。旅人每每有这种感觉。

〔4〕买薪:开船时的准备,参《荆渚堤上》注〔6〕。步:柳子厚《铁炉步》志:"江之浒凡舟可縻而上下者曰步。"一说土音讹"浦"作步。墅(shù):田庐。

〔5〕秦吴称绝国:江淹《别赋》:"况秦吴兮绝国",意谓秦、吴二地,隔绝之国,远不相通。

〔6〕归:归州,今湖北秭归。峡:峡州,今宜昌。滩:水浅、多石、流急的险处叫滩;自此前行即有虎牙滩,以险著名,故曰名滩。

〔7〕"千山"二句:石湖本年才五十岁,说垂垂老,是诗人着重已老的感觉,不必拘定岁数。黄庭坚诗:"四十垂垂老"(见《自咸平至太康,鞍马间得十小诗,寄怀晏叔原,并问王稚川行李。"鹅儿黄似酒,对酒爱新鹅",此他日醉酒时与叔原所咏,因以为韵》),可证。句法本于贯休《陈情献蜀皇帝》诗:"一瓶一钵垂垂老。"蜀道难,本乐府曲名,自李白有《蜀道难》名篇,后来遂成习用语。

钻天三里

非冈非岭复非坡,黄鹄不度吾经过〔1〕。妻孥下行啼且笑,联手相携如踏歌〔2〕。风吹汗干人力尽,屐齿与石方相磨〔3〕!钻天三里似千里,四十八盘将奈何〔4〕?

〔1〕过:平声如"锅"。这说连最能高飞的黄鹤都不能度过的险路却要我来行经其地。

〔2〕踏歌:古时一种歌舞法,一群人联臂(手挽手)踏地为节(以步子打拍子),叫作踏歌;诗人说家眷下来步登山路,妻儿老小挽手共行,如同踏歌,所以又害怕,又觉得好笑,是幽默语。比较黄庭坚《题小猿叫驿》诗:"妪牵儿行泪录续,我亦下行莫啼哭。"

〔3〕"风吹"二句:风吹汗干,可见歇息已久;人力早尽,路途尚远,所以说:人已累得这样了,可是屐齿(登山所着用的木底鞋,底有齿,防滑)和石头(山路)还"且"得磨哩!方,是"且"的意思,一种行动尚在进

行、距离完毕尚远的表意语(和"姑且""并且""而且"的"且"不同)。屦与石磨,见出登高费力。

〔4〕钻天三里、四十八盘:都是险要山岭的名称。前者可见其峻峭,后者可见其纡曲。

蛇倒退

山前壁如削,山后崖复断。曏吾达陇首,如海到彼岸[1]。那知下岭处,栗甚履冰战[2]。牵前带相挽,缒后衣尽绽[3]。健倒辄寻丈,徐行廑分寸[4]。上疑缘竹竿,下剧滚金弹[5]!岂惟蛇退舍[6],飞鸟望崖返。稍喜一径平[7],犹有千石乱。仍逢新烧畲,约略似耕畔[8]。心知人境近,颦末百忧散[9]。山民茆数把,鬼质犊子健[10]。腰镵走迎客[11],再拜复三叹;谓"匪人所蹊,官来定何干[12]?傥为饥火驱[13],平地岂无饭?意者官事迫[14],如马就羁绊?"我乃不能答,付以一笑粲[15]!

〔1〕曏:同"向",往时、过去。陇首:山巅的意思,已见。如海到岸:意谓已经历险完毕,到达好处地方。

〔2〕栗:战栗,打哆嗦。履冰:踩在冰上。全句说,抖得厉害,比"履冰"还甚,"如履薄冰",比喻处于危险境地。

〔3〕缒(zhuì):人往下行,山坡太陡,后面要用绳、带之类挽住,以防滑下,叫作缒。绽(zhàn):衣裳缝缀处破裂。

〔4〕健倒:猛倒,着着实实的跌一下。辄:即、就、每一如何即如何。

寻：古度量名，八尺为寻。徐行：慢行。厓：已见前。

〔5〕"上疑二句"：上坡时，陡峭得犹如是在爬竹竿；下坡时，比弹丸滚还要滑利：极言其壁立险峻。剧，甚于、更厉害。

〔6〕退舍：倒退很远，爬不上去；古时三十里为一舍。此运用"退避三舍"之语。参看后《春日览镜有感》注〔8〕。

〔7〕稍：已然。非"少许"义。与下句"犹"字呼应。

〔8〕仍：居然的语气，不作"仍然"解。烧畲（shē）：山民坡上烧草而就灰下种，不施锄犁，所谓"火种"。参看后《劳畲耕》诗序。畔：此处泛词，犹如说田。

〔9〕颦末：眉尖、眉头。眉因忧惧而颦（皱在一起），见人境而心喜，眉头亦得舒展，百忧皆散。

〔10〕茆：同"茅"，茆数把，指居室之简陋。鬼质：说形貌"野""丑"，不如内地平原上的人那样"像人"。

〔11〕镵：亦名长镵，掘土器，铁头木柄，北方所谓"铁锹"类；杜甫《乾元中寓居同谷县作歌七首》之二："长镵长镵白木柄"，饥民用以掘野生植物根为食。

〔12〕匪：义同"非"。所蹊：所经行。定：问词，有"到底""究竟"的语气，不是"一定""必定"。已见。

〔13〕倪：同"倘"。饥火：人饿极了腹内感觉如焚烧一样，所以叫饥火。驱：犹如说逼迫。

〔14〕意者：意料、揣度的话。迫：逼迫、不得已，不是"急迫"义。

〔15〕粲（càn）：露齿而笑的样子。付以笑粲，无言可对，一笑了之，苦笑而已。不是轻视哂笑的笑。按：东坡五古诗曾数以"一笑粲"作结，此亦仿其句法。

大丫隘

峡行五程无聚落[1],马头今日逢耕凿[2]。麦苗疏瘦豆苗稀,椒叶尖新柘叶薄。家家妇女布缠头,背负小儿领垂瘤[3]。山深生理却不乏[4],人有银钗一双插[5]。

〔1〕聚落:村落,人民聚居之处。
〔2〕马头:指行于蜀山中,李白《送人入蜀》诗:"山从人面起,云傍马头生。"此暗用。耕凿:指农民生活,自力自足,用古语"凿井而饮,耕田而食,帝力于我何有哉!"
〔3〕领:脖项;垂瘤:指大颈病,参看后《夔州竹枝歌》"瘿妇"句注。
〔4〕生理:犹如说生计、生活、财力。
〔5〕"人有"句:杜甫《负薪行》写这一带妇女,曾云:"十犹八九负薪归,至老双鬟只垂颈。"又云:"野花山叶银钗并。"陆游《入蜀记》:"峡中负物卖率多妇人未嫁者,为同心髻,高二尺,插银钗,至六只。"可互证。

按:石湖每为边远山民作诗写照,至为可贵。

胡孙愁[1]

倾崖当胸石啮足[2],失势毛骛槁幽谷[3]。王孙却走断不到[4],惟有哀猿如鬼哭[5]。仆夫酸嘶诉涂穷[6],我亦付命

153

无何中[7]！悲风忽来木叶战，落日虎嗥枯竹丛[8]。

〔1〕胡孙愁：亦险恶山路之名称，胡孙即"猢狲"，猴之别称。黄庭坚《竹枝词二叠》："竹竿坡面蛇倒退，摩围山腰胡孙愁"，即此。

〔2〕啮(niè)：以啮相切，咬。石啮足，写山路之极狭窄，山石之尖利。黄庭坚《题小猿叫驿》诗："恶藤牵头石啮足。"

〔3〕氂：同"犛"(lí)，牛类，出西藏，尾毛细长。兽类长毛亦曰氂。槁幽谷：槁死于深谷中。此写山路所见，兽类亦不免蹉跌困顿而死，仍是状其难行。可比较杜甫《泥功山》诗写山行之难："哀猿透却坠，死鹿力所穷。"

〔4〕王孙：猴子。却走：退避。此句言此等山险猢狲亦望而退走，即题面"胡孙愁"之意。

〔5〕"惟有"句：入蜀峡路中多猿，啼声甚哀，诗人多有摹写。《宜都山川记》："峡中猿鸣至清。行者歌之曰：巴东三峡猿鸣悲，猿鸣三声泪沾衣！"

〔6〕酸嘶：犹言悲楚，孟郊《寒溪》诗："默念心酸嘶"，此"嘶"字不可作"鸣"义解。涂穷：不复能前行。涂同"途"。

〔7〕"我亦"句：犹言只好将性命付于不可知之数。

〔8〕嗥(háo)：号叫。

白狗峡陆路亦自峡上，过西岸有玉虚洞[1]

江纹圆复破，树色昏还明。连滩竹节稠[2]，汹怒奔夷陵。石矶铁色顽，相望如奸朋[3]。踞岸意不佳[4]，当流势尤狞。

山回水若尽,但见青狞塀^[5]。惨惨疑鬼寰,幽幽无人声。颠沛安危机,艰难古今情^[6]。俯窥得目眩,却立恐神惊^[7]。白云冒岩扉,下维玉虚庭^[8]。神仙坐阅世,应笑行人行^[9]。

〔1〕白狗峡:在归州东二十里。玉虚洞:据放翁《入蜀记》所叙:"洞门小才袤丈,既入则极大,可容数百人,宏敞壮丽如入大宫殿;中有石,成幢盖幡旗之属,芝草竹笋仙人龙虎鸟兽之属,千状万态,莫不逼真。"

〔2〕竹节稠:喻滩之多且密,与竹节相似,一个接一个。

〔3〕矶(jī):水中之立石。顽:凶顽。奸朋:奸党,犹如说,一群邪恶的家伙。

〔4〕踞:蹲伏、据坐。意不佳:说心怀不善,形貌跛扈。

〔5〕狞塀(líng píng):同"伶俜",义为"行不正";青狞塀,指石矶,歪歪邪邪的奸怪样子。山峡每一回曲,迎面但见山岭,往前望便像水已流到尽头一样。

〔6〕颠沛:倾仆、狼狈一类意思,泛指困顿、经历艰苦。机:事物所以发动的消息或关键。上句说,颠沛乃安危之机,换言之,颠沛的经历,乃是安危所系,欲求最终之安,须从颠沛中寻此所以为安的关键。下句说,艰难乃古今之情,往古来今,莫不如此。

〔7〕却立:退立。

〔8〕冒:覆。维:指事词,略当于"是""系"的意思。已见。

〔9〕阅世:说神仙阅历人间世代,含有"冷眼旁观"的意味。

按:此诗因行江峡、见石矶,不觉联想到奸朋、安危、艰难,暗感政局、国势之险恶,所谓即景生情,触事而发。

初入巫峡

钻火巴东岸,挝金峡口船[1]。束江崖欲合,漱石水多漩[2]。卓午三竿日,中间一罅天[3]。伟哉神禹迹,疏凿此山川[4]!

〔1〕钻火:指度过寒食节。古时清明改火的风俗,要钻木取新火,明时犹存此俗,宋濂《钻燧说》所记甚详。巴东:县名,在秭归之西。挝(chuāng)金:敲锣,旧日峡中行船,都有金鼓,开船时要敲击为号。在险处船夫拼命和急湍险礁争路的时候,金鼓震天,用以助力助势。上句回忆上船之先,下句才自峡口登舟说起。

〔2〕"束江"二句:上句形容峡路之窄,下句说明礁滩之险。漩,漩涡,江流回旋而成涡,旋力最猛,船一接触漩流,立被卷入深渊。

〔3〕卓午:正当午。日高三竿,通常用以形容晨间天色已不早,说太阳已经很高了;这里是说天到正午,峡中才见日影,仅如平地日高三竿时的光景,可见峡山之高。罅(hù):缝隙;一罅天,两山高峙,仰看天空仅如一条缝相似。参看《水经注》:"自三峡七百里中,两岸连山,略无阙处,重岩叠嶂,隐天蔽日,自非亭午夜分,不见曦月。"

〔4〕"伟哉"二句:传说峡道乃大禹治洪水时所开凿,以通江水,郭璞《江赋》说:"巴东之峡,夏后(禹)疏凿。"疏,通。

按:本篇峡、束、合、石、卓、凿等字,亦皆入声,须依此作仄读,自协音律。

刺濆淖并序

濆淖,盘涡之大者,峡江水壮则有之,或大如一间屋。相传水行峡底,遇暗石则濆起,已而下旋为涡。然亦未尝有定处,或无故突然而作,叵测也。舟行遇之,小则敧侧,大则与赍俱入,险恶之名闻天下[1]。

峡江饶暗石[2],水状日千变。不愁滩泷来[3],但畏濆淖见。人言盘涡耳,夷险顾有间[4]。仍于非时作,未可一理贯[5]。安行方熨縠,无事忽翻练[6]。突如汤鼎沸,翕作茶磨旋[7]。势迫中成洼,怒雾外始晕[8]。已定稍安慰,儵作更惊眩[9]。漂漂浮沫起,疑有潜鲸噀[10]。勃勃骇浪腾,复恐蛰鳌抃[11]。篙师瞪裮魄,滩户呀雨汗[12]。逡巡怯大敌,勇往决鏖战[13]。幸免与赍入,还忧似蓬转。惊呼招竿折[14],奔救竹筈断。九死船头争,万苦石上牵[15]。旁观兢薄冰,撇过捷飞电[16]。前余叱驭来[17],山险固尝遍。今者击楫誓,岂复惮波面[18]?澎澎三峡长,飐飐一苇乱[19]。既微掬指忙,又匪科头慢[20]。天子赐之履,江神敢吾玩[21]?但催叠鼓轰[22],往助双橹健!

〔1〕濆淖(fén nào):二字合为一词,其义已见诗序所解。与赍俱入见《列子》,《庄子》作"与齐俱入",赍借为"齐"字,亦即"脐"字,指漩涡

的中心。

〔2〕饶:多。暗石:礁。

〔3〕滩泷(lóng):江中急湍多石之处。

〔4〕耳:"而已"的意思,已见。夷:安,与"险"为对。顾:但是、可是、却是的语意。有间(去声如"建"):有差别、未可并论。

〔5〕非时作:即序中"无故突然而作(起)"的意思,没有定时。因此下句说没法以一个规律来了解。

〔6〕熨縠(hú 入声):縠是绉纱,兼含比喻微波涟漪的意思,说江波上安稳行舟时如熨縠一样顺利浛静。练:已见前。说江水忽然翻滚而起如缣练翻搅。

〔7〕突如:猝然不及备。翕(xī 入声)作:变动的样子(上语用《易经》,下语用《论语》)。茶磨:碾茶所用的磨。宋茶有片茶、散茶、末茶之分,制末茶或研片茶皆须用磨碾。旋:去声如"镟"。

〔8〕势迫:说溃涡转得正急的时候。霁(jì):雨止为霁,怒气消解也叫霁,借喻漩势已煞。晕:已见前。

〔9〕儵:同"倏"(shù 入声),疾快的形容。

〔10〕噀(xùn):喷水。

〔11〕勃勃:盛的样子。蛰:本指动物冬眠,这里也就是潜藏在水底的意思。抃(biàn):两手相击为抃。按:"复恐",当是"恐复"误倒,"恐"即是上句"疑"字的互文对义。以上四句,一三、二四,隔句对仗,叫作"扇对"。

〔12〕篙师:船上掌篙者;滩户,当地土人深明峡道滩险者,峡船都要雇为向导。瞠(chéng 或 zhěng):不音"镫",怒目直视的样子。褫(chí)魄:夺去魂魄,吓得要死。呀:张口的样子。雨:作动词用,去声,下雨;比喻汗如雨下。

〔13〕逡巡:退却不前。鏖(áo):苦击而多杀为鏖;鏖战,犹如说苦

斗,酣战,殊死之争。

〔14〕招竿:船具,前面为招,后面为舵。元何中《山硍硍》诗:"青衫黄帽扶招竿。"

〔15〕牵:去声如"縴"。

〔16〕兢:戒慎警惧。薄冰:见前"履冰"注。撇过:指避开渍漳而逃过,杜甫《最能行》:"撇漩捎渍无险阻。"

〔17〕叱驭:已见前。

〔18〕击楫誓:用祖逖事,已见。惮:怕。按:以上四句亦略成扇对。

〔19〕澎澎:水势很盛的形容。一苇:比喻小舟,出《诗经》。

〔20〕微:无、没有。掬指:用潘岳《西征赋》:"伤桴楫之褊小,撮舟中而掬指。"事出《左传》所记晋、楚邲之战,晋师败,晋帅桓子不知所为,但曰:"先济者有赏。"于是中军下军争舟,"舟中之指可掬也"。又后汉时李傕之乱,献帝登船,诸不得渡者皆争攀船,船上人以刃拣其指,舟中之指可掬。说削断的手指多得一捧一捧的。科头:不冠而露顶,在古人是最不恭敬的态度,管宁泛海遭风,几乎倾没,自己检查行为,说:"吾尝一朝科头,三朝宴起,今天怒猥集,过恐在此。"

〔21〕赐履:本义是赐封地,在此即是奉命而来帅蜀的意思。玩:玩忽、不敬重的意思(玩,应读去声如"腕",与"顽"平声者有别)。

〔22〕叠鼓:击鼓。谢朓《入朝曲》:"叠鼓送华辀。"

劳畲耕并序

畲田,峡中刀耕火种之地也:春初斫山,众木尽蹶;至当种时,伺有雨候,则前一夕火之,藉其灰以粪;明日雨作,乘热土下种,即苗盛倍收,无雨反是。山多硗确,地力薄,则一再斫烧始可艺。春种麦豆,作饼饵以度夏;秋则粟熟矣。官输甚微:巫山民以收粟三百斛为率,财用三四斛了二税,食三物以终年,虽平生不认粳稻,而未尝苦饥。余因记吴中号多嘉谷,而公私之输顾重,田家得粒食者无几,峡农之不若也!作诗以劳之[1]。

峡农生甚艰,斫畲大山巅。赤埴无土膏,三刀财一田[2]。颇具穴居智,占雨先燎原[3]。雨来亟下种,不尔生不蕃。麦穗黄剪剪,豆苗绿芊芊。饼饵了长夏,更迟秋粟繁[4]。税亩不什一,遗秉得餍餐[5]。何曾识粳稻,扪腹常果然。我知吴农事,请为峡农言:吴田黑壤腴,吴米玉粒鲜[6]。长腰鲍犀瘦,齐头珠颗圆[7]。红莲胜雕胡,香子馥秋兰[8]。或收虞舜馀,或自占城传[9]。早籼与晚稌,滥吹甑甗间[10]。长腰米,狭长,亦名箭子;齐头白,圆净如珠;红莲,色微赤;香子,亦名九里香,斗米入数合作饭,芳香满案;舜王稻,焦头无须,俗传瞽瞍烧种以与之;占城种,来自海南;稌秏、籼禾,价最贱:以上皆吴中米品也[11]。不辞春养禾,但畏秋输官。奸吏大雀鼠,盗胥众螟蟓[12]。掠剩增釜区,取盈折缣钱[13]。两钟致一斛,未免催租瘝[14]。重以私债迫,逃屋无炊烟[15]。晶晶云子饭,生世不下咽[16]。食者定游手,种者长流涎!不如峡农饱,豆麦终残年。

〔1〕斫(zhuó)山:砍山上草木。蹶(jué):仆倒。藉:铺垫。粪:施肥,动词。硗确(qiāo què):此是坚石的意思(亦作土地瘠薄解)。艺:

种。率(lǜ):计数。财:同"才"。二税:春秋二租。粒食:米食。劳:去声,如"涝",因其劳苦而慰之叫作劳,动词。

〔2〕埴(zhí入声):黏土。土膏:地里肥润的成分叫土膏。三刀财一田:说三次斫畲,才可一下种,极言其土地瘠薄。田,动词。

〔3〕颇具:《宋诗钞》作"顾其",疑非是。穴居:上古时未开化的情况,比喻峡民文化犹落后(又,亦有用"穴处"比喻所见不广的)。燎原:借指烧山(本义是说原野中火势蔓延无际,盛不可救)。

〔4〕迟(zhì):期望、等待。动词。

〔5〕不什一:不到十分之一。遗秉:收割时遗落的禾穗;此处指交租后剩下的馀粮。餍:饱。

〔6〕腴:肥。鲜:洁白明亮。

〔7〕匏(páo)犀:即瓠犀(《宋诗钞》即作"瓠犀"),瓠(葫芦)瓜子儿,此是比喻长腰米的形状。长腰、齐头等,俱见下文原注。

〔8〕雕胡:菰米。馥:芳香。此处用法是"馥于",即比什么还要香的意思。

〔9〕占城:古南海国名。占城稻种,宋真宗时始自福建入国中,乃旱稻,穗长,无芒,粒小,不择地而生。

〔10〕穤(bà):穤秠,一种稻名。滥吹:黄刻本作"烂炊"。疑非是,滥吹,当是用"吹竽""滥竽充数"之义,盖籼、穤在数品中为最下之故。甑:已见前;甗(yǎn),两层的甑,上可蒸,下可煮。皆炊器。

〔11〕斗米入数合:斗米内仅仅羼入数合(少量,十合为升)。案:一种食具(不是几案),或以为是"有足盘"。瞽瞍:虞舜的父亲。

〔12〕大、众:用法皆同注〔8〕"馥"字。雀、鼠:都是盗蚀粮谷的小动物。唐时有"雀鼠耗"名目,是在正赋之外叫农民每斛再多出二升,预为损耗"偿补",等于巧名苛敛。又,梁时张率遣人载米,既至,耗其大半,问之,曰:"雀鼠耗也。"率笑曰:"壮哉雀鼠!"此用其语。螟蟊,稻的

著名害虫；蝝(yuán)，未生翅的蝗子，也是专吃谷禾的害虫。胥：指"里胥"，即里正、户长等职役人，专司催赋。吏：指地方衙门里的下层小吏，宋时此等人初无俸支，但以苛税所入及纳贿为生。

〔13〕"掠剩"二句：不可读为"掠剩以增釜区，取盈以折缗钱"，当读为"掠剩于增釜区，取盈于折缗钱"。釜、区，皆古时量名（区，或作"钘"，一斗二升八合；五区为釜，即六斗四升；或谓四区为釜），此说收官租时以大斗来掠取于民。掠剩，运用俗语，宋时东岳庙有"掠剩财物司"，其神名掠剩使者（或相公、大夫），凡人有剩馀之物，即敛取之。《搜神记》《夷坚志》《春渚纪闻》等书，皆有记载。缗(mín)钱（钱贯之义），即宋时的基本流通货币；折，"折变"，当时剥削农民的办法，实物税往往由政府规定或私自勒迫要人折成现钱交纳，价值比例由官府操纵，必使折价高于实价，借以苛敛，又往往钱物之间，一折而再折，辗转巧取，花样层出。《通考》所谓"既以绢折钱，又以钱折麦，以绢较钱，钱倍于绢，以钱较麦，麦亿于钱，展转增加，民无所诉"。

〔14〕钟：古以六斛四斗为一钟，此处是代词，亦即指斛，以两斛之实粮交纳一斛之虚数，即杨万里《诚斋集》所谓"旧以一斛输一斛，今以二斛输一斛矣"。古斛十斗（即"石"），宋斛五斗。尚不能免于催租时的逼拷摧残。瘢(bān)：伤痕。"催租瘢"，出苏轼《五禽言》诗。

〔15〕私债迫：指地主、富家之高利贷盘剥，据北宋时欧阳修所言：其利息不两倍则三倍，农民罄其所收尚不足偿债，才一收获，便又乏食，则又须举债，如此循环，无有已时。至于官府，则与私债主争相催逼，各以先取为急，如《宋史·食货志》所云："富者操奇赢之资，贫者取倍称之息；一或小稔（收成），富家责偿愈急，税调未毕，资储罄然。遂令州县戒里胥、乡老察视，有取富民谷麦资，出息不得逾倍（即此当然亦是具文而已）；未输税毋得先偿私逋（私债），违者罪之。"可窥梗概。农民在此重重煎迫之下，遂只有"逃田"一法，"始由贫困，或避私债，或逃公税，亦既

亡逋(逃亡),则乡里检其资财,至于室庐宅器、桑枣林木,咸计其直(值),或乡官用以输税,或债主取其偿逋"。逃田遂成宋代一大严重现象。石湖所咏,并系实录。

〔16〕云子:一种白色小石,形如饭粒,比喻米饭之佳美。咽(yān):平声如"烟",咽喉,名词;不下咽,说米饭不曾经过咽喉而入腹,即从来没吃过。

按:石湖写"掠剩增釜区,取盈折缗钱",可看《吹剑录》:"州县苛取之门非一,姑述纳米之弊。斗斛系文思院给下,乃于铁叶下增加板木,复以铁叶盖之;甚者辄自创置,所增尤不赀。其弊一也。斛面所带已六七升,又有'加耗',又有'呈样''修仓'名色,又有'头脚钱''支侯'等费;而耗米则又有用斗量,斗面赢馀,又倍斛面:故率三石方纳得一石。至于总数既足,则尽令折纳价钱。其弊二也。"正如符契之合。此外又举了三种弊端,是诗中所未及写到的。石湖此等诗,当时后世,可与比肩者实未多见。

夔州竹枝歌九首(选六)〔1〕

新城果园连瀼西〔2〕,枇杷压枝杏子肥。半青半黄朝出卖〔3〕,日午买盐沽酒归。

〔1〕夔(kuí)州:今重庆奉节。竹枝歌:亦名"竹枝词",本乐府曲名,源出巴渝。后人以七言绝句(格律有时较多变化)为体、专咏地方风土人情、有山歌意味的,称为竹枝词。

〔2〕瀼(ráng):蜀人称山涧水流与江通者为瀼,奉节有西瀼、东瀼、

清瀼。瀼西果园,亦名北园,在奉节北约三十里。

〔3〕朝(zhāo):早晨。

瘿妇趁墟城里来[1],十十五五市南街[2]。行人莫笑女粗丑[3],儿郎自与买银钗[4]。

〔1〕瘿(yǐng):瘤;脖项肿胀,大颈病。《吴船录》曾记:"峡江水性大恶,饮辄生瘿,妇人尤多。前过此时,婢子辈汲江而饮,数日后发热,一再宿,项领肿起,十馀人悉然;至西川月馀方渐消散。"趁墟:即赶集,已见。柳宗元《柳州峒氓》诗:"青箬裹盐归峒客,绿荷包饭趁墟人。"

〔2〕十十五五:用古乐府《飞鹄行》:"十十将五五,罗列行不齐。"

〔3〕"行人"句:用杜甫《负薪行》:"若道巫山女粗丑。"

〔4〕儿郎:犹言小伙子,指其男人而言。

白头老媪篸红花[1],黑头女娘三髻丫[2]。背上儿眠上山去,采桑已闲当采茶。

〔1〕头:发、髻。篸(zān):同"簪",插戴。

〔2〕丫(yā):分叉的东西都叫丫,此指梳成三个髻,分叉于头上;参考欧阳修诗:"赤脚两髻丫"(见《清明前一日,韩子华以靖节斜川诗见招游李园,即归,遂苦风雨,三日不能出,穷坐一室。家人辈倒残壶,得酒数杯。泥深道路无人行,去市又远,索于筐筥,得枯鱼干虾数种,强饮疾醉,昏然便寐,即觉索然,因书所见奉呈圣俞》)。

百衲畲山青间红[1],粟茎成穗豆成丛。东屯平田粳米软[2],不到贫人饭甑中!

〔1〕百衲(nà):衣服以不同的布块缝缀而成叫百衲,比喻山田的区划,如百衲衣。间:去声如"见",隔、错杂;青间红,山田每块所种禾谷不同,颜色亦异,一块青(豆),一块红(粟)。

〔2〕东屯:即东瀼地,在城东,公孙述所垦稻田,约百顷,稻为蜀中第一,专充官僚俸米。平田:指平地上的田,别于山田。

白帝庙前无旧城,荒山野草古今情[1]!只馀峡口一堆石[2],恰似人心未肯平[3]。

〔1〕白帝城:在州城东白帝山,旧城久废。刘备防吴,以此为要地,后征吴败绩,即死于此。诗句说彼时早已无蜀汉时旧城,但见荒山野草。"荒山"句:李商隐《览古》诗:"草间霜露古今情。"

〔2〕一堆石:指滟滪堆,在瞿塘峡口江中,漩涡险恶。

〔3〕"恰似"句:这句说,往事已成陈迹,人心始终不死,如滟滪激腾不平,为刘备、诸葛亮统一事业未成而愤慨。

当筵女儿歌竹枝[1],一声三叠客忘归[2]。万里桥边有船到[3],绣罗衣服生光辉。

〔1〕当筵女儿:侑酒的歌妓。"竹枝"曲源起巴渝,又名"巴渝词",正是本地风光。

〔2〕三叠:古时四句的歌词,第一句唱罢后,第二、三、四句各重复一次,即四句共唱七次,叫作三叠。又七字句分三截,反复吟唱,是为另一

165

种"三叠"。叠,入声。忘:平声如"亡"。

〔3〕万里桥:在成都南门外。船:指吴蜀之间的商船,大贾商船自唐已以豪奢称,宋时尤甚。杜甫《绝句》:"门泊东吴万里船。"

按:石湖此种诗之可贵,不仅在于能反映峡民的生活情景,更在于他对人民所抱的喜爱、关切、体贴的态度。其随处流露于字里行间,在全集中是一贯而非个别偶见的。

没冰铺晚晴月出,晓复大雨,上漏下湿,不堪其忧[1]

晚色熹微暖似薰[2],儿童欢喜走相闻[3]。无端星月照湿土,依旧山川生雨云。吴谚云:"星月照湿土,明朝依旧雨。"盖雨后微晴,星月灿然,必复雨:占之每验。旅枕梦寒涔屋漏,征衫潮润冷炉熏[4]。快晴信是行人愿[5],又恐田家曝背耘[6]。

〔1〕没冰铺:冰,《宋诗钞》作"水"。未详孰是。
〔2〕熹微:形容太阳的较弱的光,如曙光,晚照。
〔3〕走相闻:奔走告诉。是兴奋的表现。
〔4〕涔(cén):水流、泪落的样子。潮润:当是"朝润"之讹。
〔5〕快晴:此句说喜晴,即雨中盼晴之意。
〔6〕曝(pù):日晒。按:"曝背耘"用古成语。如南朝宋文帝盛暑役民造园林,臣谏不听,竟云:"小人(百姓)常日曝背(耕作),此不足为劳!"《战国策》:"解冻而耕,暴(曝)背而耨。"

残夜至峰顶上[1]

片月挂高岭,我行至其巅。举手欲揽撷,恐惊乘鸾仙[2]。菲菲桂香动,肃肃露脚寒[3]。北斗已到地,南斗犹阑干[4]。但闻浮黎音,来从始青天[5]。大星与之俱,晓色明旗幡[6]。素烟渺陆海,中有人所寰[7]。想见地上友,启明膏火煎[8]。星落玉宇白,日生绮霞丹。冰轮未肯去,相看尚团圆[9]。

〔1〕峰顶:山名,在垫江东北。

〔2〕揽撷:以手邀取(月)。撷,入声。乘鸾仙:相传梅福、洪崖皆尝乘鸾仙去。唯此处当指月中女仙,可参看前《宿东寺》诗注:"素娥"乘鸾舞于桂下之事。李白《飞龙引二首》:"(轩辕)后宫婵娟多花颜,乘鸾飞烟去不还,骑龙攀天造天关……载玉女,过紫皇,紫皇乃赐白兔所捣之药方……"北宋词人常咏及"乘鸾女",亦即此义。

〔3〕菲菲:芳香散逸的形容。桂香:神话月中有桂树;因此词人又把月光说成"桂华"。露脚:指露珠(古人以为露亦如雨,系从上降下,故言雨脚、露脚),李贺《李凭箜篌引》:"吴质不眠倚桂树,露脚斜飞湿寒兔";又王建《十五夜望月》诗:"冷露无声湿桂花";疑石湖诗句与此等皆有联想关系。

〔4〕"北斗"二句:时已残夜,所以北斗旋转得低垂到地。阑干,横斜的样子,说南斗尚未没。古乐府:"北斗阑干。"

〔5〕浮黎、始青:皆神仙家言。浮黎指极高、至清至虚的境界。《小知录》引《雷霆玉经》云:浮黎元始天尊、玉清神母元君生长子,为玉清元

167

始天尊,居玉清清微天。《海内十洲记》序:"北至朱陵扶桑……纯阳之陵,始青之下,月宫之间。"《枕中书》:"扶桑大帝元始阳之气,治东方",始青即"始阳"义,乃道家所谓"东极"。参考韩愈《谢自然诗》:"如聆笙竽韵,来自冥冥天。"

〔6〕大星:已见前。俱:平声如"拘",俗误读"具"。

〔7〕"素烟"句:谓云烟弥漫,不见地面。陆海,此指蜀地之广大富饶,秦李冰修水利,开稻田,沃野千里,号为陆海,见《华阳国志》。所寰:犹言所居。已见。

〔8〕"启明"句:言地上居人,残夜初尽,已燃膏自煎。"膏火自煎也",见《庄子》,谓世人不知修道,争夺名利,如膏火自煎,终趋消灭之意。参考杜甫《述古三首》之二:"市人日中集,于利竞锥刀。置膏烈火上,哀哀自煎熬。"苏轼《游径山》诗:"有生共处覆载内,扰扰膏火同烹煎。"又韩愈《调张籍》诗:"顾语地上友,经营无太忙。乞君飞霞佩,与我高颉颃。"

〔9〕冰轮:指月。仍归结到主题,回应首句。

蚤晴发广安军,晚宿萍池村庄[1]

夜雨洗烦蒸,晓风荐清穆[2]。云头隤铁山,日脚迸金瀑[3]。暑涂一日凉[4],远客万事足。鞯人正奔波[5],观者何陆续。翠盖立严妆,青裙行跣足[6]。俗陋介南徼,物华入东蜀[7]。竹萌苦已青,荔子酸犹绿。修芦密成篱,直柏森似纛[8]。泥干马蹄松,路坦亭堠速[9]。暮投何人庄,窗户暗修竹。

〔1〕蚤:同"早"。广安军:治今四川南充市广安区,在顺庆(今南充)东南百七十里。

〔2〕荐:进献的意思。清穆:清和,《诗经·大雅·烝民》:"穆如清风。"

〔3〕"云头"二句:两句以云形比山峰,以日光比瀑布;又暗指广安军东南邻水县之邻山,山出铁;及其东北大竹县金盘山之"散水"瀑布。隙,同"颓"。

〔4〕涂:同"途"。

〔5〕羁人:此指旅宦之人,诗人自谓。

〔6〕妆:沈钦韩云当作"装",是。翠盖:石湖帅使仪仗中之青凉伞(品级低者不能用);严,衣装;严装谓官者衣装整备,此句承"羁人"句而言,乃自写。跣(xiǎn):不穿袜,赤足踏地,此句承"观者"句而言,写当地妇女装束,人民便服。

〔7〕介:际。徼(jiào):以木栅为边界;南徼,国之南边。物华:此是风物美好的意思。以下所写,可参看苏轼《石鼻城》诗:"渐入西南风景变,道边修竹水潺潺。"

〔8〕修:长。纛(dù入声):羽毛幢,普通以称大旗。

〔9〕亭堠(hòu):古时纪里程的小堡之类,已见。亭堠速,写走得快。本篇通部用入声韵脚。

按:以上系石湖自桂林赴成都道中所作。

冬至日铜壶阁落成[1]

走遍人间行路难,异乡风物杂悲欢[2]。三年北户梅边暖[3],万里西楼雪外寒[4]。已办鬓霜供岁龠[5],仍拚髀肉了征鞍[6]。故园云物知何似[7]?试上东楼直北看[8]!

〔1〕铜壶阁:在成都西门,宋时蒋堂所创,吴栻、范成大都曾增修。

〔2〕"异乡"句:参看黄庭坚《奉和王世弼寄七兄先生用其韵》诗:"异乡怀节物。"杂,入声属厌。

〔3〕北户:古称日南郡"在日之南",所以向北开门,以迎阳光(以今验之,南半球地方则实有此理矣)。泛指"南荒"远地。此借指桂林,范石湖居桂林三年而来蜀。

〔4〕"万里"句:这句指目前在蜀。西楼,在成都帅衙。

〔5〕办:犹如说"预备好了"。鬓霜:白发。岁龠(yuè入声):犹言岁月。龠指"葭琯",《宋史·乐志》:"葭飞璇龠",正指此:古代验节气的一种办法,以律琯(定音调的乐器)一端盛装葭莩(芦膜)灰,到节气则"气"动灰飞而琯通。冬至节则律应黄钟琯(不同的节气应不同律吕的琯),如今正是冬至节作诗,阴尽阳复。岁序常迁,人亦随之而老,所以说,已经备办好了(即豁除)白发,任你岁月迁流吧。

〔6〕仍:"更"的语气,已见前。拚(pān):读如"潘",豁除。髀(bì)肉征鞍:刘备的故事:他在荆州住久,有一天从厕上回来,慨然泪下,刘表问缘故,他说:"吾常身不离鞍,髀(股)肉皆消;今不复骑,髀里肉生;日月若驰,老将至矣!而功业不建,是以悲耳。"石湖反用,说髀肉却因东西奔跑而消,而功业不建之悲则同。这句和上句是一意两说;"办"和"拚","供"和"了",也都是对文互义。了:动词,将事情应付完结的意思。

〔7〕云物:指日色云气,古时占验年景,在"分""至"等节日登台观看云物。《左传》僖公五年:"日南至(即冬至),公登观台以望而书,礼也;凡分至启闭,必书云物,为备故也。"宋时犹存这一风俗。杜甫《小

至》诗:"云物不殊乡国异。"

〔8〕"试上"句:铜壶阁本在西面,而范石湖故乡吴中却在成都的东方,故国中原则在直北(正北)方。遂有末后一句。所谓家国之思。杜甫《小寒食舟中作》诗:"云白山青万馀里,愁看直北是长安!"看,平声。

初三日出东郊碑楼院故事,祭东君,因宴此院。蜀人皆以是日拜扫[1]

远柳新晴暝紫烟[2],小江吹冻舞清涟。红尘一哄人归后,跕跕饥乌蹙纸钱[3]。

〔1〕初三日:此指新年正月三日。故事:犹言古俗、旧例。东君:春神,已见。拜扫:指上坟扫墓。

〔2〕暝:本义是夜;在此是因"紫烟"迷漫而晴天转暗的意思。紫烟:指春日妍暖之气,或兼下文所谓"红尘"义,黄庭坚《送伯氏入都》诗:"九衢生紫烟。"

〔3〕跕(dié)跕:已见前。从高处向下坠落的样子。蹙(cù 入声):同"蹴",踏、踩。红尘一哄之人,都是上坟兼游春的。一哄,言旋聚即散,《法言》:"一哄之市"。墓间人散,饥乌下飞。

按:此非仅写锦里新年正月风物,亦寓诗人岁序乡思之感,微微唱叹,弥觉味永。

三月二日北门马上

新街如拭过鸣驺[1],芍药酴醾竞满头。十里珠帘都卷上,少城风物似扬州[2]。

〔1〕鸣驺(zōu):"贵人"出游时的车骑。
〔2〕"十里"二句:杜牧《赠别二首》:"春风十里扬州路,卷上珠帘总不如。"诗句本此。成都有太城、少城,少城在西面。

按:成都当时久有"名都乐国"之称,《方舆胜览》云:"成都宴游之盛甲于四蜀,俗好娱乐,凡太守岁时宴集,骑从杂沓,车服鲜华,倡优鼓吹,出入拥导,四方奇伎,幻怪百变,序进于前,以从民乐。"石湖集中正面写此者不概见,存之以见宋代大都会风貌之一斑。

三月二十三日海云摸石[1]

劝耕亭上往来频,四海萍浮老病身[2]。乱插山茶犹昨梦[3],重寻池石已残春。惊心岁月东流水,过眼人情一哄尘[4]。赖有贻牟堪饱饭[5],道逢田畯且眉伸[6]。

〔1〕二十三日:当作"二十一日"。成都风俗,于三月二十一日游城东海云山海云寺,于池中摸石,为求子之祥,太守官也要出郊大宴,"与民

同乐"。

〔2〕萍浮:言飘泊如萍之无根,浮游不定。郑玄《戒子益恩书》云:"萍浮南北",不可误看为"浮萍"。

〔3〕"乱插"句:石湖曾于去冬十二月十八日到海云寺看山茶花,有诗,见本集。

〔4〕"过眼"句:说游人都是凑热闹;游完了大家一哄而散,过眼人情,大都如此;此亦有以小喻大之含义。

〔5〕贻牟:指麦子;《诗经·周颂·思文》:"贻我来牟"(贻是赠遗;牟是麦子)。饭:动词,进食,读上声如"反"。

〔6〕田畯(jùn):此指农民。眉伸:眉头舒展,欢喜。

四月十日出郊

约束南风彻晓忙,收云卷雨一川凉〔1〕。涨江混混无声绿〔2〕,熟麦骚骚有意黄〔3〕。吏卒远时闲信马,田园佳处忽思乡〔4〕。邻翁万里应相念,春晚不归同插秧〔5〕!

〔1〕约束:言语约定的意思;南风:夏风。此因夜来阴雨,所以诗人向南风约定,要它赶紧收云卷雨,而南风如约,忙了整一早晨,果然云收雨霁,尚有一川凉意未尽。一川:犹言满地、一片,已见。

〔2〕混混:水多涌涨的样子。江水因夜雨而涨,与潮不同,所以无声,但见一片净碧。

〔3〕"熟麦"句:人见麦熟而意喜,故觉麦亦有意向人而黄。

〔4〕"吏卒"二句:如此等联,语极平易无奇,却最曲传心境,与搜句

堆砌故意作"好诗"者甚异其趣。卒、忽,皆入声属仄。

〔5〕"邻翁"二句:一结由蜀中所见而想到自己故乡的邻翁相念。插,入声。

新凉夜坐

吏退焚香百虑空,静闻虫响度帘栊。江头一尺稻花雨,窗外三更蕉叶风。日日老添明镜里[1],家家凉入短檠中[2]。简编灯火平生事[3],雪白眵昏奈此翁[4]!

〔1〕"日日"句:人唯对镜时,才自见其老。参看后《春日览镜有感》诗。

〔2〕短檠(qíng):犹如说矮灯,贫士所用(檠是灯架,诗中多以为灯的代词)。韩愈《短灯檠歌》:"长檠八尺空自长,短檠二尺便且光。"(本写书生寒苦之状)。天到初凉时,人才喜爱灯前夜坐,别有况味。

〔3〕简编:指书籍,古时以竹简抄写,编连之则为"册"。这句说秋灯夜读是平生乐事,也是书生故习。韩愈《符读书城南》诗:"时秋积雨霁,新凉入郊墟。灯火稍可亲,简编可卷舒。"

〔4〕雪白:指发;眵(chī)昏:指眼:总说自身衰老,灯下难再有此读书之乐。眵,眼角所生黏液凝结之物。韩愈《短灯檠歌》:"夜书细字缀语言,两目眵昏头雪白。"皆石湖所本。

明日分弓亭按阅,再用"西楼"韵[1]

眼看白露点苍苔[2],岁月飞流首屡回。老去读书随忘却^[3],醉中得句若飞来。闻鸡午夜犹能舞,射雉西郊不用媒^[4]。自笑支离聊复尔,丹心元未十分灰^[5]!

〔1〕按阅:检阅军兵。

〔2〕看:平声如"堪"。苍苔:即青苔。下一"点"字,写出秋露初零。

〔3〕老去:犹老来、年老之后。随:是说随读随忘。忘却:忘掉。

〔4〕闻鸡起舞:已见前。媒:指雉媒,猎雉(野鸡)的人驯养雉鸡,打猎时用以引诱野雉,叫作雉媒。陆龟蒙《奉和袭美吴中书事寄汉南裴尚书》诗:"五茸春草雉媒娇。"

〔5〕支离:形容因衰老而佝偻。聊复尔:姑且如此一试身手。丹心:赤心、忠心、报国之志气。元:同"原"。十:入声。

海云回,按骁骑于城北原,时有吐番出没大渡河上^[1]

古道风沙卷夕霏^[2],小江烟浪皱春漪。天于麦垄犹悭雪^[3],人向梅梢大欠诗^[4]。顿辔青骊飞脱兔^[5],离弦白羽啸寒鸱^[6]。牙门列校俱剽锐^[7],檄与河边秃发知^[8]!

〔1〕骁(xiāo):勇健;骑:去声如"寄",马军。吐番:即吐蕃,居西域地,以唐时势最强,当时因宋积弱,亦屡侵宋境。大渡河:宋与吐蕃交界之险要地带。

〔2〕夕霏:傍晚的"日气",故或竟解夕霏为指夕阳。谢灵运《石壁精舍还湖中作》诗:"云霞收夕霏。"

175

〔3〕悭(qiān)：吝啬、舍不得给予。

〔4〕向：与上句"于"字对文互义，表示二物之间的"关系"。这句说无人作好句咏梅，是为有负此花。按：此种句法甚近杨诚斋。

〔5〕顿：提挈的意思；顿辔，犹如说纵辔，放马快跑。青骊(lí)：黑色马。脱兔：形容行动时疾快敏捷(出《孙子》)。

〔6〕白羽：指箭。啸(xiào)：发长声；鸱(chī)：鹞子：比喻劲弓利箭，射出去长鸣如寒鸱啼叫。暗用梁曹景宗语，已见前。

〔7〕牙门：古时军营前建牙(立旗)为门，称为牙门。列校：诸营、诸军。剽(piāo)(此作平声用)：轻疾，不迟钝。

〔8〕檄(xì)：以文书传谕叫檄；在军书，则指数敌方之罪而声讨的文书。秃发：复姓；秃发乌狐，鲜卑人，建国南凉；相传唐代吐蕃即其后裔。秃发二字皆入声属仄。

丁酉正月二日东郊故事

椒盘宿酒未全醒〔1〕，扰扰金鞍逐画軿〔2〕。麦雨一犁随处绿〔3〕，柳烟千缕几时青〔4〕？客愁旧岁连新岁，归路长亭间短亭〔5〕。万里松楸双泪堕，风前安得讳飘零〔6〕？

〔1〕椒盘宿酒：正月元旦日，阖家团坐，子弟进椒酒(置椒于酒中，取其芳烈，或以为服椒令人身轻耐老)敬家长；或以盘进椒，谓之椒盘。宿，隔夜的意思。醒，平声如"星"。

〔2〕軿(píng)：一种有帷幔的车，多供妇女乘坐。已见前。金鞍画軿，见其奢丽，陆放翁《老学庵笔记》："成都诸名族妇女出入皆乘犊车，

惟城北郭氏车最鲜华,为一城之冠,谓之郭家车子。"

〔3〕麦雨一犁:指雨量浸润到一犁深浅。参考宋人田昼《筑长堤》诗:"夜来春雨深一犁。"

〔4〕柳烟:柳芽初生,远望一片嫩碧如轻烟。几时青:不是问询几时才能青的意思,而是说,才过旧年二日,柳已一望如烟,不知是几时暗地青起来的,全不使人察觉。成都风物,柳至新年正月即有春意。

〔5〕间:去声,间隔、间杂,已见。唐人《菩萨蛮》词:"何处是归程,长亭连短亭。"《白帖》:"十里一长亭,五里一短亭。"

〔6〕松楸:指坟墓,已见。讳:不忍、不敢说、避免谈及、事实明明如此而口头故意不言。此石湖因幼失父母,见蜀人新年正月扫墓而想到自己。

按:前《初三日出东郊碑楼院》诗题下原注云"故事,祭东君……蜀人皆以是日拜扫",颇疑此二诗当同为正月初二日作、而"三"乃"二"之误。

以上为石湖官成都时所作。

初发太城留别田父 西蜀夏旱,

未行前数日连得雨,父老云:"今岁又熟矣!"〔1〕

秋苗五月未入土,行人欲行心更苦。路逢田翁有好语:竞说宿来三尺雨〔2〕。行人虽去亦伸眉,翁皆好住莫相思:流渠汤汤声满野〔3〕,今年醉饱鸡豚社〔4〕!

〔1〕太城:指成都。成都有太城、少城,已见。

177

〔2〕宿来:犹如说夜来,昨日。

〔3〕汤汤:读如"商",已见前。

〔4〕鸡豚社:指秋收报赛祀社,即秋社;豚,小猪;鸡豚指杀鸡宰猪为祭。野、社,古音协韵。

按:石湖以丁酉淳熙四年五月二十九日始离成都。六月一日,先发家眷舟,只身发太城陆路西行,作此诗。

离堆行沿江有两崖中断,相传秦李太守凿此以分江水;又传李锁孽龙于潭中,今有伏龙观在潭上。蜀旱,支江水涸,即遣官致祭,壅都江水以自足,谓之"摄水",无不应。民祭赛者率以羊,岁杀四五万计〔1〕

残山狠石双虎卧,斧迹鳞皴中凿破。潭渊油油无敢唾〔2〕,下有猛龙跧铁锁〔3〕。自从分流注石门,西州粳稻如黄云。刲羊五万大作社,春秋伐鼓苍烟根〔4〕。我昔官称劝农使,年年来激西江水〔5〕。成都火米不论钱,丝管相随看蚕市〔6〕。款门得得酬清尊,椒浆桂酒删膻荤〔7〕。妄欲一语神岂闻?"更愿爱羊如爱人!"

〔1〕离堆:在永康军治(四川灌县)西南,秦时太守李冰凿崖中断,分江水一派以入永康,水利甚溥。蜀民为立崇德庙。都:聚水曰都,崇德庙下临大江,名曰都江。率:均、皆。

〔2〕油油:水流的样子。

〔3〕踡(quán):踡伏。

〔4〕刲(kuī):割杀。伐鼓:击鼓。苍烟根:已见前。

〔5〕激:激发;西江水:大江水;暗用《庄子》里的寓言:车辙中鲋鱼因水干而求救于庄子,庄子说:"我且南游吴越之王,激西江之水而迎之,可乎?"原是讽刺"远水不救近渴",这里并无此意,只是借用字面,单说救旱,诗人常常如此。运用古典旧事,不可拘墟死看。

〔6〕火米:《后山丛谈》:"蜀稻先蒸而后炒,谓之火米,可以久积。"丝管:音乐,指歌舞丰年。蚕市:正月至三月是蜀人货售蚕农器具、花木果药的市集期。

〔7〕款门:扣门。得得:"特地而来"的意思,唐宋时方言。酹清尊:以酒酬神,但有椒、桂之芳香(《九歌》:"奠桂酒兮椒浆",谓置椒、桂于酒浆中),而删除祭羊不用。此是石湖自叙临行来崇德庙谢神之语。

按:石湖《吴船录》云:"李太守疏江驱龙,有大功于西蜀,祠祭甚盛,岁刲羊五万,民买一羊(意即每人一羊),将(义同携)以祭。而偶产羔者亦不敢留,并驱以享。庙前屠户数十百家。永康郡计至专仰羊税。甚矣其杀也!余作诗刻石以讽,冀神听万一感动云。"诗句结笔所云"妄欲一语神岂闻",即希望"万一感动"的语气。

最高峰望雪山[1]

大面峰头六月寒[2],神灯收罢晓云斑[3]。浮空忽涌三银阙,云是西天雪岭山[4]!

〔1〕最高峰:青城山(在灌县西南)山顶即大面峰,青城乃岷山第一峰,据说高"三千六百丈",为道家十大洞天之一。参看下注。

〔2〕大面峰:《吴船录》云:"岷山之最近者曰青城山;其尤大者曰大面山;大面山之后,皆西戎山矣。"又云:"自丈人观西登山,五里至上清宫,在最高峰之顶,以板阁插石作堂殿,下视丈人峰,直墙堵(一作"培塿")耳,岷山数百峰,悉在栏槛下,如翠浪起伏,势皆东倾。一轩正对大面山。"道家以大面山为第五十洞天,清人沈钦韩引杜光庭《蜀记》云:"前号青城,后曰大面,其实一耳。"按:青城最高顶为大面山,一名赵公山。

〔3〕神灯:《吴船录》云:"夜有灯出四山,以千百数,谓之圣灯。"按:"神灯"现象青城、峨嵋等名山多有,远望如火炬,飘忽隐现,略同燐火,古人以其神秘,附会为"仙圣之所设化",以为见者有"仙缘"。

〔4〕"浮空"二句:《吴船录》云:"雪山三峰,烂银琢玉,阛出大面后。雪山在西域,去此不知几千里,而了然见之,则其峻极可知。"按:大雪山在大渡河西,主峰在康定,去峨嵋实未甚远。然喜马拉雅山亦有大雪山之名,观石湖语气,似径以所见为藏境之大雪山,诗曰"云是",正表据闻人言如此。

范氏庄园〔1〕

夕阳尘土涨郊墟,六六峰头梦觉馀〔2〕。竹色唤人来下马〔3〕,乱蝉深处有图书。

〔1〕《宋诗纪事》卷五十一载此诗(注云引自《方舆胜览》),题作《致爽轩在永康军》。按:宋永康军,治灌县;依《吴船录》,当在青城县。

〔2〕六六:三十六。按:"三十六峰"通常以指嵩山;亦以指黄山;今以指青城之天仓峰,峰共三十六,各有一洞;前十八曰阳峰,后十八曰阴峰。古人以为灵仙所宅。吕大防诗:"天仓三十六,寒拥翠微间。"赵雄诗:"三十六峰如不到,青城还似不曾游!"觉:去声如"叫",醒。

〔3〕唤人:犹如说引人、邀人、诱人。

次韵陆务观慈姥岩酌别二首〔1〕

送我弥旬未忍回〔2〕,可怜萧索把离杯〔3〕。不辞更宿中岩下,投老馀年岂再来〔4〕!

〔1〕慈姥岩:在青神县东北五里之中岩,传为"慈姥龙"所居,一带林泉最胜。岩前有寺,时石湖等人即宿于寺。

〔2〕弥旬:经过一旬之久。弥,满。旬,十日。

〔3〕把:手持;把离杯,即"酌别",会饮作别。

〔4〕投老:已然到了老境。

明朝真是送人行〔1〕,从此关山隔故情!道义不磨双鲤在〔2〕,蜀江流水贯吴城!

〔1〕"明朝"句:《吴船录》:"癸未(六月十五日)早食后,与送客出寺至慈姥岩前,徘徊皆不忍分袂,复班荆小饮岩下。须臾风雨大至,岩溜垂下如布,雨映松竹,如玉尘散飞,诸宾各即席作诗,不觉日暮,皆不成行。下山复入宿寺中。"具见留连惜别之致。

〔2〕磨:灭。双鲤:指书邮,已见前"双鱼"注。道义之交谊永在,双鲤尚可寄书,惜别时无可安慰,聊以通讯为嘱。

按:石湖另有别陆务观一诗,题中谓放翁"中岩送别,至挥泪失声"。诗云:"月生后夜天应老,泪落中岩水不流。"后放翁有《梦范参政》诗,犹追忆此别,中亦云:"平生故人端有几,长号顿足泪迸血!"可见古人情重,交谊之深。

苏稽镇客舍[1]

送客都回我独前[2],何人开此竹间轩[3]?滩声悲壮夜蝉咽[4],并入小窗供不眠[5]!

〔1〕苏稽镇:在今四川乐山市西南三十里。
〔2〕独:入声。前:前往、前行;动词。
〔3〕竹:入声属厌。按:此等句,非真欲究问谁建此轩馆,实写此际心境之异,遂谓谁设此轩,令我于此地受此况味乎!
〔4〕咽(yè 入声):呜咽、声吞。
〔5〕"并入"句:滩声、蝉声,并由此小窗而入,使离人心绪如潮,不能入睡。按:蜀中多人送石湖,至数百里不忍相别。至此,送客不得不最后辞归。诗人此夜听感,盖极复杂,故悲壮呜咽,万籁俱作。

大扶拼[1]

身如鱼跃上长竿,路似镜中相对看[2]。珍重山丁扶我过,人间踽踽独行难[3]!

〔1〕捔(yú):大、小扶捔,皆登峨嵋山(指大峨山)中路险要山路名。
〔2〕如鱼上竿、路似对镜:都是譬喻山路之陡峭,几乎如直立。
〔3〕珍重:感激的语气。山丁:《吴船录》:"(峰顶)大略去县中平地不下百里(山之高,距地面有一百里),又无复蹊磴,斫木作梯,钉岩壁,缘之而上,意天下登山险峻无此比者。余以健卒挟山轿强登,以山丁三十夫曳大绳行前挽之。"山丁,指此。踽(jǔ)踽:独自行路、举目无亲的形容。独:入声。

发合江数里,寄杨商卿诸公[1]

临分满意说离愁[2],草草无言只泪流。船尾竹林遮县市,故人犹自立沙头[3]!

〔1〕合江:县名,在重庆之西南约三百里,去泸州百二十里。杨商卿:名光,石湖帅蜀之幕客,父子二人,并谭季壬(德称),独从成都送范石湖到此,几逾千里,始最后为别。
〔2〕满意:满以为、满料想、满打算。
〔3〕沙头:犹言岸边。一结云:船开之后,从船尾望去,已是只见竹丛,不见城市,愈行愈远了,而故人犹自岸边兀立。

夜泊归州州有宋玉宅、昭君台[1]

旧国风烟古,新凉瘴疠清。片云将客梦[2],微月照江声。细和悲秋赋[3],遥怜出塞情[4]。荒山馀阀阅[5],儿女擅嘉名!

〔1〕归州:原作"归舟"。从黄刻本。宋玉:战国时楚人,仕楚为大夫。屈原弟子。悲屈子放逐,作《九辩》,又有《高唐赋》《神女赋》。传秭归县舍即宋玉故宅。昭君:即王嫱,汉元帝宫女,因不肯赂画工毛延寿等,毛等故意将昭君画为丑貌,元帝即据图赐与匈奴,以和亲。入辞时元帝始知其貌美惊人,大为悔恨,杀画工。昭君入北地,为匈奴王呼韩邪妻,呼韩邪死,其子又纳为妻;死葬匈奴。其坟号为"青冢",后人多歌咏凭吊。传生于今湖北省兴山县;昭君台、明妃庙,皆古迹。

〔2〕"片云"句:参看前《暮春上塘道中》诗注。将:平声,携带同往之义。

〔3〕和:去声如"贺",诗文倡和,即同作之义,有感于前人旧句而题咏之,也可说是一种"和"。悲秋赋:指宋玉《九辩》,其首句云:"悲哉秋之为气也!"

〔4〕出塞:指昭君出塞(关塞)入匈奴地。又"出塞",本古曲名。出,入声。

〔5〕阀阅:阀(fā 入声)是功绩,阅是经历。后来往往表功于门,因此转为"门第"的意思。这指宋玉故宅、昭君旧台之遗迹。

按:放逐贤臣,宠信奸佞,辱国丧权,为南宋政治之"特色"。本集另有《归州竹枝歌》,其一云:"东邻男儿得湘累,西舍女儿生汉妃。城郭如村莫相笑,人家伐阅似渠稀!"石湖屡以此讽当代。

荆渚中流,回望巫山,无复一点,戏成短歌

千峰万峰巴峡里,不信人间有平地。渚宫回望水连天,却疑

平地元无山[1]。山川相迎复相送,转头变灭都如梦[2]。归程万里今三千,几梦即到石湖边!

〔1〕渚宫:春秋时楚国之别宫,在湖北荆州市沙市区;石湖过此,词人辛弃疾(稼轩)方帅江陵,曾招石湖同游。此处只指行到湖北江陵一带,意不重在"宫"字(题中荆渚,亦即指江陵)。按:"天""山"非同韵字,吴人读时亦不若北人同尾音,乃亦合押,可见宋人诗律已渐趋宽泛。
〔2〕"山川"二句:此写经行三峡的感觉,简而真切,确是如此。

鲁家洑入沌三江口即岳阳路,水大难行,遂入沌行。沌中最空夐处名"百里荒",盗区也[1]

过尽巴东巫峡长,荆川鼓棹更茫茫[2]。避风怕入三江口,乘月贪行百里荒。夜后逢人尽刀剑[3],古来踏地皆耕桑。可怜行路难如此[4],一簇寒芦尚税场!

〔1〕鲁家洑入沌:《吴船录》云:"丁丑发石首,百七十里至鲁家洑;……一路自鲁家洑入沌;沌者,江傍支流,如海之汻;其广仅过运河,不畏风浪,两岸皆芦荻,时时有人家,但支港通诸小湖,故为盗区,客舟非结伴作气不可行。"洑音 fú;沌音 dǔn,或变读为 zhuàn、zhùn。三江口:在岳阳;三江:岷江、澧江、湘江。夐(xiòng):长、远。
〔2〕鼓棹:与"击楫"同,指行船。
〔3〕尽刀剑:依格律当作平仄仄,今作仄平仄;下句"皆耕桑"本当作仄平平,今"皆"字平声:名为"拗格"。此种常见,不一一备注。《吴船

录》云:"偶有鄂兵二百,更戍欲归,过荆南,遂以舟载使偕行。"又云:"庚辰行过所谓'百里荒'者,皆湖泺茭芦,不复人迹,巨盗之所出没,月色如昼,将士甚武,彻夜鸣橹,弓弩上弦,击鼓钲以行,至晓不止。""尽刀剑"句指此。

〔4〕行路难如此:用杜甫《春日梓州登楼二首》句。

按:南宋苛税之繁重,虽沙田芦场亦不放过,绍兴末年曾有遣户部官同浙西、江东、淮南诸路监帅根括沙田芦场之事,置提领官田所以专领之。后虽又罢所增租,当亦具文。观石湖所写,则芦场之税害民可见;而官逼民反,流而为"盗",含意亦见。

鄂州南楼[1]

谁将玉笛弄中秋?黄鹤飞来识旧游[2]。汉树有情横北渚[3],蜀江无语抱南楼[4]。烛天灯火三更市,摇月旌旗万里舟。却笑鲈乡垂钓手,武昌鱼好便淹留[5]!

〔1〕鄂州:即后来之湖北武昌。南楼:在黄鹤山上。

〔2〕"谁将"二句:此诗中秋日与地方守官宴集南楼所作。武昌西有黄鹤楼,相传仙人乘黄鹤过此,故得名;唐崔颢《黄鹤楼》诗:"昔人已乘黄鹤(一作"白云")去,此地空馀黄鹤楼。"石湖隐然指此,譬喻一身万里归来,有如黄鹤重游旧处。又李白《与史郎中钦听黄鹤楼上吹笛》诗:"黄鹤楼中吹玉笛",首句暗用。笛,入声。

〔3〕"汉树"句:上引崔诗又云:"晴川历历汉阳树",谓武昌登楼,隔

水望见汉阳。

〔4〕"蜀江"句:《吴船录》:"(南楼)轮奂高寒,甲于湖外。下临南市,邑屋鳞差。岷江自西南斜抱郡城东下。天无纤云,月色奇甚,江面如练,空水吞吐。"下联即写此景。按:万里舟之盛况,除《吴船录》外,《入蜀记》亦有所记,非泛语也。

〔5〕鲈乡:即"莼鲈乡",指诗人故乡吴地而言。武昌鱼好:三国时孙权欲从建业(今南京)移都武昌,建业人作歌谣说:"宁饮建业水,不食武昌鱼!"表示反对。石湖反用,自讽宦游不返。

将至吴中,亲旧多来相迓,感怀有作

望见家山意欲飞[1],古来燕晋一沾衣[2]。回思客路岂非梦?乍听乡音真是归[3]!新事略从年少问,故人差觉坐中稀[4]。不须更说桑榆暖[5],霜后鲈鱼也自肥!

〔1〕家山:犹言故乡(当然原指故乡之山而言)。陈与义《寄信道》诗:"衡山未见意如飞",略如"归心似箭"之喻。

〔2〕燕:平声如"烟",今河北北部地;晋:今山西及河北部分地:二国邻接非遥,古时人旅行极难,故甚重离别,如此邻境,尚且流泪沾衣。言外可见万里远别乍归之情何似。

〔3〕听:去声。按:此联第五字"岂""真"亦系拗格。

〔4〕差(chà):"较"的意思;普通用为"略"字义。此句指故旧凋零。按:此联可比较唐人窦叔向《夏夜宿表兄话旧》诗:"去日儿童皆长大,昔年亲友半凋零。"石湖句内容比窦诗为丰富。

〔5〕暖:原作"晚",沈钦韩说当依《宋诗钞》作"暖",甚是,理由见后。《唐摭言》记载薛令之开元中作左庶子(太子东宫官),冷官况味清淡,作诗自嘲:"朝旭上团栾,照见先生盘。盘中何所有,苜蓿长阑干。"(说饭菜只有苜蓿)皇帝至东宫见此诗,判曰:"啄木觜距长,凤皇毛羽短。若嫌松桂寒,任逐桑榆暖!"薛因此谢病归田。又暗用苏轼咏晋张翰诗:"不须更说知机早,直为鲈鱼也自贤。"(《戏书吴江三贤画像三首》其二)并"何时却逐桑榆暖,社酒寒灯乐未央"(《卧病逾月,请郡不许,复直玉堂,十一月一日锁院,是日苦寒,诏赐官烛,法酒,书呈同院》)等句。石湖意谓:且不必说桑榆还"暖",即使不暖,霜后鲈肥,归慰乡思,正不愧为贤者。鲈鱼:晋张翰因秋风起,思吴中莼羹、鲈脍,便借口弃官而归的故事,屡见。

以上为石湖由成都归里路中所作。

初归石湖

晓雾朝暾绀碧烘〔1〕,横塘西岸越城东〔2〕。行人半出稻花上,宿鹭孤明菱叶中〔3〕。信脚自能知旧路,惊心时复认邻翁。当时手种斜桥柳,无数鸣蜩翠扫空〔4〕。

〔1〕暾(tūn):日光初出为暾,已见。绀(gàn):青中透红为绀色,俗呼"红青"。

〔2〕越城:在苏州西南胥门之外十里,越伐吴时所筑,宋时尚城堞仿佛。按:此句即正面写诗人"石湖"别墅所在之地势,其地就越城故址

为亭榭。

〔3〕"宿鹭"句:参考唐人陶岘《西塞山下回舟作》诗:"鹭立芦花秋水明。"

〔4〕蜩(tiáo):蝉。翠扫空:说柳已长大,枝条拂空。三字亦出苏轼诗《秀州报本禅院乡僧文长老方丈》,本写峨嵋、九华山色,此系诗家变用之法。

秋前风雨顿凉

秋期如约不须催,雨脚风声两快哉[1]。但得暑光如寇退,不辞老景似潮来[2]。酒杯触拨诗情动,书卷招邀病眼开。明日更凉吾已卜:暮云浑作乱峰堆[3]。

〔1〕雨脚:已见。快哉:暗用宋玉《风赋》语:"快哉此风",爽快义,非疾快。

〔2〕"但得"二句:参较苏轼《洞仙歌(摩诃池)》词:"但屈指、西风几时来,又不道、流年暗中偷换!"又《秋怀二首》诗:"苦热念西风,常恐来无时。及兹遂凄凛,又作徂年悲。"其含情遣抱,实甚复杂,非单纯语。

〔3〕浑:"全然"的意思。《宋诗钞》作"横"。浑字又有"还"字义,意谓暮云又生,明日当更凉爽了。后义较切。

晓起闻雨

老来稍喜睡魔清,兀坐枯株听五更[1]。萧索轮囷怜烛烬[2],飞扬跋扈厌蚊声[3]。登高事了从教雨[4],刈熟人忙却要晴[5]。莫道西成便无虑[6],大须浓日晒香粳[7]。

〔1〕兀坐:端坐,静坐。苏轼《客位假寐》诗:"兀坐如枯株",比喻呆坐像一段枯木一样。听:去声。

〔2〕萧索轮囷:形容云气的词句,轮囷有屈曲盘转的意思。《史记·天官书》:"若烟非烟,若云非云;郁郁纷纷,萧索轮囷:是谓卿云。"此以形容烛将烬时的烟气。

〔3〕飞扬跋扈:张狂不驯的形容。《北史》:"(侯)景专制河内,十四年矣,常有飞扬跋扈志。"

〔4〕登高事了:指九月九日重阳节已过。教:平声如"交"。从教,任凭,已见。

〔5〕刈熟:收割庄稼。

〔6〕西成:秋收,已见。

〔7〕粳:稻,有别于籼米。香粳,吴产,已见前。该句"浓日"铸词甚奇。

晚步吴故城下[1]

意行殊不计榛菅[2],风袖飘然胜羽翰[3]。柱杖前头双雉起,浮图绝顶一雕盘。醉红匝地斜曛暖,熨练涵空涨水寒[4]。却向东皋望烟火,缺蟾先映槲林丹[5]。

〔1〕吴故城:通呼吴城,又名鱼城,在苏州西二十五里横山之下,在

田间,有基址,甚高厚。

〔2〕榛(zhēn):丛生小树;菅(jiān):草名;榛菅,合言遍地野生之贱草木。韩愈《雪后寄崔二十六丞公》诗:"岂念幽桂遗榛菅。"

〔3〕翰(hán):羽毛长而有力者;羽翰,犹言羽翼。

〔4〕醉红:指斜曛(落照);熨练:指涨水,熨字写波面平静如熨过,又兼示人以温暖之感,皆切落照斜阳,用字精极。

〔5〕却向:犹言回顾而向东望。皋(gāo):水边之地为皋;又,水田为皋。东皋的"东",本义指"春天的",后人大都用为方向义。缺蟾:缺月,即已过望日渐缺不圆之月。槲(hú入声):木名,叶秋冬不脱。丹:指槲叶发红色。

再渡胥口〔1〕

古来此地快蓬心〔2〕,天绕明湖日照临。一雁云平时隐现,两山波动对浮沉〔3〕。衰髯都共荻花老,醉面不如枫叶深〔4〕。罾户钓徒来问讯:去年盟在肯重寻〔5〕?

〔1〕胥口:水名,因胥山得名,在香山、胥山之间,居太湖口。

〔2〕蓬心:蓬,短而不畅,因此蓬心比喻不能通达大道理,俗学、陋士的襟怀,此是自指。(出《庄子》)

〔3〕"一雁"二句:《吴郡志》:"胥口,在木渎西十里,出太湖之口也,上有胥山,舟出口则水光接天,洞庭东西山峙银涛中,景物胜绝。"洞庭东西二山,在太湖中。

〔4〕荻(dí入声):草名,多生水边,似苇而小,花亦略似芦花,所以

芦、荻常并举或互代。醉面:谓年老之人唯饮酒后始有朱颜之意。枫叶经霜变红。白居易《醉中对红叶》诗:"醉貌如霜叶,虽红不是春。"按:"荻""枫"二字亦拗格。

〔5〕罾(zēng):一种鱼网,形略如仰伞,沉入水中,再扯起时,鱼即入罾而被扳出水面。盟:指共同隐逸聚会的盟约。《左传》:"盟若可寻,亦可寒也。"寻:犹言践约;寒,犹言背约。

自横塘桥过黄山〔1〕

阵阵轻寒细马骄,竹林茅店小帘招。东风已绿南溪水,更染溪南万柳条。

〔1〕黄山:在苏州西南二十五里,俗名笔格山。

按:以上系石湖罢政家居所作。所录律诗二篇,笔似较率,然苍劲有真趣,收之以见其此时生活心情之一斑。小绝句则极有风致。

次韵汪仲嘉尚书喜雨(二首选一)〔1〕

老身穷苦不须忧〔2〕,未有毫分慰此州〔3〕。但得田间无叹息,何须地上见钱流〔4〕?

〔1〕汪仲嘉:名大猷,鄞县人,曾借吏部尚书使金。

〔2〕身：犹言"我"。
〔3〕此州：指明州，今浙江宁波，此时石湖方起知明州。
〔4〕"何须"句：《唐书·刘晏传》："能权万货轻重，使天下无甚贵贱而物常平，自言如见钱流地上。"此借其字面，言不必以征榷聚敛为能理财。

春前十日作

腊浅犹赊十日春[1]，官忙长愧百年身。雪催未动诗无力，愁遣还来酒不神[2]。节物何曾欺老病？书生自惯说悲辛！终期戚促成何事[3]，今古纷纷一窨尘[4]。

〔1〕赊(shē)：此是"短欠""期迟"的意思。赊兼赊欠与多馀两义，相反相成。
〔2〕"雪催"二句：上句说，作诗催雪，雪意未动，诗为无力。下句说，以酒遣愁，遣去更来，酒为不灵。
〔3〕终期：《宋诗钞》作"终朝"。期，或当读如"基"，岁一周为期。然此处疑用佛家谓人一生为"一期"之义，终期，犹言终生，终身。戚促：忧郁局促，胸怀不展。
〔4〕一窨尘：指人死后窨藏于坟墓中，终化尘土。参看寒山《诗三百三首》之四十六："始忆八尺汉，俄成一聚尘。"

次韵杨同年秘监见寄二首[1]

瘴云岚雨几时归[2]？应把周南视九夷[3]。旧说鬼神惊落笔[4]，新传狐兔骇搴旗[5]。韶江石老箫音在[6]，庾岭梅残驿使迟[7]。自古朱弦清庙具，莫贪鹏海看天池[8]。

〔1〕杨同年：指杨万里，万里字廷秀，号诚斋，吉水人。亦登绍兴二十四年进士第，故与石湖有"同年"之谊。曾官秘书监。此时正帅广东。工诗，与范、陆等齐名，为南宋四大家之一。不为韩侂胄作《南园记》，以气节称；闻韩误国，愤恨而死。有《诚斋集》。

〔2〕瘴云：已见前。岚雨：岚已见前，古诗："夕岚长似雨。"

〔3〕周南：古地名，指成周以南，此处指中国本土"中原"。九夷：即"九貉"，本是东北方民族，此是泛义，指岭南人。这句说，料想杨万里一定会把南地边荒当作中原国土一例看待，不加歧视。石湖帅桂林，深爱边民，其《桂海虞衡志》自序可供参阅。

〔4〕"旧说"句：杜甫《寄李十二白二十韵》诗："笔落惊风雨，诗成泣鬼神。"这句说杨万里向以诗笔惊人；宋人往往以杨万里比李白。

〔5〕"新传"句：指杨帅广东时闽盗沈师进入粤境，曾加镇压。搴旗：拔取旗帜，即获胜。

〔6〕"韶(sháo)江"句：广东曲江北有石三十六，名为韶石山，相传虞舜尝登石奏《韶》乐，因此得名。舜乐名《箫韶》，亦作《韶箫》。

〔7〕庾(yǔ)岭：大庾岭，在广东南雄之北，甚险峻，梅花夹道，流泉涓涓，亦名梅岭。六朝时陆凯自江南寄梅花一枝与其好友范晔，并赠诗曰："折梅逢驿使，寄与陇头人。江南无所有，聊赠一枝春。"后人多用此故事，以指朋友音问交往。此言道远信使难达。

〔8〕朱弦清庙具：本指瑟，《礼记·乐记》："清庙之瑟，朱弦而疏越，一倡而三叹，有遗音者矣。"这说诗人只当作清庙（宗庙）之材具（高尚清淡），而不当贪鹏程而望天池（本义是沧海，此指权要高位）。按：诚斋寄石湖原诗云："衮衣不是未教归，不合威名满四夷。天与中兴开日月，帝

分万乘(去声)半旌旗。春生锦绣山河早,秋到江淮草木迟。卧护北门期月尔,却专堂印凤凰池。"末句说,范石湖彼时帅建康,不过短期之事,不久即当召入重居中枢要地。石湖和诗如此酬答,不言朝廷不使之居清庙而摒之南徼,只说诚斋自"贪"鹏海,所谓"立言得体",此虽古昔之常例,后世不谙,亦俟讲解矣。

吾衰长愧接舆狂[1],忙里何心领燕香[2]?尘土簿书憎铁研[3],水云蓑笠傲金章[4]。论文无伴法孤起,访旧有情书数行[5]。何日却同湖上醉[6],露帏霄崅为君张[7]!

　　[1] 接舆狂:楚昭王时,陆通,字接舆,因楚政昏暗,乃披发佯狂不仕,人呼为"楚狂"。接,入声。
　　[2]"忙里"句:韦应物刺苏州时有诗云:"兵卫森画戟,燕寝凝清香"(注已见前),是刺史大官和"文士燕集"的诗,石湖说,我尚何心有这种"雅兴"?
　　[3] 研:同"砚"。铁砚磨穿,普通用来指士子未得第时寒窗苦读工夫(五代时桑维翰初举时,主司恶其姓,音同"丧"字,或劝以可由他路仕进,乃作铁砚,说,除非铁砚磨穿时,才肯由他路入仕,意即誓要中进士科,后果得中)。此处是说,由铁砚之苦,赚得尘土簿书的无趣生涯,甚为可憎,所以转而并憎铁砚,意谓何如当初无此一举之好。憎,恨、厌恶。
　　[4] 金章:金印;金印紫绶,指丞相、三公的品制。
　　[5] 论(平声如"轮")文:好友一起谈文论诗。杜甫《春日忆李白》诗:"何时一樽酒,重与细论文?"法:指自己所以为文的法度,意谓个人独得之妙契、自创之风格。杜甫《寄高三十五书记》诗:"佳句法如何?"黄庭坚《谢王炳之惠石香鼎》诗:"法从空处起。"此皆因禅宗语录中素有"法不孤生,仗境生","心不孤起,仗境方生"等话头,并说明原诗意谓没

有同道讨论(也没有新的生活经历),所以"诗法"只好"孤起""孤生",实际也包含着:这样无法长进,因此也就作不出好诗来,抱愧于故人的意思。杜甫《公安送韦二少府匡赞》诗:"念我能书数字至",此说以书存问故人。两句总诉索居离群、思念老友的心境。

〔6〕却:再。淳熙六年杨诚斋曾至吴见访,同游石湖,所以说何日得再共醉于湖上。

〔7〕露帏霄幄:湖夜泛舟,舟无栏幕。以遮风露的意思。张:张挂起来,支架起来。"垂露成帏,张霄为幄。"系仲长统诗。

按:诚斋原诗云:"一生狂杀老犹狂,只炷先生一瓣香。不为渠侬在廊庙,无端将相更文章! 江南海北三千里,玉唾银钩十万行。早整乾坤早岩壑,石湖风月剩分张。"

以上为石湖知明州时所作。

重九赏心亭登高

忆随书剑此徘徊,投老双旌重把杯[1]。绿鬓风前无几在[2],黄花雨后不多开[3]。丰年江陇青黄遍,落日淮山紫翠来。饮罢此身犹是客[4],乡心却附晚潮回[5]。

〔1〕书剑:士子书生的行装。双旌:唐节度使赐双旌双节,宋之镇帅,相比于唐节度,故用此事。重:读如"轻重"的"重",但意义则仍为"重复"的"重",诗中每多此例。按:石湖绍兴中赴金陵漕试时,曾有《重九独登赏心亭》七律,见诗集卷二。今为淳熙九年,重游旧地,相隔已几

乎三十年了。

〔2〕绿鬓:黑发,已见。

〔3〕黄花:指菊。古人重九日采菊花泛酒,故九日诗多涉及菊花。但此处黄花云云,可能仅系即景,亦可能兼有所指。

〔4〕"饮罢"句:杜甫《乐游园歌》诗:"此身饮罢无归处,独立苍茫自咏诗",备极一身流落、苍凉悲壮之致。本句即用此意。

〔5〕"乡心"句:潮回向东,石湖此时身在建康,家在吴郡,吴郡在建康之东,所以说乡心附潮东归。

中秋清晖阁静坐,因思前二年石湖、四明赏月

前年银界接天迷[1],去岁金盘涌海低[2]。漂泊相逢重一笑,秦淮东畔女墙西[3]!

〔1〕"前年"句:此句指家居石湖赏月时水天一色的奇景。接,入声。

〔2〕"去岁"句:此句指在四明(即明州)时海滨赏月的景色。

〔3〕女墙:城墙上面另有一层带有垛口或射孔的蔽身小墙,较薄于基墙,称为女墙。刘禹锡《石头城》诗:"淮水东边旧时月,夜深还过女墙来。"石湖此时在建康初次度中秋,正用此;石头城即指建康城。

按:《吴船录》云:"向在桂林时,默数九年之间,九处见中秋,其间相去或万里,不胜漂泊之叹,尝作一赋以自广(此赋今存)……今年忽又至此(武昌),通计十三年间,十一处见中秋,亦可以谓之游子!……所谓十一处见中秋,今略识于此:始自酉年计之,是年直东观;戌年舟权江垂

虹亭下;亥年泛阳羡罨画溪;子年守括苍;丑年内宿玉堂;寅年使金次睢阳;卯年自西掖出泊吴兴城外;辰年归石湖;巳、午年帅桂林;未、申年帅成都;而今酉年客武昌也。"至是则又复有石湖、四明、秦淮之流转,成为"十四处见中秋",必明此意,方见原诗之语味,亦风趣,亦叹慨。其"漂泊相逢重一笑"之句,盖已以月拟人,如故友重见于异乡,相视一笑,而月亦笑人飘泊,意在笔中。

玉麟堂会诸司观牡丹酴醾三绝(选一)[1]

东风微峭护馀春[2],红紫香中酒自温[3]。不用忙催银烛上,酴醾如雪照黄昏[4]。

〔1〕玉麟堂:在建康府治,绍兴十五年晁谦之建,为地方大吏行宫留守(官名)之堂屋。诸司:指诸属官。酴醾:本酒名,花色似之,故借为名,亦作"荼蘼",春晚开花,色白。

〔2〕峭:料峭、春寒。馀春:春尾。苏轼诗:"殷勤木芍药(牡丹),独自殿馀春。"(《雨晴后,步至四望亭下鱼池上,遂自乾明寺前东冈上归,二首》)用柳宗元《芍药》诗:"欹红醉浓露,窈窕留馀春。"

〔3〕"红紫"句:花香中酒,不用热而自有温意。

〔4〕"不用"二句:苏轼《海棠》诗:"只恐夜深花睡去,故烧高烛照红妆",酴醾花光如雪,照着牡丹,更不劳银烛高烧了。烛,入声。

以上为石湖帅建康、兼行宫留守时作。

甲辰人日病中吟六言六首以自嘲(选一)[1]

有日犹嫌开牖[2],无风不敢上帘[3]。报国丹心何似:梦中抵掌掀髯[4]。

〔1〕甲辰:淳熙十一年(1184),石湖是年五十九。人日:正月初七日。

〔2〕牖(yǒu):窗。此句说老病之怕寒。

〔3〕上帘:卷帘。此句说老病之畏风。上,《宋诗钞》作"下",误。

〔4〕抵掌:当作抵(zhǐ)掌,击掌、鼓掌;掀髯:大笑的样子:四字写纵谈豪迈之气度。

晓枕三首

煮汤听成万籁[1],添被知是五更[2]。陆续满城钟动,须臾后巷鸡鸣[3]。

〔1〕汤:热水;有时亦指汤饮(药),屡见。万籁:指各种各样音响。东坡有《瓶笙》诗,亦谓煮水作响,听为笙箫妙音。

〔2〕"添被"句:比较南唐后主李煜《浪淘沙》词:"罗衾不暖五更寒"(暖,动词。一作"耐"。从明万历写刻本作"暖"为胜)。

〔3〕钟动:指佛院晨起撞钟的古代风俗。须臾(yú):不久,少刻(佛

家以二十"须臾"为一日)。

卧闻赤脚鼾息[1],乐哉栩栩蘧蘧[2]。病夫心口相语:何日佳眠似渠[3]?

〔1〕赤脚:通指做粗活的年老婢女。在此也许是指侍病的姬妾,不必拘看。鼾(hān)息:睡中鼻息声,睡得熟、睡得甜的时候才显著。

〔2〕栩(xù)栩蘧(qú)蘧:《庄子》:"昔者庄周梦为胡蝶,栩栩然胡蝶也;自喻适志与,不知周也。俄然觉(醒),则蘧蘧然周也。"栩栩,形容蝶的翩然自得。蘧蘧,旧注或云"惊动之貌",或云"有形貌",在此则皆不合,而普通用时亦未尝拘定旧注,仍多有舒徐自得、无忧无虑的意味。此处栩栩蘧蘧合用,也正是总写梦乡之美,不必分疏。

〔3〕"何日"句:上句心口相语,即自问之意。此句"渠",即她,指首句的"赤脚"。

舒惨常随天气[1],关心窗暗窗明。日晏扶头未起[2],唤人先问阴晴。

〔1〕舒:快适;惨:忧郁。张衡《西京赋》:"在阳时舒,在阴时惨。"

〔2〕日晏:此指早晨太阳已高,天色不早了。扶头:指卧床而言。(扶头多指醉酒困卧,如杜牧《次韵闻善》诗:"醉头扶不起",石湖此处字面相同,只写病中,与酒无涉)按:写阴阳舒惨,关心晴雨,是表面意思,实则双关国家"气数"也。

喜晴二首(选一)

窗间梅熟落蒂[1],墙下笋成出林。连雨不知春去,一晴方觉夏深。

〔1〕蒂(dì):果实与枝相连处为蒂。江南四、五月间梅子快要黄落时,多雨,名梅雨天;又三月则谓之迎梅雨。本篇所指,则三、四月间之雨也。

藻侄比课五言诗,已有意趣,老怀甚喜,因吟病中十二首示之,可率昆季赓和;胜终日饱闲也(选一)[1]

目眚浮珠珮[2],声尘籁玉箫[3]。秋怀潘鬓秃[4],午梦楚魂销[5]。注水瓶花醒,吹薪药鼎潮。南柯何处是,斜日上廊腰[6]。

〔1〕比:去声如"壁",近来。昆季:兄弟。赓和:酬和。
〔2〕眚(shěng):目病而生蒙翳。珠珮:细珠所穿缀之装饰物,指老人病目所见之晕影。
〔3〕声尘:佛家以声、色等为"尘",故曰声尘,详见后《读白傅洛中老病后诗戏书》诗注。籁:箫;又凡天地间孔窍因风发声皆曰籁,如言

"万籁"。作动词,犹言发声。玉箫:比喻风声吹过,老人病耳听作箫竽之音。杜甫《玉华宫》诗:"万籁真笙竽。"

〔4〕秋怀:古人于此常寓多思而易兴伤感之意。潘鬓:晋潘岳作《秋兴赋》,序中谓年三十二即见白发,故悲秋发白者每曰潘鬓,已见前注。秃:言年老发稀,比发白更进一层写。秃,入声。

〔5〕"午梦"句:此句暗用宋玉《神女赋》寓言楚襄王梦遇神女之事。惟此处但言午梦睡美,无他含意。

〔6〕南柯:梦境;广陵淳于棼,宅南有古槐;棼每醉卧,一日梦至"大槐安国",为南柯太守二十年,备极荣显;及醒,见斜日未隐,馀樽犹在,起寻槐下,见蚁穴,即槐安国;南柯,即穴在南枝之下也。见唐人李公佐《南柯记》。参考苏轼《拂日山荣长老方丈五绝》:"日射西廊午枕明",杜甫《绝句六首》之四:"斜晖转树腰"。

按:范藻,石湖从兄成象之子,乾道八年(1172)进士。此诗作于淳熙十一年(1184),其时范藻未服官,而始学作诗,其故未详。

雪中苦寒戏嘲二绝(选一)

茸毡帐下玉杯宽,香里吹笙醉里看〔1〕。风雪过门无入处,却投穷巷觅袁安〔2〕!

〔1〕"茸毡"二句:写富贵人家冬日生活。看,平声。
〔2〕穷巷:僻巷;贫贱者所居。觅:入声。袁安:后汉时汝阳人,字邵公,客居洛阳时,一日天大雪,深一丈,洛阳令巡行至其门,见门紧闭,了无人迹,以为已死;命人除雪破户而入,才见袁安僵卧于内,问何以自苦

如此,答言大雪天人皆苦饿,不欲干扰于人。成为忍耐饥寒、高卧自洁的故典。

按:此种小诗,感慨而出以风趣之笔,为石湖所擅场。

元夕四首(选三)

不夜城中陆地莲[1],小梅初破月初圆。新年第一佳时节,谁肯如翁闭户眠?

[1]不夜城:元夕万家灯火,弛宵禁,歌舞游观到明,所以为"不夜"。苏颋《广达楼下夜侍酺宴应制》诗:"灯火还同不夜城。"陆地莲:指莲灯;石湖另有《上元纪吴中节物俳谐体三十二韵》诗,有原注云:"莲花灯最多。"可见当时吴门风物一斑,故举莲灯为代表。同时词人姜白石写元夕亦每用"红莲""芙蓉"字,皆指莲灯也。

药炉汤鼎煮孤灯[1],禅版蒲团老病僧[2]。儿女强修元夕供,玉蛾先避雪髯鬖[3]。

[1]煮孤灯:说夜里孤灯下煮汤煎药,不是把灯放在锅里煮了。举此一例,以见诗句句法与普通文句句法之不尽同处。孤灯,相对元宵佳节之灯火繁华而言。

[2]禅版、蒲团:都是坐禅(相当于道家的静坐)之物:禅版即禅床,硬木板坐具;蒲团以蒲编为圆垫,较柔软。黄庭坚《戏答王子予送凌风菊

二首》诗:"禅板蒲团入眼中。"此以病僧自比。

〔3〕"儿女"句:说儿女强给老人作节,是儿童撺掇没兴致的老人,不是说儿女自身"勉强"。供:去声,指点缀节序的东西,例如,立春戴金幡彩胜,端午贴符系丝缕等等,都是。强,上声。供,去声。玉蛾:即白色闹蛾儿,是南宋元夕的风俗,亦名夜蛾。剪纸为蝉蝶形,以细铜丝缠为软弓子,插于头鬓,行走则颤动,无贫富男女老少,都戴了过元宵节。髼鬙(péng sēng):头发散乱的样子。结句说,闹蛾儿也嫌老人雪白的乱发,不愿上鬓,故意叫人插戴不安,即苏轼《吉祥寺赏牡丹》诗"人老簪花不自羞,花应羞上老人头"之意,写来总是风趣为表,感叹为里。

落梅秾李趁时新[1],枯木崖边一任春[2]。尚爱乡音醒病耳[3],隔墙时有卖饧人[4]。谓唱卖"乌腻糖"者。

〔1〕落梅秾李:出于唐苏味道《正月十五夜》诗:"游妓皆秾李("妓"一作"骑"),行歌尽落梅。"落梅,已见前。秾李,指游女。
〔2〕枯木崖:诗人自喻;春:以喻他人之繁华热闹。刘禹锡《酬乐天扬州初逢席上见赠》诗:"病树前头万木春",黄庭坚《次韵奉答文少激纪赠二首》诗:"无心枯木岂能春。"
〔3〕醒:平声如"星"。
〔4〕饧(xíng):麦芽糖。石湖另诗自注云:"乌腻糖,即白饧,俗言能去乌腻。"知"乌"不关糖之颜色。苏州"胶牙饧",早见咏于白乐天。后世有"葱管糖",出常熟,有"麻粽糖",出昆山。皆此种。

石湖芍药盛开,向北使归,过维扬时,买根栽此,因记旧事(选一)

竹西歌吹荻花秋[1],遗老垂涎送远游[2]。羌笛夜阑吹出塞[3],当年如此梦扬州[4]!

[1] 竹西歌吹(chuī):名词,指维扬(扬州)旧日繁华,杜牧《题扬州禅智寺》诗:"谁知(一作斜阳)竹西路,歌吹是扬州。"荻花秋:指扬州遭金人破坏后一片荒凉的景象。黄庭坚《清江引》:"江鸥摇荡荻花秋。"可参姜白石《扬州慢》词所写:"过春风十里,尽荠麦青青","渐黄昏,清角吹寒,都在空城。"

[2] 洟(tì):鼻涕;垂洟,犹如说垂泪。

[3] 羌笛:一种笛子,传说本出于羌中。此处用以烘托使金情事。笛,入声。夜阑:夜色将晓。出塞:汉乐府曲名,屡见。凡此自然是双关语意,寓北国之行。

[4] 梦扬州:本于杜牧《遣怀》诗:"十年一觉扬州梦,赢得青楼薄幸名。"石湖是暗与杜牧相"较量",说,我梦扬州却是这般"梦"法!

枕上有感

窗明似月晓光新,被暖如熏睡息匀。冲雨贩夫墙外过,故应嗤我是何人[1]!

[1] 嗤(chī):哂笑(看不起,看不上)。

按:石湖能互易地位,站在贩夫的立足点而评议自身,最为难得。其前后写及劳动人民时,亦多能如此。

夜坐有感

静夜家家闭户眠,满城风雨骤寒天。号呼卖卜谁家子[1]?想欠明朝籴米钱[2]。

[1] 号:平声如"豪",叫。谁家子:即不知何人的意思,不作"谁家的儿子"解。(如"农家子",即农人的意思)

[2] 籴(dí 入声):买米。

雪中闻墙外鬻鱼菜者求售之声甚苦,有感三绝[1]

饭箩驱出敢偷闲?雪胫冰须惯忍寒[2]。岂是不能扃户坐[3]?忍寒犹可忍饥难!

[1] 鬻(yù):售卖,已见。鱼菜:指做饭菜的副食,《焦韵》:"鲑,吴人谓鱼菜总称。"《宾退录》谓《靖州图经》载其俗以鱼为蔬。湖北多谓之鱼菜。

[2] 雪胫:腿没于雪中;冰须:天极寒时人呼气须湿,上皆结冰粒。此用李华《吊古战场文》:"积雪没胫,坚冰在须。"

[3] 扃(jiōng):关锁。扃户坐,即谓闭门家中休息避寒。

忧渴焦山业海深[1]，贪渠刀蜜坐成禽[2]。一身冒雪浑家暖[3]，汝不能诗替汝吟[4]！

〔1〕焦山：《庄子》："大旱金石流、土山焦"，杜甫《雷》诗："大旱山岳焦。"当是借用此语，以大旱喻饥渴之甚。业海：佛家语；业，众生所作之事，不拘善恶，皆名为业。业海，比喻人之作业无边无量，如海愈积愈深。佛家以为，人既有生，即具各种欲望，饥渴饮食，亦其一端，谋食求利，不免作业。语意曲折。

〔2〕渠：他。刀蜜：《佛说四十二章经》："财色之于人，譬如小儿贪刀刃之蜜，甜不足一食之美，且有截舌之患也。"坐：犹言毫不挣脱地，自愿地。禽：同"擒"。这句意思说，人为贪图享生之乐，则必先承受求生之苦，莫能解脱，遂为擒缚。此为佛家出世思想。

〔3〕冒雪：犹言挨冻忍寒。浑家：全家。

〔4〕汝：你。这句说小贩穷苦人，你不会作诗抒感鸣愤，我替你作吧。

啼号升斗抵千金[1]，冻雀饥鸦共一音。劳汝以生令至此[2]，悠悠大块亦何心[3]？

〔1〕啼号（平声）：此指叫卖，叫卖声实即饥音，故亦与"啼饥号寒"双关。升斗：指升斗之米，仅能糊口之量。

〔2〕令：平声如"零"，"使"的意思，馀见下条。

〔3〕"悠悠"句：《庄子·大宗师》："夫大块载我以形，劳我以生，佚我以老，息我以死。"大块，即大地，但意实统指"造物""自然"而言；生，即求生谋生之道。穷人为了活着，必须不停地劳苦，所以说劳汝以生。

207

悠悠,凡在"悠悠苍天兮""念天地之悠悠""悠悠大块"这类"问天"的句子里,旧说以为是"忧貌",但也有解为"茫茫"的,即不可知解、表示疑愤的意思,在此觉转切。按:此等自是古人认识所及,不能尽脱唯心宿命论之范围;然同情疾苦,提出疑问,千载以前之诗人,岂不可贵。

咏河市歌者[1]

岂是从容唱渭城[2]?个中当有不平鸣。可怜日晏忍饥面,强作春深求友声[3]!

〔1〕河市:北宋时相沿而来的俗语,谓优伶等歌唱者为河市乐人。河市,本为地名,去汴河五里,商贾舟车之孔道,繁盛异常,凡郡中有宴会,必召河市乐人,遂相沿为习语。见王巩《闻见近录》。

〔2〕渭城:指唐王维《送元二使安西》诗:"渭城朝雨浥轻尘,客舍青青柳色新。劝君更尽一杯酒,西出阳关无故人!"由此,渭城、阳关,就变成送别的典故或歌曲名。"唱渭城",则又用刘禹锡《与歌者何戡》一诗:"二十馀年别帝京,重闻天乐不胜(平声)情。旧人唯有何戡在,更与殷勤唱渭城!"(说旧歌人只剩下何戡一个了,那更堪连何戡也又要离别呢!)唯石湖此处用"唱渭城"三字,只为切合"歌者"而言,与离别并无关系,实为借词而已。

〔3〕日晏:天色已晚。忍饥面:饿着肚子的脸色。黄庭坚《次韵晁元忠西归十首》诗:"日晏抱长饥。"求友声:用《诗经·小雅·鹿鸣》:"嘤其鸣矣,求其友声。"诗家相承以为指"莺",说歌者肚内饥鸣,却还要强作黄莺般的声音引人来听,可谓苦甚。"个中当有不平鸣",持与前诗"悠悠大块亦何心"句合看,更可较得其全。按:同时吴梦窗写歌女,有

"倦态强随闲鼓笛"句,不逮此深刻,然亦透露词人诗心矣。

元夕后连阴

问讯东风几日来?冷烟寒雾锁池台。扫空积雪翻成雨,收尽残灯未见梅[1]。夜饮厌厌非老伴[2],春阴漠漠是愁媒[3]。谁能腰鼓催花信,快打凉州百面雷[4]!

〔1〕收尽残灯:古俗,元宵节张灯为乐,初为三日、宋时东京曾延长至五日,正月十六或十八日最后一天,叫作"收灯日",此因俗语而运用之。

〔2〕"夜饮"句:厌厌夜饮,出自《诗经·小雅·湛露》,厌,平声如"淹",安然、持续的形容。此句说以酒消夜,不是老人所能消受。

〔3〕漠漠:寂寞无声的形容。阴天影响人的心情,引起各种愁绪,所以是引愁之媒。李白《上崔相百忧章》诗:"金瑟玉壶,尽为愁媒。"

〔4〕"谁能"二句:相传唐明皇在柳杏将吐未吐的时节,自击羯鼓一通,击完,回顾柳杏,皆已发芽坼叶了,事见《羯鼓录》,后人谓之"催花鼓"。凉州百面雷,指以百面鼓击"凉州"乐曲。苏轼《惜花》诗:"腰鼓百面如春雷,打彻凉州花自开。"千载下读之犹令人振耸神魂,吾国音乐史佳话,想见其民族气派之阔大。

春来风雨无一日好晴,因赋瓶花二绝

满插瓶花罢出游[1],莫将攀折为花愁[2]。不知烛照香熏看,何似风吹雨打休[3]?

〔1〕插:入声属仄。
〔2〕"莫将"句:说不要以折枝插瓶为摧残佳花、替花忧伤。折,入声。为,去声。
〔3〕何似:说甲何似乙,即二者相比看如何的意思,不作"哪里像"解。

　　酒冷花寒无好怀,柴荆终日为谁开!三分春色三分雨,匹似东风本不来[1]!

〔1〕"三分"二句:叶清臣《贺圣朝·留别》词曾云:"三分春色二分愁,更一分风雨!"本篇却竟是三分春色,三分风雨。匹似,即"比如"的意思。

　　按:石湖生于靖康,身历南宋三朝,宜有此慨。

春晚即事留游子明、王仲显

绣地红千点,平桥绿一篙[1]。楝花来石首,谷雨熟樱桃[2]。笑我生尘甑,惭君有意袍[3]。故人能少驻?门径久蓬蒿[4]。!

〔1〕"绣地"二句:上句写落花铺地,下句写春水漫塘。

〔2〕楝:木名,结实如小铃,名金铃子,春晚开淡紫花。谚云:"楝子花开石首来。"石首:鱼名,即黄花鱼。苏诗施注引《苏州图经》云:"养鱼城下水中有石首鱼。"此皆写本地风光,非泛设。谷雨:清明节之次一节为谷雨。按:谷雨节之花信有三候:一候牡丹,二候荼蘼,三候楝花。楝花开后即立夏矣。熟:入声。两句总写春杪夏初风物。

〔3〕尘甑:范丹故事,已见前。有意袍:用范雎事:春秋时,范雎初事魏国须贾,贾逐之。雎变姓名入秦,仕为相。后须贾使秦,雎微服见贾,贾怜其寒,曰:"范叔一寒至此!"赠以绨袍(粗缯所制)。雎以贾为有故人之情,遂不报复。此处但言游、王等见石湖贫困而有所馈赠,故用此二事,而皆切合"范"姓。

〔4〕蓬蒿:已见前。

四时田园杂兴六十首并引(选四十八)

淳熙丙午,沉疴少纾〔1〕,复至石湖旧隐;野外即事,辄书一绝;终岁得六十篇,号《四时田园杂兴》。

土膏欲动雨频催,万草千花一饷开〔2〕。舍后荒畦犹绿秀,邻家鞭笋过墙来〔3〕。

〔1〕丙午:淳熙十三年(1186)。沉疴(kē)少纾:重病稍减。
〔2〕土膏:已见前,《国语》:"土膏其动",谓春来解冻,地脉已滋。一饷:片时之间,一顿饭的时间,言其很快。
〔3〕鞭笋:竹根叫鞭,横行伸展;笋自鞭生,所以邻竹过墙而生笋于

我家。《笋谱》:"谚云:'东家种竹,西家理地。'谓其滋蔓而来生也。"

高田二麦接山青,傍水低田绿未耕。桃杏满村春似锦,踏歌椎鼓过清明[1]。

〔1〕椎鼓:击鼓。按:古时清明为重要节日,家家歌舞为欢,或出郊游赏。

老盆初熟杜茅柴[1],携向田头祭社来。巫媪莫嫌滋味薄,旗亭官酒更多灰[2]。

〔1〕老盆:所以盛酒,《礼记·礼器》:"盛于盆,尊于瓶。"杜甫《少年行二首》:"莫笑田家老瓦盆,自从盛酒长儿孙。"熟:入声。杜茅柴:自酿薄酒为杜酒。所以别于市卖者。《野客丛书》云:"杜之云者,犹言假耳,如言自酿薄酒,则曰杜酒。"《不下带编》云:"今俗以物非市买,而家自法制者概曰'杜造',曰'杜作'。如园蔬称'杜园菜',丸剂称'杜煎胶',家酿称'杜槽酿'之类,不可枚举。"茅柴,村酿恶酒,其味苦硬,《观林诗话》:"周美成诗云:'冬曦如村酿,奇温止须臾。行行正须此,恋恋忽已无。'非惯饮茅柴,不能为此语也。"谓如茅柴,点火即着,一燃即过,酒力极薄。然此处所说的杜茅柴,却非劣酒,《清嘉录》引诸书略云:乡田人家,以草药酿酒,置壁间月馀,色清香冽,谓之"靠壁清",亦名"竹叶清",又名"秋露白",乡人谓之"杜茅柴",以十月酿成者尤佳,谓之"十月白"。可见此杜茅柴乃佳酒。吴人之白酒,即指粘稻甜酒,古之稻醴,非今北地之白酒。

〔2〕旗亭:已见前。多灰:吴越重黄酒,封坛时每炒石灰入之,取其

可以久贮，然灰性有害，故医必用"无灰酒"。宋时城内皆设酒库酿造专卖，为官酒。民间自酿则课税。上句"薄"：入声。

　　按：宋时社祭尚为农民生活中一重大事件，须稍花费。又巫媪为农村有力人物之一，社祭中重要角色；亦向农民索取财帛。

社下烧钱鼓似雷，日斜扶得醉翁回[1]。青枝满地花狼藉[2]，知是儿孙斗草来[3]。

　　[1]"社下"二句：参考唐人王驾《社日》诗："桑柘影斜春社散，家家扶得醉人归。"
　　[2] 狼藉：散乱错杂的样子。
　　[3] 斗草：以草相赛为戏，以品样多者为胜，亦曰斗百草。

骑吹东来里巷喧[1]，行春车马闹如烟[2]。系牛莫碍门前路，移系门西碌碡边[3]。

　　[1] 骑吹(chuì)：马上所奏鼓吹，此指地方长官出行时之仪仗。来：《宋诗钞》作"西"，疑非是。
　　[2] 行春：地方守官春日巡游视察、劝耕"赈救"，名为行春。
　　[3] 碌碡(liù zhóu 入声)：农具，或石或木为之，有棱（间有浑圆者），大略作巨轴形，用以碾轧。

寒食花枝插满头[1]，茜裙青袂几扁舟[2]。一年一度游山寺，不到灵岩即虎丘[3]。

213

〔1〕"寒食"句:此句写妇女春日簪花。食、插,皆入声。头,即发。

〔2〕茜(qiàn):绛红色。此写农村妇女装束。扁(piān)舟:小舟。

〔3〕灵岩:山名,在苏州西二十餘里,下瞰太湖洞庭,有灵岩寺。虎丘:山名,在苏州西北九里,古迹甚多,有云岩寺。二山皆东南胜境。吴人寒食游山最盛。

郭里人家拜扫回[1],新开醪酒荐青梅[2]。日长路好城门近,借我茅亭暖一杯[3]。

〔1〕郭里:即城里。郭,本义是外城,泛言无别。拜扫:已见前。

〔2〕醪(láo):浊酒,汁滓并存的米酒。蜀人称醪糟者是。荐:献食品、进食品(此指祭物,献祭亡者而后自进,故兼二义)。

〔3〕"日长"二句:写上坟人之从容与排场,路中尚借茅亭一席之地饮酒憩足。

步屧寻春有好怀[1],雨餘蹄道水如杯[2]。随人黄犬攛前去[3],走到溪边忽自回。

〔1〕屧(xiè 入声):一种木屐。步屧,在此犹言徒步。杜甫《遭田父泥饮严中丞》诗:"步屧随春风,村村自花柳。"

〔2〕"雨餘"句:马蹄所踏处,积有餘雨,如杯水。

〔3〕攛前:原来随人之后,今忽越次而先行。

种园得果廑偿劳,不奈儿童鸟雀搔。已插棘针樊笋径[1],更铺渔网盖樱桃。

〔1〕樊:用为动词,插棘为篱以隔护笋径。参考鲍照《秋夜》诗:"折柳樊场圃。"

按:以上所选系"春日杂兴"。

湖莲旧荡藕新翻[1],小小荷钱没涨痕。斟酌梅天风浪紧[2],更从外水种芦根。

〔1〕荡:凡水泽种菱荷、养鱼等处叫作荡。有"家荡""野荡"之分。苏州如葑门外有荷花荡。此所写盖农家自有之家荡。
〔2〕梅天:即江南黄梅天气,已见前注。

胡蝶双双入菜花,日长无客到田家。鸡飞过篱犬吠窦[1],知有行商来买茶[2]。

〔1〕犬吠窦:狗在洞边叫。窦,可通出入的孔穴,即指狗洞。
〔2〕买:《宋诗钞》作"卖"。疑非是。宋茶法有"禁榷",有"通商",行商请得官方所给"长引""短引",始许自买于种茶园户。所咏指此。

按:此诗首句已写出夏日农家清静之境,无人打搅。次句点明。第三句大类俗语"鸡飞狗跳墙"之意味,乃写官商买茶,亦成一种骚扰也。

三旬蚕忌闭门中,邻曲都无步往踪[1]。犹是晓晴风露下,采桑时节暂相逢。

〔1〕三旬:三十日。蚕忌:吴地以四月为蚕月,家家闭户,红纸贴门,多禁忌,妇女独宿,邻里吊庆往来亦罢而不行,也叫作"蚕禁",已见。邻曲:犹如说邻里、街坊。

污莱一棱水周围〔1〕,岁岁蜗庐没半扉〔2〕。不着茭青难护岸,小舟撑取葑田归〔3〕。

〔1〕污莱:一块地因高洼不齐,低处潴浅水,叫污,高处生荒草,为莱:合言洼下荒芜之地。棱(lèng):旧说:"京师农人指田远近多云几棱。"唯言而不详,仍不易确解;《柳亭诗话》:"俗呼一条曰一棱。"殆是此义。

〔2〕蜗庐:言其陋隘(本义谓圆庐形如蜗牛壳)。

〔3〕茭:江南呼菰为茭,其新芽如笋,名"茭白",故相对称已长成者为"茭青"。此词王安石诗中已见。菰生根最繁,纠结力甚大,名为葑,淤积渐多成田,名葑田;若浚治沼泽,则须捞除葑田,可用于筑堤护岸。着,原作"看",从黄刻本。按:有一种葑田,一名架田,用葑泥架于木上为田,漂流水面。但本篇所指非此种。此处是说,不捞取葑泥来筑岸保护,则草房就要被水漂坏。和可种的架田无涉。

海雨江风浪作堆,时新鱼菜逐春回〔1〕。荻芽抽笋河鲀上,楝子开花石首来〔2〕。

〔1〕时新:指应时节新上市的货品。《清嘉录》:"蔬果鲜鱼诸品,应

候迭出,市人担卖,四时不绝于市,而夏初尤盛,是为'卖时新'。"正指此。逐春回:随着季节而"回"来,季节周而复始,所以有去了又回来的意味。

〔2〕河鲀(tún):即河豚鱼,大腹无鳞,味美。北宋梅圣俞《河豚》诗:"春洲生荻芽,春岸飞杨花。河豚于此时,贵不数鱼虾。"又苏轼《惠崇春江晚景二首》:"蒌蒿满地芦芽短,正是河豚欲上时。"上:指应时而至。楝子、石首:已见前。

乌鸟投林过客稀,前山烟暝到柴扉[1]。小童一棹舟如叶,独自编阑鸭阵归[2]。

〔1〕"前山"句:写晚烟自山而起,暮色苍茫由远而近。烟,即暮霭。
〔2〕编阑:沈钦韩云:"编阑犹赶绰。"按:编阑亦作"编拦",亦曰"约拦",宋人语,谓人群中开路、挡拦、维持行列秩序。如皇帝出行则有"驾前编拦"人员。此即赶拦鸭群使就归路的意思。鸭群行如按行列,故曰鸭阵。此实为调侃风趣语。鸭,入声。

按:以上所选系"晚春杂兴"。

梅子金黄杏子肥,麦花雪白菜花稀。日长篱落无人过[1],唯有蜻蜓蛱蝶飞[2]。

〔1〕过:犹言到此。
〔2〕蛱蝶:二字皆入声。

217

五月江吴麦秀寒[1]，移秧披絮尚衣单。稻根科斗行如块[2]，田水今年一尺宽。

〔1〕江吴：指吴地水乡。秀：禾谷吐花结实为秀，如口语说"麦子秀穗"。吴地四月五月间，麦秀时，忽积雨变冷，人复着棉，俗呼为"麦秀寒"。故下句言披絮(穿棉衣)还觉得衣服单薄。可见寒甚。
〔2〕科斗：即蝌蚪，蛙之幼虫。行：将要、眼看就要。

二麦俱秋斗百钱[1]，田家唤作小丰年。饼炉饭甑无饥色，接到西风熟稻天。

〔1〕秋：收成；《宋诗钞》径作"收"。不如"秋"字有味。斗百钱：每斗价才百钱。

百沸缫汤雪涌波，缫车嘈嘈雨鸣蓑[1]。桑姑盆手交相贺，绵茧无多丝茧多[2]。

〔1〕缫：同"缲"(sāo)，抽茧出丝，已见。汤：沸水，用以煮茧。嘈嘈：多声的形容。雪涌波：比喻茧在汤中沸滚；雨鸣蓑，比喻缫车声繁。
〔2〕盆手：指缫丝者(借用《礼记》语)。绵茧：沈钦韩云："按：士农必用粗丝，即是绵茧，谓之'囊头'。"按：绵茧指劣茧，蚕嘴破吐丝迟缓，茧松软不复坚实，缫出之丝粗缓，不堪作丝帛，只能作绵絮之用。丝：《宋诗钞》作"线"，误。

小妇连宵上绢机，大耆催税急于飞[1]。今年幸甚蚕桑熟，留得黄丝织夏衣[2]。

〔1〕大耆(qí):指农村中为官府供役催租赋的"户长"。南宋时,户长多由"大保长"(二十五家为一大保)兼充(大保长比之户长,更为上户,即最有"物力"的殷实户),所以称为大耆(耆本年高望重之意,转为"长"义)。又宋时职役中另有"耆长"一名,专司捕逐盗窃,与催租无涉。此或借用泛称。
〔2〕黄丝:次等丝;丝以白为贵,色光亮,染则色泽鲜明,织则花样精美,故价高;黄丝远不能及。本篇急、熟、织等字,皆入声。

下田戽水出江流,高垅翻江逆上沟[1]。地势不齐人力尽,丁男长在踏车头[2]。

〔1〕"下田"二句:两句说低地圩田,水易积,须往外车水,使顺江流走;近山高田水常缺,却须翻江水使逆流沿沟而入田。戽(hù),本谓以戽斗汲水;戽斗形略如笆斗,或以木或以陶,普通两人对立以绳掣之。此指以翻车车水。出,入声。
〔2〕丁男:成年的男子;宋制,二十岁成丁。踏车:水车,即龙骨车,有轮,以二三人或更多人脚踏踏齿使转。

昼出耘田夜绩麻[1],村庄儿女各当家[2]。童孙未解供耕织,也傍桑阴学种瓜。

〔1〕"昼出"句:此言日夜有分工,实则指男女有分工。出、绩,皆入声。

〔2〕当家：犹如说当行、本等，因亦有惯家、内行、顶得起来等意义。此言农村男女少年，分司耕、织二事，各有本等职务，各占一行之意。《通俗编》谓"当家"之"当"读去声，观此处作平声用，可知亦不尽然。如《史记·秦始皇本纪》："百姓当家则力农工，士则学习法令辟禁。"下句"士"下实省"当家"字，亦谓百姓与士人，各有本等，所务不同。可见此语之古。解"当家"为"主家"或"当家作主"者失之。下句"织"：入声。

槐叶初匀日气凉，葱葱鼠耳翠成双〔1〕。三公只得三株看〔2〕，闲客清阴满北窗！

〔1〕葱葱：绿叶茂盛的气象。鼠耳：指初生槐叶的形状，《淮南子》说槐之生"五日而兔目，十日而鼠耳，更旬而始规（圆）"。成双：因槐叶为羽状，叶必对生。首二句写槐阴渐满，有清凉之意。

〔2〕"三公"句：宋时王祐，世称其有"阴德"，曾手种槐树三株于庭中，说："吾之后世必有为三公者，此其所以志也。"后来次子王旦做了宰相；人称"三槐王氏"。三公，周指太师、太傅、太保；汉指大司马、大司徒、大司空（凡此"大"字亦本当读作"太"）；宋以太尉、司徒、司马为三公；后复周制。此但泛言最高的官爵。

按：此以农家"闲人"傲王侯之意，借初夏槐荫表之。

黄尘行客汗如浆，少住侬家漱井香〔1〕。借与门前磐石坐，柳阴亭午正风凉〔2〕。

〔1〕侬家：我们家。漱井香：指饮水解渴。本于黄庭坚诗。

〔2〕亭午:正当午。

千顷芙蕖放棹嬉[1],花深迷路晚忘归[2]。家人暗识船行处,时有惊忙小鸭飞[3]。

〔1〕芙蕖:荷花。放棹:放船。
〔2〕忘:平声如"亡"。
〔3〕鸭:入声。

按:同时女词人李清照有《如梦令》云:"长记溪亭日暮,沉醉不知归路。 误入藕花深处。争渡,争渡:惊起一滩鸥鹭。"神理与此绝相似,盖巧合也。

采菱辛苦废犁锄,血指流丹鬼质枯[1]。无力买田聊种水,近来湖面亦收租!

〔1〕血指流丹:谓采菱手被刺破流血。鬼质:已见前;此谓采菱穷民枯瘦几乎非复人形。按:石湖另有《采菱户》诗,中云:"刺手朱殷鬼质青",意同。

蜩螗千万沸斜阳[1],蛙黾无边聒夜长[2]。不把痴聋相对治,梦魂争得到藜床[3]?

〔1〕蜩螗(tiáo táng):蝉。沸斜阳:斜阳中无数蝉蜩鸣声如沸。
〔2〕黾(miǎn):亦即蛙。聒:入声。

〔3〕争得:怎得。按:谚云:"不痴不聋,不为姑公(一作"家翁")。"此为双关戏语。

按:以上所选系"夏日杂兴"。

杞菊垂珠滴露红[1],**两蛩相应语莎丛**[2]。**虫丝罥尽黄葵叶,寂历高花侧晚风**[3]。

〔1〕杞(qǐ)菊:指枸杞和菊花二者,贫者用以充饥。唐陆龟蒙《笠泽丛书》有《杞菊赋》,序中备写其忍饥读书之贫况。苏轼有《后杞菊赋》,亦衍其意。枸杞,小灌木,结小椭圆实,略如小葡萄形而稍长,熟时色红,可食,入药。垂珠:即指滴露。菊、滴,皆入声。

〔2〕两:《宋诗钞》作"雨",疑误。蛩:已见前。应:去声。莎(suō):草名;诗词中以其平声多径代"草"义,非必拘定特指莎草。

〔3〕罥(juàn):已见前。寂历:寂寞。侧晚风:因晚风而偏侧。柳宗元《秋晓行南谷经荒村》诗:"寒花疏寂历。"

朱门巧夕沸欢声[1],**田舍黄昏静掩扃**[2]。**男解牵牛女能织,不须徼福渡河星**[3]。

〔1〕朱门:指富贵之家。古代此等人家以朱饰门户。巧夕:七月七日乞巧节之夕,二字《宋诗钞》作"乞巧"。夕,入声。

〔2〕扃(jiōng):作名词,"门"的同义语。

〔3〕徼(yāo)福:求福。按:三四句词意双关处易知,不烦更注。解,懂得、能、会之义。

橘蠹如蚕入化机[1]，枝间垂茧似蓑衣。忽然蜕作多花蝶，翅粉才干便学飞[2]。

〔1〕蠹(dù)：虫名，这指果木上的蛀虫。入化机：指蠹虫作茧变蛹，又将由蛹化蛾，日日暗化不已，所以是入于化机；机，指不可见的微妙的道理、力量、运动。
〔2〕学：入声。按：此二句可见诗人察物之精。

静看檐蛛结网低，无端妨碍小虫飞[1]。蜻蜓倒挂蜂儿窘，催唤山童为解围[2]。

〔1〕无端：没来由，平白无故地。乃斥责语气。
〔2〕为：去声。解围：救其困厄。

垂成穑事苦艰难[1]，忌雨嫌风更怯寒。笺诉天公休掠剩，半偿私债半输官[2]。

〔1〕垂成：即将收成。穑(sè入声)：收获禾谷。此句运用《尚书·无逸》"先知稼穑之艰难"语句。
〔2〕掠剩、私债：俱已见前。按：掠剩为诗人戏用俗语，宋时神道有"掠剩大夫"，本谓敛富有之剩馀多占者，必明此，方得诗人幽默语意。黄庭坚《次韵石七三六言七首》之四："此事可笺天公。"谓以章奏向天帝陈请。

按：《南宋群贤小集》叶因《顺适堂吟稿》："老天应是念农夫，万顷黄云着地铺。有谷未为儿女计，半偿私债半官租。"与石湖全同，不言无馀，

223

而无馀之意尽于此矣。

秋来只怕雨垂垂,甲子无云万事宜[1]。获稻毕工随晒谷,直须晴到入仓时!

〔1〕"甲子"句:农家以甲子日晴为佳兆,谚云:"春雨甲子,赤地千里。"又"秋雨甲子,禾头生耳。"

中秋全景属潜夫[1],棹入空明看太湖[2]。身外水天银一色,城中有此月明无[3]?

〔1〕全:《宋诗钞》作"晴"。潜夫:犹如说"隐者"。
〔2〕空明:水为月色照映,明彻如空,故曰空明,韩愈《祭郴州李使君文》:"航北湖之空明";苏轼《赤壁赋》:"击空明兮溯流光。"
〔3〕城中:尘嚣、利名之地。无:问词,略如"乎""耶",不一定与"有"为对语。

新筑场泥镜面平,家家打稻趁霜晴。笑歌声里轻雷动,一夜连枷响到明[1]。

〔1〕连枷:亦作"连耞",打稻的农具,有长柄,以轴联耞,举而转落击稻,使粒脱穗。

租船满载候开仓[1],粒粒如珠白似霜。不惜两钟输一斛,尚赢糠核饱儿郎[2]。

224

〔1〕租船:民间交纳租米的船。仓:指官仓。

〔2〕输:交纳。惜、斛,皆入声。糠核:糠中所夹杂的(未磨碎的)粗麦屑;此指米糠、碎米屑。

按:以上所选为"秋日杂兴"。

斜日低山片月高,睡馀行药绕江郊[1]。霜风捣尽千林叶[2],闲倚筇枝数鹳巢[3]。

〔1〕行药:服药以后,散步以宣导药力,叫作行药。

〔2〕捣(dǎo):在此是打掉、击落的意思。黄刻本作"扫"。

〔3〕筇枝:指竹杖,已见前注。数:上声。鹳(guàn):鸟名,形如鹭,捕鱼介为食,巢于水边高树上。(按:另有鹳鸹,北人名寒鸦者是)

炙背檐前日似烘,暖醺醺后困蒙蒙[1]。过门走马何官职?侧帽笼鞭战北风[2]!

〔1〕困:谓曝日檐下,暖得令人至有困意。

〔2〕"过门"二句:此写农民嘲笑官者寒风中驱走。职,入声。侧帽,见风劲;笼鞭,手不敢出袖,见天寒。

屋上添高一把茅,密泥房壁似僧寮[1]。从教屋外阴风吼,卧听篱头响玉箫[2]。

225

〔1〕寮(liáo):小屋。

〔2〕从教(平声):任凭。吼(hǒu):号叫。听:去声。玉箫:比喻劲风吹过篱头的吟啸声。

按:此句暗用冬日(九九)吴谚:"三九二十七,墙头吹筚篥。"谓风声尖利。

松节然膏当烛笼〔1〕,凝烟如墨暗房栊。晚来拭净南窗纸,便觉斜阳一倍红〔2〕。

〔1〕然:即"燃"字。膏:油、脂。取老松枝干中有油脂处,燃以取明,以代蜡烛;古时名曰"松明"。节、烛,皆入声。烛笼:即灯笼。

〔2〕"晚来"二句:古代无玻璃,以纸糊窗。觉,入声。

乾高寅缺筑牛宫〔1〕,卮酒豚蹄酹土公〔2〕。牯牸无瘟犊儿长,明年添种越城东〔3〕。

〔1〕乾(qián):"八卦"之一,表西北方。寅:"十二地支"之一,表东北方。牛宫:冬日给牛筑的屋子,吴门风俗称牛宫。唐陆龟蒙《笠泽丛书》有《祝牛宫辞》,序云:"冬十月,耕牛为寒,筑宫纳而皂之。"是吴门古俗。

〔2〕卮(zhī):酒器。酹土公:即以酒食祭社神。

〔3〕牯(gǔ):公牛;牸(zì):母牛。牸,《宋诗钞》作"牸"。种:去声。越城:已见前。末谓牛力更好,明年可以在越城东增加耕种面了。

226

放船开看雪山晴[1],风定奇寒晚更凝[2]。坐听一篙珠玉碎[3],不知湖面已成冰!

〔1〕开:原作"闲",从黄刻本。雪山:指积雪山头。
〔2〕"风定"句:这句说风止以后,酷寒转甚。
〔3〕听:去声。

拨雪挑来踏地菘[1],味如蜜藕更肥酴。朱门肉食无风味[2],只作寻常菜把供[3]。

〔1〕菘:俗称白菜,踏地菘,亦名"塌棵菜",因其茎肥短,贴地而生,故有此名。
〔2〕肉食:指富贵生活。《左传》"肉食者鄙",肉食二字皆入声。
〔3〕菜把:犹言菜蔬。杜甫《园官送菜》诗:"清晨蒙菜把,常荷地主恩。"供:平声。此言贵人不知真正滋味,只以肉食荤腥为上,而贱视佳蔬。

榾柮无烟雪夜长[1],地炉煨酒暖如汤。莫嗔老妇无盘飣[2],笑指灰中芋栗香[3]。

〔1〕榾柮(gǔ duò):截断的木块、劈柴。
〔2〕盘飣(dǐng):将果饵簇累装盘,以为佐酒之物,叫作盘飣。
〔3〕芋栗:如指一物,字当作"芧(xù)栗",用《庄子·徐无鬼》:"先生居山林,食芧栗",指橡子,亦即栎实,形如拇指头,壳内有白肉。然杜诗即已用"芋栗"字样;此诗又言"灰中",似暗用懒残和尚拨火煨芋故

事,如此则当解为芋、栗二物。大抵此等混用已久,诗人原意未易深究。

煮酒春前腊后蒸,一年长飨瓮头清[1]。廛居何似山居乐,秫米新来禁入城[2]。

〔1〕煮酒:亦名事酒,有事而新作、卒造之酒,《周礼》疏:"事酒,冬酿春成。"(另有陈酒,分昔酒、清酒,清酒尤陈于昔酒。宋时官酒库犹分煮酒库、清酒库)。首句句法因格律而然,实即"春前煮酒腊后蒸",此种例诗中亦多。飨:同"享"。瓮头:初熟酒,即煮酒。

〔2〕廛居:住在城市。廛,《宋诗钞》作"尘"。秫米:指粘稻,用以制酒。不指粘稷。

黄纸蠲租白纸催[1],皂衣旁午下乡来[2]。长官头脑冬烘甚,乞汝青钱买酒回[3]。

〔1〕蠲(juān):赦免。黄纸、白纸:已见前。

〔2〕皂衣:黑衣、官服,此指官府隶役人等。旁午:纷纭交错,多而乱的形容。

〔3〕冬烘:拘迂、糊涂。乞:送给别人。"青钱"黄刻本作"青铜"。按:"乞汝"是"给你"而不是"向你乞求",《晋书》中谢安和他外甥羊昙所说的"以墅乞汝",语法最清。此语甚古,用者亦多。这些田园杂兴诗都是以诗中主人公的口吻来写、来作议论发感慨,全无例外;如果把"乞汝"当作"向你乞求",则变成以皂衣隶的话吻为主了,其为不合就更加显然。韩愈《调张籍》诗:"乞君飞霞佩",正同此义。又,"长官"一词,是宋时称呼县官的通用语,也不可解为"上司""上级官长",即亦非皂衣口

吻。

探梅公子款柴门[1],枝北枝南总未春。忽见小桃红似锦,却疑侬是武陵人[2]。

〔1〕公子:犹如后世说"少爷"。款:叩。已见。
〔2〕小桃:一种桃花,上元节前后即开花。依本篇所写,则更早。按:北宋梅圣俞有《和十一月八日圃人献小桃花二绝》诗,可见又有腊前即开者。欧阳修咏小桃诗:"雪里开花人未知。"其花形如垂丝海棠。武陵人:用陶渊明《桃花源记》故事,记避秦人民逃入武陵桃花源山内,与外世隔绝,世代久远,风物人情绝美,为晋人幻想中之理想社会。

村巷冬年见俗情[1],邻翁讲礼拜柴荆[2]。长衫布缕如霜雪,云是家机自织成。

〔1〕俗情:犹言乡里交情。俗,"风俗"义,非"庸俗"义。人声。
〔2〕柴荆:即柴门、荜门,已见前注。拜柴荆,说贺冬节于柴门之间,不是来拜"门"这件东西。吴人最重冬至节,馈赠交贺,有"冬至大如年"之谚语。

按:以上所选系"冬日杂兴"。须看诗人于此着重于贫富生活之殊,乡里人情之厚。

自晨至午，起居饮食，皆以墙外人物之声为节，戏书四绝

巷南敲板报残更，街北弹丝行诵经[1]。已被两人惊梦断，谁家风鸽斗鸣铃[2]？

〔1〕"巷南"二句：宋俗，每交五更时，即有诸寺院行者，敲奏法器，循行各巷，谓之"报晓"。敲板，北人谓之打铁牌子，见《东京梦华录》。
〔2〕"谁家"句：《四朝闻见录》："东南之俗，以养鹁鸽为乐……寓金铃于尾，飞而飓空，风力振铃，铿如云间之珮。"杭州至有专卖鹁鸽铃为业者。鸽，入声。

菜市喧时窗透明，饼师叫后药煎成。闲居日出都无事[1]，惟有开门扫地声。

〔1〕日出都无事：此用古语"日出事生"，谓天一亮人即为生活忙碌，种种事来。出，入声。

北砦教回挝鼓远[1]，东禅饭熟打钟频[2]。小童三唤先生起，日满东窗暖似春。

〔1〕北砦：当即苏州忠顺官寨，俗称北军寨，《吴郡志》营寨门，"忠顺官寨在报恩光孝寺（万寿寺）后（北），淳熙二年建"。在城东北隅。

教:教练士兵。挝(zhuā)鼓:击鼓。按:城内教场,本为唐时西园,在吴郡郡署之西,居城东南隅;北寨兵来教场教练,教毕回北城,所以说"教回""鼓"声渐"远"。砦、寨,音义同,宋人多用砦字。

〔2〕东禅:即苏州明觉禅院,在万寿寺东南。按:石湖当时似居城内偏东一带,故所写如此。佛寺饭熟则敲钟为号,僧众皆来饭堂就食。熟:入声。

起傍东窗手把书,华颠种种不禁梳〔1〕。朝餐欲到须巾裹〔2〕,已有重来晚市鱼。

〔1〕华颠:花白的头发。种种:老人头发短少稀疏的形容。禁:《宋诗钞》作"经"。

〔2〕巾裹:古人长发,裹头戴巾,作为动词,说戴巾作裹巾;作为名词,称巾即为巾裹。《云麓漫钞》:"幞头之制,本曰巾,古亦曰折,以三尺皂绢向后裹发。"后来巾已硬胎定形,只是"戴",而仍沿"裹"之旧语。

重阳后,半月天气温丽,忽变奇寒,晦日大雪,乡人御冬之计多未办〔1〕

狂飙吹小春,刮面剧剑铓〔2〕。云气泼浓墨,午窗变曛黄〔3〕。六花大如掌,浩荡来无乡〔4〕。青女正熟睡,不记行新霜〔5〕。寒暑故密移,滕巽乃尔狂〔6〕。南邻炭未买,北邻绵未装〔7〕。敢论酒价涌?束薪逾桂芳〔8〕。岂不解蚤计,善舞须袖长〔9〕。频年田薄收,十家九空囊。被冻知不免,但恨太匆忙[10]。今朝复何朝,晴色挂屋梁[11]。人物各解严,儿童笑相将[12]。熙如谷黍温,免作沟木僵[13]。两邻报无恙,为汝歌慨慷[14]!

　　[1] 晦日:夏历月尽日;此指九月三十日(或二十九日)。御冬之计:过冬、搪寒之计。
　　[2] 飙(biāo):暴风。小春:夏历十月初旬天气晴暖,名为小春。"刮面"句:谓北风刮面,甚于剑锋之利。
　　[3] 曛黄:暗如黄昏天色。
　　[4] 六花:雪花,雪共六出,即六角形,故云。来无乡:来自无何有之乡,犹言忽然自太空而降。
　　[5] 青女:霜神,已见前。行:犹言施行、造作,如"龙行雨"之行字。这说霜神忘记了行事,而雪已到了。
　　[6] 密移:暗移、不知不觉中逐渐转变,《列子》:"运转亡(无)已,天地密移,畴(谁)觉之哉?"滕:滕六,雪神;巽:巽二,风神。《幽怪录》:"若滕六降雪,巽二起风。"乃尔狂:竟然这样猖狂,谓一下子改变了"密移"的规律。
　　[7] 绵:指丝绵,彼时"棉"尚未普遍。绵未装,未制绵衣。
　　[8] 论:平声如"轮"。涌:(物价)腾贵。天寒则人多饮酒抵寒。黄庭坚《次韵张秘校喜雪三首》:"琼瑶万里酒增价。""束薪"句:言薪柴价高如桂,《战国策》:"楚国之食贵于玉,薪贵于桂,今臣食玉炊桂。"
　　[9] "岂不"二句:《史记》:"韩子称长袖善舞,多钱善贾(音'古')。"意谓要想蚤(早)作御冬之计,必须有钱才行。
　　[10] "但恨"句:言只恨冷得太早、太骤然了。
　　[11] "晴色"句:言晴日照于屋梁,天已转暖。上句参看陈与义"今朝定何朝"句法。

232

〔12〕解严:解于兵威,此处犹言解于寒冻之威。将:平声如"浆",扶持,携手共行。

〔13〕谷黍温:北京密云区西南有黍谷山,亦名寒谷,寒凛不生五谷,邹子居之,吹律(管)而温气生。普通常说"黍谷生春",比喻自厄运中见好转。沟木僵:本于《庄子》"百年之木……其断在沟中",苏轼《徐使君分新火》诗:"沟中枯木应笑人";此借言冻死于沟壑如僵木,已变原义。

〔14〕无恙:犹言平安度过。恙,泛言忧患,病苦。慨慷:同"慷慨",心中激昂愤慨。《史记·项羽本纪》:"项王乃悲歌慷慨。"有谓"慷"作平声为误读,然诗家早已如此,不自明清人为始。

题夫差庙

纵敌稽山祸已胎[1],垂涎上国更荒哉[2]。不知养虎自遗患,只道求鱼无后灾[3]。梦见梧桐生后圃[4],眼看麋鹿上高台[5]。千龄只有忠臣恨,化作涛江雪浪堆[6]!

〔1〕"纵敌"句:春秋时,吴王阖庐败越王允常,允常子句践败阖庐复仇。阖庐子夫差又报越,困句践于会稽,句践以美女宝器行成(求和)于吴,夫差允之。首句指此。祸已胎,已种祸根。枚叔《谏吴王书》:"福生有基,祸生有胎。"夫差自此荒于游观声色,不知防越。

〔2〕"垂涎"句:指夫差倾国力北伐齐国。上句暗比南宋;此句暗指金人。三、四两句亦同。

〔3〕"不知"二句:上句养虎承第一句纵敌而言。下句求鱼承第二句伐齐而言。《史记·项羽本纪》:"今释不击,此所谓养虎自遗患也。"

《孟子·梁惠王上》:"缘木求鱼(言必不可得,求鱼当于水),虽不得鱼,无后灾。以若所为,求若所欲,尽心力而为之,后必有灾。"吴伐齐而境内空虚,越遂乘隙而入,终灭吴。

〔4〕"梦见"句:夫差兴九郡之兵将与齐战,道出胥门,过姑胥(苏)台而昼寝,梦前园横生梧桐,使太宰嚭占之,嚭言主"乐府鼓声也";又使公孙圣占之,圣言主"与死人俱葬也",谏伐齐。夫差杀圣。诗言"后圃",当为格律关系而变通。又吴宫旧有梧桐园,一名琴川,谚云:"梧宫秋,吴王愁!"

〔5〕"眼看"句:伍子胥曾谏夫差,不听,子胥乃说:"臣今见麋鹿游姑苏之台也。"指不久败亡,宫室将化为荒丘。

〔6〕"千龄"二句:伍子胥忠于夫差,凡事苦谏,皆不听。太宰嚭谗之,夫差赐子胥属镂剑自刭,投之江中。神话传说子胥死作"灵胥"江涛神,江涛澎湃汹怒,是其精灵不死,称为"胥涛"。

按:此等诗刺时,极为痛切。

三月十六日石湖书事三首(选二)

春事日以阑[1],暑阴正清美。拖筇入林下,秀绿照衣袂。卢橘梅子黄,樱桃桑椹紫[2]。荷依浪花颠,笋破苔色起。风日收宿阴,物色有新意。邻曲知我归,争来问何似:"病恼今有无?加饭日能几?"掀髯谢父老:衰雪已如此![3]

〔1〕日以阑:一天一天地完上来。阑,已见前。

〔2〕卢橘:即金橘,仅指头大,夏熟,色金黄。一说,枇杷之别名。按:此一联,为错综比拟之句法,实谓三月中旬,梅子已如卢橘之黄,而樱桃已类桑椹之紫也。

〔3〕衰雪:承"髯"而言,形容髯须已雪白了。

种木二十年,手开南亩荒。苒苒新岁月,依依旧林塘[1]。污莱擅下湿,岑蔚骄众芳[2]。菱母尚能瘦,竹孙如许长[3]。忆初学圃时,刀笠冒风霜[4]。今兹百不堪,裹帽人扶将[5]。龙钟数能来,犹胜两相忘[6]。

〔1〕苒(rǎn)苒:此同"荏苒""冉冉"之义,形容时光逐渐推移。唐王昌龄《同从弟销南斋玩月忆山阴崔少府》诗:"苒苒几盈虚。"依依:留恋、有情的意思。

〔2〕污莱:已见前。岑蔚:花木长得高而茂密,和污莱为对比。

〔3〕菱母:即指菱花。《澄怀录》记石湖文云:"菱花虽瘦,尚可采撷。"即此意。能:"如此""那么样"的意思。与古"宁馨"的宁实为一字音转。竹孙:竹鞭末梢所生的竹。许:义同上句之"能"。

〔4〕圃:种植菜蔬或果木等的园艺。刀笠:二物,田夫所用砍木刀及遮日帽,刘禹锡《竹枝词》:"长刀短笠去烧畲。"

〔5〕百不堪:指身之衰老,已不能做任何劳动了。将:平声,亦即扶持义。

〔6〕龙钟:举止笨累的老态。数(shuò):入声如"朔",屡次、时常。忘:平声如"亡"。

按:由此诗可见石湖少时亦尝有躬耕力作之事。

或劝病中不宜数亲文墨,医亦归咎,题四绝以自戒,末篇又以解嘲(选一)[1]

师熸尚合馀烬[2],羹热休吹冷齑[3]。解酲纵无五斗[4],且复月攘一鸡[5]。

[1] 数:入声,义见前诗注。数亲文墨,屡屡"接近"(即写作)诗文。咎(jiù):过失、错误。归咎,归罪于(诗文用心劳神)。

[2] 师熸(jiān):军败如同火灭,《左传》:"楚师大败,王夷(伤)师熸。"烬:灾馀之民;《左传》:"请收合馀烬,背城借一(战)。"此句比喻老病作文无能,如兵败尚欲收拾残馀再作一拼。合:入声。

[3] "羹热"句:《楚辞》:"惩于羹者而吹齑兮,何不变此志也?"《唐书》:"惩沸羹者吹冷齑。"齑(jī),同齏,菜肉切碎酱物调和名为齑。被热羹烫过的人见冷齑而亦吹之使凉。这是说,误于彼事,却于此事过于留神,未免可笑。

[4] 解酲(chéng):解宿醉。晋刘伶好饮酒,其妻谏之,伶曰:"天生刘伶,以酒为名;一饮一斛,五斗解酲!妇儿之言,慎不可听!"此以嗜酒比喻嗜作文。

[5] 月攘一鸡:《孟子》的寓言:有人每日攘(rǎng 偷取)邻家一鸡。别人告诉他,这不是正当行为,他说道:"请损之,月攘一鸡;以待来年,然后已。"("那么我减少些,改为每月偷一只;偷到明年,就不再偷了。")

按:《石湖集》卷末范莘、范兹跋云:"先人尝为莘等言:自十四五始为诗文,晚而深笃,或寝疾,医以劳心见止,亦以政(正)自不能不尔谢之。"正可印证。

围田叹四绝

万夫堙水水源干[1],障断江湖极目天[2]。秋潦灌河无泄处,眼看漂尽小家田。

〔1〕堙(yīn):塞。
〔2〕"障断"句:言围湖水为田,本来极目远望水天相连的大湖,被它障断。极,入声。

山边百亩古民田,田外新围截半川[1]。六七月间天不雨,若为车水到山边[2]!

〔1〕截半川:截水于川流之半途。
〔2〕若为:怎么能够。车:动词。

壑邻罔利一家优[1],水旱无妨众户愁[2]。浪说新收若干税,不知通失万新收[3]。

〔1〕壑:小为坑谷,大指湖海,所以蓄水之地。罔:同"网"。把邻田变为水壑而网罗财利归于一己。"是故禹以四海为壑,今吾子以邻国为壑"。又"有贱丈夫焉,必求龙(垄)断而登之,以左右望而罔市利"。皆

见《孟子》。《通考》论围田事云："大抵今之田,昔之湖;徒知湖中之水可涸以垦田,而不知湖外之田皆为水也。主其事者皆近幸权臣,是以委邻为壑,利己困民,皆不复问。"语与石湖诗全合。

〔2〕"水旱"句:言一家水旱无忧,而万户愁苦无告。

〔3〕逋失:犹如说亡失。绍兴五年江东帅臣李光曾论湖田事,有云:"自废湖以来,每县所得租课,不过数千斛,而所失民田常赋动以万计。"正即此意。然此等蠢事,世代有之,不知惩前车也。失,入声。万:义为"万倍于"。

台家水利有科条[1],膏润千年废一朝[2]。安得能言两黄鹄,为君重唱"复陂谣"[3]?

〔1〕台家:犹言"政府",已见。科条:法令。

〔2〕膏:去声,动词。朝(zhāo):读如"招",一朝犹言一早、一旦之间。这句说,千年水利,被破坏于旦夕之间。

〔3〕安得:哪能得。复陂谣:《汉书》翟方进(字子威)传:方进为相,曾决去陂水,化湖为田,王莽时枯旱,人追怨之,有童谣云:"坏陂谁?翟子威;饭我豆食羹芋魁。反乎覆,陂当复!谁云者?两黄鹄!"

按:豪势之家,围湖沼为田,夺断众利,淳熙八年、十年屡论此事,后淳熙十一年有诏立石:凡官民围裹者,尽开之。石湖此诗作于淳熙十三年,可见立石等事徒为具文,彼近幸权臣,谁真阻使不害民哉!

夜雨

烛花垂穗伴空斋,心事如灰入壮怀。老倦更阑惟熟睡,任他疏雨滴空阶[1]。

〔1〕疏雨滴空阶：何逊《临行与故游夜别》诗："夜雨滴空阶"，又古诗："夜雨滴空阶，滴滴空阶里。空阶滴不入，滴入愁人耳。"

按：更（平声）阑，夜将尽之谓。可知一宵感慨不寐，诗句则故意反写，言外见意。此之谓艺术。

除夜地炉书事

节物闲门里，人情老境中。雁声凌急雨[1]，灯影战斜风。糟醿新醅白，柴锥软火红[2]。人家忺夜话[3]，我已困蒙茸[4]。吴人酌酒瓮浮醅，谓之"擎醨"，酒之精英也。

〔1〕凌：乘驾、升高。如云凌风、凌云、凌霄，皆此义。急：入声。
〔2〕糟醿（俗读 wàng）：即醪酒类；（诗末原注"擎醨"，《宋诗钞》作"撇醨"，当即《广韵》之"泼醿"。即"泼醅"，擎取酒面之醇汁）。柴锥：堆柴于地炉，下丰上锐，如锥形。
〔3〕忺（xiān）：惬意，心所乐欲。《宋诗钞》作"愀"。按：此句"人家"似作"他人"义用，今口语犹然。然黄刻本又作"家人"，或当从。
〔4〕蒙茸：倦眼睡态。

颜桥道中[1]

村村篱落总新修，处处田畴尽有秋。一段农家好风景，稻堆

239

高出屋山头[2]。

〔1〕颜桥:在苏州城外枫桥东北。
〔2〕屋山:屋脊高起如山,故名。北人亦曰"房山"。出、屋,皆入声。

晚思

藓墙莎砌响幽虫,睡起翻书觉梦中[1]。残暑一窗风不动,秋阳入竹碎青红[2]。

〔1〕翻:随手乱取。觉:去声如"叫",醒;觉梦中,半醒未醒之间。
〔2〕"秋阳"句:可比较孟郊《城南联句》诗:"竹影金琐碎。"入竹,二字并入声。

馀杭初出陆

村媪群观笑老翁:"宦途何处苦龙钟?霜毛瘦骨犹千骑[1],少见行人似个侬[2]!"

〔1〕骑:去声如"寄",马兵。千骑,指侍从卫护人等,大吏的规制(本为太守的制度)。
〔2〕个侬:这个人。

按：此诗作于淳熙十五年，石湖退闲已七年，此时又起知福州，固辞不许，故有此诗（后行至婺州，终于请祠而归，实未到任）。

次韵袁起岩常熟道中三绝句(选一)[1]

小雨萧寒破晚晴，疏疏密密滴檐声[2]。乌鸦盘舞黄云乱，早与商量雪意生[3]。

〔1〕袁起岩：名说友，建安人，隆兴元年进士，尝知吴郡。
〔2〕滴：入声。
〔3〕商量：在此即酝酿、造作之义。可比较同时词人姜夔《点绛唇》："燕(音"烟")雁无心，太湖西畔随云去。数峰清苦，商略黄昏雨。"此商量、商略义同，与前"评比"等义异。

春朝早起

莫笑眠常早，还怜起不迟。秋香温夜气，小雨湿春姿[1]。瘦比中年甚，寒惟病骨知。羡渠儿女健，绕屋探南枝[2]。

〔1〕"小雨"句：比较冯延巳《南乡子》词："细雨湿流光"，周美成《少年游》词："朝云漠漠散轻丝，楼阁淡春姿。"湿，入声。
〔2〕探南枝：伺看向阳梅枝有无花信。《白帖》："大庾岭上梅，南枝

落,北枝开。"

咏怀自嘲

檐溜春犹冻[1],门扉晚未开。退闲惊客至,衰懒怕书来[2]。日日教浇竹[3],朝朝遣探梅。园丁应窃笑:"犹自说心灰!"

〔1〕溜:去声。
〔2〕书:书信。
〔3〕教:读平声如"交"。竹:入声。末句"说"亦入声。

立春枕上

择蔬翻饼闹残更[1],儿女喧喧短梦惊。想得春风连夜到,东禅粥鼓忽分明[2]。

〔1〕择:疑当作"摘"。陶潜《读山海经》诗:"欢言酌春酒,摘我园中蔬。"或云"择"乃"拣择",是"摘"后之一层手续,虽有义可寻,终费推敲。立春日摘菜蔬作春盘、吃春饼,自古风俗如此,《四时宝鉴》:"立春日唐人作春饼生菜,号春盘。"食生菜乃取迎新之义,见《齐民月令》。
〔2〕东禅、粥鼓:皆见前注。忽:入声。按:古人对天气阴晴、季节变化而能体察声音之清浊有异。

腊月村田乐府十首并序(选七)

余归石湖,往来田家,得岁暮十事,采其语各赋一诗,以识土风,号《村田乐府》。其一,《冬舂行》:腊日舂米为一岁计,多聚杵臼,尽腊中毕事,藏之土瓦仓中,经年不坏,谓之冬舂米。其二,《灯市行》:风俗尤竞上元,一月前已买灯,谓之灯市,价贵者数人聚博,胜则得之,喧盛不减灯市。其三,《祭灶词》:腊月二十四夜祀灶,其说谓灶神翌日朝天,白一岁事[1],故前期祷之。其四,《口数粥行》:二十五日煮赤豆作糜,暮夜阖家同飨,云能辟瘟气,虽远出永归者亦留贮口分,至襁褓小儿及僮仆皆预,故名口数粥;豆粥本正月望日祭门故事[2],流传为此。其五,《爆竹行》:此他郡所同,而吴中特盛,恶鬼盖畏此声;古以岁朝[3],而吴以二十五夜。其六,《烧火盆行》:爆竹之夕,人家各又于门首燃薪满盆,无贫富皆尔,谓之"相暖热"。其七,《照田蚕词》:与烧火盆同日,村落则以秃帚若麻䕸竹枝辈燃火炬[4],缚长竿之杪以照田,烂然遍野,以祈丝谷。其八,《分岁词》:除夜祭其先竣事[5],长幼聚饮,祝颂而散,谓之"分岁"。其九,《卖痴呆词》:分岁罢,小儿绕街呼叫云:"卖汝痴!卖汝呆!"世传吴人多呆,故儿辈讳之,欲贾其馀[6],益可笑。其十,《打灰堆词》:除夜将晓,鸡且鸣,婢获持杖击粪壤致词,以祈利市,谓之"打灰堆";此本彭蠡清洪君庙中如愿故事[7],惟吴下至今不废云。

〔1〕翌日:次日、明日。《宋诗钞》作"异日"。白:陈说、告诉。此指向天帝报告。
〔2〕口分:即口数,每一口人的份儿。预:参与、在数。祭门:《荆楚岁时记》:"正月十五日作豆糜,加油膏其上,以祠门户……仍以酒脯饮食及豆粥插箸而祭之。"
〔3〕岁朝:元旦。
〔4〕若:"及""与"或"乃至于"的意思。藋:同"秸",禾稼的秆茎。辈:一类的东西。
〔5〕先:祖先。竣事:毕事。
〔6〕贾(gǔ):货卖。馀:指多剩的"痴呆"。
〔7〕获:臧获,奴婢。利市:吉利、"好运气"。彭蠡:彭泽湖。清洪君:彭泽湖神,《搜神记》作"青洪君"。如愿:青洪君的婢女。《搜神记》叙一故事:庐陵欧阳明(《荆楚岁时记》引《录异记》,作"商人区明")每过湖,必敬礼湖神;后湖神请见,其吏告欧阳明,若予礼物,都不可受,只求如愿。欧阳明既得如愿,果然无不如愿,有求必得。后因如愿正旦起迟,乃打如愿,如愿走入粪中,以杖打粪扫唤如愿,竟不还。后人因打粪堆以求"如愿"。

按:"村田乐府",犹言田野歌词,强调者在于民间"俗曲"之义。

冬舂行

腊中储蓄百事利,第一先舂年计米。群呼步碓满门庭,运杵成风雷动地。筛匀箕健无粃糠,百斛只费三日忙。齐头圆洁箭子长[1],隔篱耀日雪生光。土仓瓦甏分盖藏,不蠹不腐常生香。去年薄收饭不足,今年顿顿炊白玉[2]。春耕有种夏有粮,接到明年秋刈熟[3]。邻叟来观还叹嗟,贫人一饱不可赊[4]。官租私债纷如麻,有米冬春能几家!

〔1〕齐头白、箭子:皆米名,见前《劳畲耕》诗原注。
〔2〕白玉:指米,比喻其洁白美好。韩愈《城南联句》诗:"白玉炊香粳。"
〔3〕刈(yì):割获禾谷,已见。
〔4〕赊:多、馀的意思。嗟、赊,古音同韵。

按:冬春米取此时米坚,春之少折耗,又可经岁不蛀坏。有"四糙""发极黄"等名目。

灯市行

吴台今古繁华地[1],偏爱元宵灯影戏。春前腊后天好晴,已向街头作灯市。叠玉千丝似鬼工,剪罗万眼人力穷[2]。两品争新最先出,不待三五迎春风[3]。儿郎种麦荷锄倦,偷闲也向城中看。酒垆博簺杂歌呼[4],夜夜长如正月半。灾伤不及什之三[5],岁寒民气如春酣。侬家亦幸荒田少,始觉城中灯市好!

〔1〕吴台:苏州。

〔2〕叠玉千丝:指琉璃球灯,即以料丝为灯,每一隙缝映成一花,制作甚精。似:《宋诗钞》作"类"。剪罗万眼:指万眼罗灯,以碎罗红白相间而砌成,多至万眼,工夫最炒。

〔3〕三五:十五,此指正月十五日上元节。

〔4〕博簺(sài):古时的走棋类游戏,掷骰子走棋的叫博,不掷骰子的叫簺。此泛指赌博。

〔5〕什之三:十分之三。

祭灶词

古传腊月二十四,灶君朝天欲言事[1]。云车风马小留连[2],家有杯盘丰典祀。猪头烂热双鱼鲜,豆沙甘松粉饵团[3]。男儿酌献女儿避[4],酹酒烧钱灶君喜。"婢子斗争君莫闻,猫犬触秽君莫嗔;送君醉饱登天门[5],'杓长杓短'勿复云[6],乞取利市归来分!"

〔1〕言事:有事进言。旧俗以为灶君乃"一家之主",每年将家中诸事向天帝报告一次,于腊月二十四(或二十三)日上天,故家家祭灶送行,祷告"只拣好事"报闻云,所贴对联亦有"上天言好事"之语。按:俗谚谓祭灶"官三民四",即官宦世家于二十三日祭灶,百姓民家则于二十四日行之。

〔2〕小:《宋诗钞》作"少"。留连:指灶君临上天以前尚要逗留一会儿。汉乐府:"灵之车,结玄云。……灵之下,若风马。"

〔3〕热、沙、团:《宋诗钞》作"熟""砂""圆"。团,亦可解为圆字义。豆沙,宋人有作"豆砂"例。"烂熟"为成语,疑"热"非是。

〔4〕"男儿"句:俗谚云:"男不圆月(中秋祭月礼),女不祭灶。"

〔5〕犬、登:《宋诗钞》作"狗""归"。

〔6〕杓长杓短:诗人摹拟村民地方俗语,长短,即"是非"之意。

烧火盆行

春前五日初更后,排门然火如晴昼〔1〕。大家薪干胜豆萁,小家带叶烧生柴。青烟满城天半白,栖鸟惊啼飞磔格〔2〕。儿孙围坐犬鸡忙,邻曲欢笑遥相望〔3〕。黄宫气应才两月,岁阴犹骄风栗烈〔4〕。将迎阳艳作好春,政要火盆生暖热〔5〕。

〔1〕然:同"燃"。

〔2〕啼飞:《宋诗钞》作"飞啼",按:磔格,此处指鸟飞时羽翅破空之声;另有"磔磔",为鸟鸣声。疑《宋诗钞》非是。

〔3〕犬鸡:《宋诗钞》作"鸡犬"。望:读平声如"王"。

〔4〕"黄宫"句:黄宫,黄钟之宫,黄钟,十二律吕之首,古时以律管置灰以验节气(已见前注),以为仲冬之月(十一月),其气至,则黄钟之律相应。从十一月起,至十二月末,将满两月。岁阴:此指岁时中的阴气,古人以为"阳"至夏而盛极,夏至节一阴始生,阳渐退,变化至冬至节,则阴又盛极,而一阳始生,阴渐退:如此循环往复不已;所以说虽已冬末,阴势犹骄。栗烈:风寒的形容。《诗经·豳风·七月》:"二之日栗烈。"

〔5〕将迎:迎接。阳艳:指春天。政:同"正"。

照田蚕行

乡村腊月二十五,长竿然炬照南亩。近似云开森列星〔1〕,远如风起飘流萤。今春雨雹茧丝少〔2〕,秋日雷鸣稻堆小〔3〕。侬家今夜火最明,的知新岁田蚕好〔4〕。夜阑风焰西复东,此占最吉馀难同〔5〕。不惟桑贱谷芃芃〔6〕,仍更苎麻无节菜无虫!

〔1〕森:森罗、森然罗列,形容多的样子。
〔2〕雨雹:下雹子。雨,去声,动词。雹,入声。
〔3〕"秋日"句:石湖本集《秋雷叹》自注:"吴谚云:'秋孛辘,损万斛。'谓立秋日雷也。"
〔4〕的知:确知。的,入声如"滴"。
〔5〕"此占"句:此句本于韩愈《谒衡岳庙,遂宿岳寺,题门楼》诗:"云此最吉馀难同",昌黎本以"吉"代"灵验"义,石湖意谓腊中种种风俗占卜,唯占田蚕为最吉,馀事难以比并而言也,用韩语义转胜。
〔6〕芃(péng)芃:长大茂盛的样子。《宋诗钞》作"芄芄",误。

按:姜夔《自石湖归苕溪》诗:"桑间篝火却宜蚕,风土相传我未谙。但得明年少行役,自裁白纻作春衫。"正咏此事;《清嘉录》谓之"照田财","财"盖后世音讹。

分岁词

质明奉祠今古同,吴侬用昏盖土风[1]。礼成废彻夜未艾,饮福之馀即分岁[2]。地炉火软苍术香,饤盘果饵如蜂房。就中脆饧专节物,四座齿颊锵冰霜[3]。小儿但喜新年至,头角长成添意气[4]。老翁把杯心茫然,增年翻是减吾年。荆钗劝酒仍祝愿:"但愿尊前且强健[5];君看今岁旧交亲,大有人无此杯分[6]!"老翁饮罢笑捻须:"明朝重来醉屠苏[7]!"

〔1〕质明:天正明为质明。奉祠:祭祀。吴侬:吴人。昏:晚上。

〔2〕废彻:犹言撤除,祭毕撤去礼器。艾:久;夜未艾,犹如说夜未深。福:祭物酒肉等为福,也叫福物;祭毕分享祭物,所以是饮福之馀。

〔3〕锵(qiāng):清脆的响声,此处指冰脆的饧糖嚼时作响,作动词用。冰霜:比喻冰饧色白而极冰齿牙。按:上句果饵之"果",不可拘认为指水果,宋人所谓"果子",多指面果点心、糖果之类而言,如后来之"茶食",正同,("果子铺"即"茶食店")故果饵中包有饧糖。今日吾国方言与日本语"果子"尚存此义。

〔4〕头角:指童子在成长中气象峥嵘,意度出众。

〔5〕荆钗(布裙):以荆作钗(以布作裙),指贫家妇女妆束朴陋,因此凡谦称自己的妻子都用荆钗等字样。尊:酒樽。唐牛僧孺《席上赠刘梦得》诗:"休论世上升沉事,且斗樽前见(现)在身。"

〔6〕分:去声,即份儿。

〔7〕屠苏:酒名;元旦日幼长依次拜贺,饮屠苏酒,年小者领先,年纪

越大的越轮在最后饮。

卖痴呆词

除夕更阑人不睡[1],厌禳钝滞迎新岁[2]。小儿呼叫走长街,云有"痴""呆"召人买。二物于人谁独无?就中吴侬仍有馀[3]。巷南巷北卖不得,相逢大笑相揶揄[4]。栎翁块坐重帘下,独要买添令问价[5]。儿云翁买不须钱,奉赊痴呆千百年!

〔1〕更阑:更鼓已将歇、夜将尽。已见。睡:《宋诗钞》作"寐"。

〔2〕厌禳(yàn ráng):二字同义复词,古人迷信,用种种办法来避除不吉利的东西(如以经忏、符咒禳除凶邪),叫作厌禳。

〔3〕仍:《宋诗钞》作"乃"。《平江记事》:"吴人自相呼为呆子,又谓之苏州呆。每岁除夕,群儿绕街呼叫云:卖痴呆,千贯卖汝痴,万贯卖汝呆!见买尽多送,要赊随我来!盖以吴人多呆,儿辈戏谑之耳。"按:卖痴呆之风,宋时汴、杭亦有之,谓之"卖懵"。

〔4〕揶揄(yé yú):嘲侮。

〔5〕栎翁:当是诗人自指,石湖有"寿栎堂"。栎(h),不成材的树木,所以无人砍伐,反而得寿。人老无用,多用栎自比,犹如说"老废物"。块坐:独坐。令:平声如"零"。

读白傅洛中老病后诗戏书[1]

乐天号达道,晚境独作恶[2]。陶写赖歌酒,意象颇沉着[3]。

谓言老将至,不饮何时乐?未能忘暖热,要是怕冷落。我老乃多戒,颇似僧律缚[4]。闲心灰不然,壮气鼓难作[5]。岂惟背声尘,亦自屏杯酌[6]。日课数行书,生经一囊药[7]。若使白公见,应讥太萧索。当否竟如何?我友试商略[8]!

〔1〕白傅:唐代诗人白居易,字乐天,号香山,曾为太子少傅分司,故称白傅。晚年居东都洛阳,病后遣散女妓,有《病中诗》,又作饮酒听歌等诗篇,以道"及时行乐"之义。

〔2〕"乐天"句:白乐天有《达哉乐天行》,以放达著名。号,号称;凡言号称如何,往往含有实则不尽然的语气。作恶:心情抑郁不乐,参看下注。

〔3〕陶写:陶冶性情,宣泄郁闷。晋人谢安曾对王羲之说:中年伤于哀乐之情,每与亲友离别,即数日作恶,王说,正赖丝竹(音乐)陶写。沉着:轻燥的反面,此处是有涵养、含蓄、郁闷愤慨不露于外的意思。

〔4〕僧律缚:僧人有戒律,限制生活上的一切享受、放纵,修行者必须遵守。《传灯录》:"律师持律自缚",盖禅宗反对俗僧之教条。

〔5〕"闲心"二句:心如火冷之死灰不燃,比喻修道者心境一念不起,虚静之极(不是死亡、生机消失的意思)。《左传》:"夫战,勇气也,一鼓作气,再而衰,三而竭。"说勇气一鼓而作(振起)。此处指老来兴致虽一鼓亦难振作。

〔6〕背:隔绝。声尘:指歌乐;佛家以色、声、香、味、触、法六境为"六尘",眼、耳、鼻、舌、身、意为"六根",六根接纳六境,则本来之净心犹如被尘污垢染,所以叫作"尘"。屏:音如"丙",摒弃、拒绝。黄庭坚《出礼部试院,王才元惠梅花三种,皆妙绝,戏答三首》诗:"病夫中岁屏杯杓",谓戒酒。

251

〔7〕"生经"句：说一生经过了（服食了）一囊的药物，即一生多病。
〔8〕当：去声如"荡"。商略：讨论、评量。

按：杜甫尝作诗云："陶潜避俗翁，未必能达道。观其著诗集，颇亦恨枯槁。达生岂是足，默识盖不早。有子贤与愚，何其挂怀抱？"（《遣兴五首》之三）黄庭坚论曰："子美尝困于三川，为不知者诟病……故寄之渊明以解嘲耳。俗人不领，便以为讥病渊明。所谓痴人前说不得梦也。"石湖论乐天晚年，则对其生活及创作态度的退化提出批评，未可与黄之解杜一概而论。比较陆游《读乐天诗》："放姬驚骆初何有，常笑香山恨不撼。输与此翁（按：自指）容易死，一身之外更无馀！"

喜收知旧书，复畏答，书二绝（选一）〔1〕

故人寥落似晨星〔2〕，珍重书来问死生。笔意不如当日健，鬓边应也雪千茎〔3〕。

〔1〕知旧：知交、故人。（按：清初吴伟业名句"惯迟作答爱书来"，似即用此题意）
〔2〕晨星：天明则星没，喻稀少。
〔3〕"笔意"二句：此为诗人细心敏感，体察故旧书札笔迹而揣想其老境，与己身略同。

252

春日览镜有感

习气不解老,壮心故嵯峨[1]。忽与乡曲齿,方惊年许多[2]!
有眼不自见,尚谓朱颜酡[3]。今朝镜中逢,憔悴如枯荷[4]。
形骸既迁变,岁华复蹉跎[5]。悟此吁已晚,既悟当若何[6]?
乌兔两恶剧,不满一笑呵[7]。是淬割愁剑,何须挥日戈[8]。
儿童竞佳节,呼唤舞且歌。我亦兴不浅,健起相婆娑[9]!

〔1〕"习气"句:说少年积习所在,心中犹如往日,不自知其老。嵯峨:已见前,此处略如"峥嵘",形容心境豪壮、不低沉的气象。

〔2〕乡曲:乡邻。已见。齿:序齿,互问年岁。年许多:年纪已经这么大了!

〔3〕酡(tuó):醉颜发红。

〔4〕憔悴(qiáo cuì):瘦病的形容。

〔5〕蹉跎(cuō tuó):失时、光阴空度的意思。

〔6〕吁(xū):嗟叹。若何:奈何、怎么办。

〔7〕乌兔:日月的代称,古代以为日中有三足乌、月中有白兔。恶剧:恶作剧,言其不肯停留,戏侮世人,使其转眼变老。不满:犹如说不值。

〔8〕淬(cuì):古代炼钢术极精,制刀剑以水淬其锋刃使更坚利;此泛言磨炼。割愁剑:割除愁忧的武器,比喻解愁之法。挥日戈:故事见于《淮南子》:鲁阳公与韩构战,战得正酣,天色已晚,鲁阳公举戈向太阳一麾,太阳为之退返三舍之远。是使时光倒转的故典。

〔9〕婆娑(suō):盘旋而舞的姿致。

墙外卖药者九年无一日不过,吟唱之声甚适。雪中呼问之,家有十口,一日不出即饥寒矣〔1〕

十口啼号责望深〔2〕,宁容安稳坐毡针?长鸣大咤欺风雪,不是甘心是苦心!

〔1〕九年:石湖自淳熙九年(1182)领祠退闲,至此为绍熙元年(1190),故云九年。
〔2〕责望:责难、怨望。

连夕大风,凌寒梅已零落殆尽三绝

枝南枝北玉初匀〔1〕,夜半颠风卷作尘。春梦都无三日好,一冬忙杀探梅人〔2〕!

〔1〕玉初匀:指梅花方开遍枝头。次首玉雪,亦指梅花(石湖种梅处名玉雪坡)。
〔2〕杀:入声。

玉雪飘零贱似泥,惜花还记赏花时。赏花不许轻攀折〔1〕,只许家人戴一枝。

〔1〕攀折:扯折花枝。折,入声。

花开长恐赏花迟,花落何曾报我知?人自多情春不管,强颜犹作送春诗[1]!

〔1〕强颜:厚颜、老脸。

按:此诗当作于绍熙四年,是年九月石湖卒。"人自多情"之句,多少感叹,亦不啻为千古诗心作一总括语。

写在卷尾

  为石湖诗作注,是我从事这种形式的"文学活动"的第一个试验。寻其起因,是由于五十年代出现了一种注释体例,其做法是十分之简略,有时更弄成了望文生义、似是而非、浮光掠影,总之是没有进行深细察考研究,只追求一个表面的"简洁",而不给读者解决阅读学习上的各种困难。我觉得,尽管当时颇有些人夸耀这是一种革新的事物,却不是个值得提倡的方向,其弊端是导引人们满足于粗滥空疏,以为不必力学,看事情日益习于简单化。注诗而以此种做法为值得称赞效法,窃存期期不可之怀。于是想另出手眼,试作比赛,看看究竟哪一种做法的实践效果才是对读者真正有益的。

  其次,为什么单单选上了石湖诗呢?这自然也是有自己一番意思的。向来未曾尽免的一个偏见,是认为只有唐诗好,宋诗不足观;宋诗而到了南渡以后,更是等而下之,一蟹不如一蟹了。贬宋诗,那很容易,"欲加之罪,何患无辞";评文艺,论诗赋,何莫不然。这就又涉及如何看待事物的方法问题。这也不遑细说[1]。如今只说既然唐诗久被尊崇,研究、笺注、疏证、讲解的人,自然就为数很多,相较之下,留心于宋诗的就少得很了。再说到南宋,那么陆放翁名气最响亮,研究他的人也就相对地多一点。若说什么杨诚斋、范石湖,那就连知其名目的也不多了。名气大的,无待多加揄扬,我也不想研究陆诗一派,于是就选中了杨、范两家。这两家素来无有真正的注释,自己就存上了一点妄念,想试试看如何。而两家之中,以为范较易为,就决定由注范入手。因此才成了我的选注宋诗的第一个试验。

  我的设想和理想,当然不是人人支持赞助的。诗这种东西,讲少了不易说个基本清楚,讲多了人家就嫌"繁",繁犹可也,下面再添上一个"琐",就会构成一种"评论压力",一般人不一定通过自己的观察思考,判断毕竟如何,只要一个标签贴上,那反正是有欠妥当了。因此,又不无戒心。这就是说,思想和心情上是有矛盾的。第一个试验,要瞻前顾后,左思右想,想弄得不致太惹动人,还要适应当时的风尚。这么一来,步子迈得就不敢太大,——有时甚至还有点踟蹰。当时妄意以为,注诗应当至少三方面结合:文义,格律,意境。结合得愈好,愈益给人以启迪和享受,否则必然反是,也就尽不到注诗的责任。我不一定做到了这种结合,但心中久有这个标的。

  注诗很难,注宋诗更难,这是"心中有数"的。但难的程度,是弄起来才深刻体会到的。比如说"文义",听来只两个字,说来似乎简易,或许有人以为只要查查工具书,也就行了。不过"文义"包括的却是森罗万象,无所不有。其中最难的是有宋一代的历史情况、典章制度、语词名物、习俗风尚……大量的事物却是工具书里查不到的,得靠自己考索探究。表现在一条注里的字数很少的三言五语,往往是费了大量工夫而后得出的"结晶体","成如容易却艰辛",大可移以咏此。宋诗比起唐人之作,内容(反映的事物)常是充实广阔得多,不那么空旷宽泛;而宋人腹中的"书册"又是惊人地丰富的,又喜欢巧用各种各样的典故。这些不弄清了,很难谈得上对诗的意义有什么真切的认识。所以不做注解工作便罢,一做起来,才知道这是一件"痴事",费力而未必"讨好",百般的麻烦,远远非最初估计所能预及。这种的例子是俯拾即是的。要注"河市歌者",我起先是望文生义,认定这属于石湖晚年退居故乡之作,其所写当然是苏州的某河某市,费了一番考证,说了一堆话,后来证明都是"不满识者一笑"的,因为"河市乐人"是北宋指称优伶的特殊词语,南宋人不过承袭中原旧语罢了,与"苏州的河"并无直接关系。又如"掠剩",从字面上不难作解,以为也无甚可注,殊不知"掠剩大夫"是宋时东岳庙中的相当重要的一位神道,你把那两个字"注"成了一般的文辞,结果是将诗人的生活习俗,风趣妙语,通通化为乌有了,还自以为注得简洁,不错呢。"台家"一词,粗看都以为必指"御史台"官,经过一番详细考辨,方知不然。"棚头"之名,不谙宋事的,必不知道这是"闲汉"的一个别称。至于"落梅新曲"这种貌似陈言、实指时事的例子,更是无比重要。诸如此类,难以悉举。自己的空疏不学,到这时就兜底暴露出来了!若从这个角度讲,做做注释工作,倒是一种很好的"训练"。当然,"不自量力"的感慨,也就必然油然而生了。

以上只说"文义"的事。若谈到艺术、意境、欣赏、评议,其事之难,就更加十倍了。此处不拟排次赘述。好的注解,所以要准确、中肯、透辟、妥帖,既能曲尽其致,而又能独标胜义,不落庸凡,这就不仅仅是"知识性""掉书袋"的问题了,这所需要的实在是一部精妙高深的"诗学"——不是用抽象的文艺理论的术语写成的"论文"式的诗学,而是用无数的个别的、具体的、实质的注解语言所写成的诗学!我不知道没了这样的诗学内涵,如何能给诗这种文学作出真正的注释来。想到这里,反而后悔不该冒昧从事。但由此也深深感到:我们很多事情,没有什么人认真注意思考研究,任其长久空白下去。即如"注诗学",堪称一门大学问,其历史也不算不久了,《诗经》由于成了"经书",姑置另论,《文选》善注以次,杜、韩、苏、黄、李义山、陈后山……都经历代学人下过大工夫,其体例方式,精神意度,也各有不同。其间得失利病,岂无可资借鉴、值得研讨之处?可惜未见专论。我想这种现象,原因很多;其中之一是,"注诗学"这一门类,有"大学问"的不屑来过问,有"小学问"的人欲问而无能为力。这样,它永远处于"大小学问"的夹空中间,焉能望其日有进境乎?为此,倒确实应当替这门学问呼吁一下,引起重视、予以提倡,不如此,后生何赖,想学点诗词,名篇佳什般般具在,苦无良注,又怎么不让青年学子有望洋之叹呢?

我还以为,好的诗注,应当有两大出发点:一是从诗人的具体情况(包括研究他的一切方面)出发,而不是从概念出发;一是从汉语的极大极鲜明的特点特色(它决定着措语、铸句、选字、运典、审音、定律等一系列的艺术规律)出发,而不是从西洋的迥然不同的语文、不同的文化历史背景所产生的诗作及诗歌理论上的某些概念(包括条条框框)出发。我当然说的是出发。出发之后,还有万里途程。但是假如对诗人的一切毫无所知,对我们自己的汉语的特色一无所思,便想用某些概念来"套"我们中华民族的这种文艺菁华,其结果(理解、注释)到底如何,我看是很需要商量的。

比方说,讲我们的诗,要基本明白四声平仄之理,这是汉语本身具有的自然规律,不是哪个强加给它的人造的"外铄"之美。讲四声平仄,在声律上已然算是最粗略的了,可是令人吃惊的是,时至今日,讲诗而不明声律的大有人在,报章杂志上刊出的诗词,有的全然不谙格律;弄个标题,一定是平仄全乖。(例如非把"春色满园关不住"改造成为"满园春色关不住"不可,其见解是"满园"在"语法"上应当居前吧?)人们对于自己祖国语文的音韵美的钝觉到了这般地步,岂不是令人忧虑的事态之一吗?为此,我不避烦絮,尽力指明一些声律的特点,应当注意之处。

至于现行简体字,本非为排印古籍而设,现用它来印古人的诗篇,在形、音、义三方面都造成一些混乱,有的还很难处置得当。今只能视其所宜,勉强权变而为之,也希望读者仔细辨识。

这册"范选",初版印了六千五百册。国内很多同志并不知有此书。海外则因香港翻印过,反而比较易得,不少人也是从港地买进翻印本才解决了需要的。出版是在一九五九年,至今已是二十五年过去了,再也无意重拾旧题,目坏以后,更连可能性也越来越小了。今因出版社提出,拟加重印,若欲小修,还可以重新排版,不受原来篇幅的限制。陈建根同志更是再四敦促,并把他自藏的一本给了我,供我拆贴以便修订。我原来"再不想弄它了"的心情,终于为他的热诚所打动,接受了这个任务。原因也在于当初书出之后,曾做过一些检核补正的工作,留有一些潦草的札记,可资运用,较易着手。可是打开书之后,几乎像是在看"别人"的著作一样了,"恍如隔世",犹不足为喻!对这一方面的事,丢得太久了,真正体会到"学殖荒落"这句话的含义和味道是什么样子。加之目坏太甚,做这种工作,困难实在是太大了。黾勉将事,断断续续,数月之久,总算坚持到修改完毕,不致全负建根同志一片盛意了。这样子交给了他,心情也还是十分矛盾。因为尽管修订量是不小的,实在已经无力把它做得像自己愿望的那样了。

如前所述,病目的严重,已然使我很难对这种选注本进行修订工作了,而此次居然完成了它,这全然是由于责任编辑陈建根同志异常热情的督促和不惜辛劳的协助。他的工作精神和成人之美的胸怀,感染了我,觉得倘不尽我微能,努力以赴,是对不起他的一番心意的,这才决心着手从事。虽然我自己克服了很多的困难,而最后仍然是他的无私帮助才使得这个工作告成。他替我作了大量的核对、补苴、统一体例的具体劳动。我应当将我的惭感之怀,记于卷末,并向他表示深衷的谢意。

亡友许政扬兄的遗札,犹有零乱幸存的残馀部分,内中讨论注解得失,提倡难题的资料,重睹手迹,墨光惨淡,纸已渝敝,不胜凄怆之情[2]。二三热心读者寄来的意见,我凡是尚能寻到的,也竭尽可能认真考虑,例如广东一位同志惠示了很多条意见,虽然我们十九所见相左,只要还有一点可采,我也是汲取教益的(今不拟具列姓名了)。惟恐历时既久,事故迭经,书物信札,多遭散落,存亡凌乱,翻检维艰,恐多遗漏,仍然有不少问题未能惬意解决。这是最觉抱憾负疚的。鲁迅先生有言:"大器晚成,瓦釜以久……校讫黯然,诚望杰构于来哲也。"谨以此心，献于读者。

汝昌写记于癸亥清明节前

〔1〕对范石湖的看法，到清代有几位识解高明的论家，值得注意参考，如周之鳞作《石湖先生诗钞序》，最为有见，文稍长，兹不具录，他指出石湖凄婉、工致、悲壮，种种实例，非可以一格而观之。柴升亦言："南宋诗人众矣，而后人独侪渭南不置，不知石湖先生实有时誉，诚斋、白石，各输心推让，此岂边见哉。"张惣则特别举似："他如半山、石湖诸老，谁得非唐目之？"但我以为最能深知石湖诗的，还要数贺裳，他说："吾于汴宋最爱子由，杭宋则深喜至能：真有华山骤耳、历都过块之能，虽时亦霜蹄一蹶，要不碍千里之步！"他举了许多例证，语语中肯。陈讦则曰："范石湖取境雅瘦，力排丰缛，然气韵自腴。故高峭而不寒俭。"这都道着了石湖的最重要的特色，浅识者是体会不到的。再以其诗作之内涵而言，我曾说老杜有"诗史"之称，无人可继此美，范石湖庶几无愧于此义乎。闻者大不以为然，说我"捧"得太过分了。我觉得，"诗史"也不应是一个神圣化偶像化的迷信称号，不必为它吓住。嘉、道间一位重要诗论家潘德舆，就说：像《州桥》这样的绝句，"沉痛不可多诵，此则七绝至高之境，超大苏而配老杜者矣！"上述议者，倘闻此语，或可悟及清代的有些人，思想倒是相当解放，没有沉重的枷锁束缚的。

〔2〕许政扬，字照蕴，海宁硖石人，是我的燕大中文系研究院的同窗契友，十年动乱，不幸早世，他是我的治学的畏友和同道，我们想合作开创一种熔考订语义、赏析艺理于一炉的研究宋元文学的新方式。他博极宋元两代一切典籍，精于诗词曲语词的考释，当世无可与比者。我注石湖，得他的力助，对若干疑难之点讨论解决，无不应手而得。我们抱着必须弄清历史真实的精神，对宋事研索甚力，例如元宵节"收灯"究系何

日,众说不一,也都曾殚尽群书,终获确解,政扬为此在信札中幽默地写道:连这也要弄个清楚,可见吾辈书生故习,迂态可掬,读者于此苦心阅而未必知,知亦未必许。倘起石湖于地下,也会视我辈为"繁琐考证"吧?附记于此,以见故人风度之一斑云尔。